[서사문화총서 1]

재일조선인 자기서사의 문화지리 Ⅰ

* 이 저서는 2014년 정부(교육부)의 재원으로 한국연구재단의 지원을 받아 수행된 연구임
 (NRF-2014S1A5A2A03066250)
* 이 저서는 동국대학교 교내연구지원사업의 지원에 의해 발간되었음(S-2017-G0041-00091)

재일조선인 자기서사의 문화지리 I

박광현 · 허병식 편저

역락

벌써 20년이 훨씬 지난 일이다. 내일이면 일본으로 유학 떠날 아들을 불러놓고 "너 가거든 '조총련' 조심해라"는 무뚝뚝한 아버지의 한 마디. '우리'가 만들어낸 불온한 대상. 이는 단순히 내 아버지만의 생각은 아니었다. 따라서 그들에 대한 물음은 다름 아닌 바로 '우리'에 대한 물음이기도 하다.

재일조선인/한국인, 그들은 '우리'의 안과 밖에 존재해온 타자이다. 당시 내 아버지에게는 '조총련'으로 대표되었지만 그들은 교포, 동포, 재일조선인, 자이니치, 재일한국인, 재일한인, 재일코리언 등등, 이제껏 많은 이름으로 불려왔다. 그들 스스로가 자신들을 어떻게 부르고 있는지, 오히려 그것은 중요하지 않았다. 그럼에도 그들은 끊임없이 세계를 향해 스스로를 드러내며 이야기해왔다.

이 책의 목적은 기본적으로 그들의 목소리, 즉 그들의 자기 이야기에 눈을 돌리고 귀를 기울이는 데 있다. 그것은 너무도 다양한 방식의 글쓰기를 통해 이야기되어왔음은 물론, 문학작품, 구술기록, 영화, 연극, 미술 등 온갖 매체를 통해 표현되어왔다. 그것은 해방 이후 국민국가의 경계 바깥으로 버려진 국민, 즉 기민(棄民)의 처지에 놓인 채 살아온 오랜 삶의 이야기였다. 또한 어느 재일 작가가 자신의 가족사를 그린 소설의 제목을 '백 년 동안의 나그네'라고 했던 것처럼 그 어떤 장소에 구애됨이 없이 떠도는 부평초 같은 삶들의 이야기였다. 이향(離鄉)의 시간을 살다가 다시금 조국으로의 귀환을 시도하는 그 이야기는 끝내 조국이라는 목적지에 닿지 못한 채 자자손손 끊이지 않고 있다. 이미 조국이 식민지로부터 해방된 지 70여 년이 지난 지금도, 피식민자의 경험과 기억을 전승하며 또 그것을 변형시켜가며 거듭 새로운 경험과 기억을 만들어내고 있다.

제국-식민지 체제가 무너지고 새로운 질서가 만들어지는 가운데 '과거'처럼 남겨진 피식민자. 이미 이향에 묻힌 1세로부터 2세, 3세, 지금은 4세까지 이어져온 그들의 역사는 이제 일본에 정주(定住)하며 조국과 과거 식민 본국 사이에서 살아온 기록들이다. 조선적(朝鮮籍) 혹은 한국적(韓國籍)이 새겨진 외국인등록증 소지자, 더러는 귀화한 일본국적자, 하지만 그 어느 누구도 그런 역사로부터 자유롭지 못하다.

일본 열도의 각지에 흩어져 있는 크고 작은 조선인촌(村). 오사카(大阪)의 이카이노(猪飼野)와 같은 전통적 집주지나 도쿄(東京)의 신오쿠보(新大久保)와 같은 신흥 코리언타운이 지금은 한국인/조선인 집주지로 대표되지만, 시모노세키(下關)부터 홋카이도(北海道)까지 지역별로 대소규모의 다양한 형태의 조선인/한국인 집주지가 존재했다. 그 대개는 일본 내 차별부락과 지근거리에 존재했던 섬과 같은 곳이었으며 점차 희미한 기억만 남기고 사라져갔다.

일본 내 작은 조선인촌들은 빈집처럼 텅 비어갔다. 하지만 그 흔적이랄까 '똥굴'이라 불리는 작은 마을이 있다. 부관(釜關)페리의 선착지인 시모노세키의 한 구석의 '똥굴', 오랜 옛날(?) 그들이 돼지를 사육하며 그 오물을 실개천으로 흘려보냈다 해서 그렇게 불렀단다. 악취(?)로 기억되는 '작은 조국', 거기에는 조선적과 한국적의 그들이 아직도 뒤섞여 분단의 '일상'을 살아가고 있다. 그 마을의 한 가운데에는 '우리학교'라고 불리는 조선인 학교가 있다. 그렇게 분단의 '일상'은 자자손손 이어지고 있다.

일본 열도 내에서 그들은 새로이 장소를 만들며 또 빼앗기기를 거듭

하며 살아가고 있다. 그러면서 그들은 도시의 익명성에 숨기도 하고, 아예 조국으로 떠나기도 했다. 그만큼 그들에게 자기동일화(identify) 과정에서 일본이라는 국가와 장소의 영향은 절대적이라 할 수 있다. 2세나 3세의 자기 서사 속에 많이 나타나는 에피소드이기는 한데, 일본인 학교를 다니며 사용하던 일본 명(名)의 거죽을 벗고 자기의 본명을 찾는 커밍아웃은 그들의 서사관습의 하나처럼 반복된다. 이는 마치 '조선인(한국인) 되기'의 통과의례와 같으나 필생의 거사처럼도 의미심장하다.

> 내가 나인 것 / 그대가 그대인 것 / 그 구속으로부터 도망칠 장소는 / 언제나 옷깃 스치는 타인 마을의 / 군집 속에 있었다. / 사람의 훈기에 거친 숨소리 / 서로 뒤섞이고 서로 다투며 / 쉼 없이 걸어온 것이 / 바로 어제 일인 듯한 / 느낌이 없지도 않은 / 재일(在日), 이었다.(종추월(宗秋月)의 시, 「이름(名前)」 중에서)

'나'에서 '재일'로의 귀결, 그들의 자기 서사는 정형성으로부터 벗어나기 힘들다. 그러면서도 '우리학교' 럭비 팀의 고군분투를 그린 다큐멘터리 <60만 번째의 트라이(try)>라는 제목처럼, 60만 아니 그 이상의 이야기로 존재한다. 이렇게 거듭 반복적이면서도 차이를 보이는 개별적 이야기가 일본이라는 국민국가의 '군집' 속에 존재해온 것이다. 그 '군집' 속에서 벗어나 '나'를 드러내고 말하는 것 자체가 저항이었던 것이다.

2018년, 오늘. 일본 열도 안에서 헤이트 스피치(hate speech) 즉 혐오의 언어가 조선인을 향하고 있다. 외마디밖에 할 수 없는 조선어/한국어, 조선인/한국인으로서의 그 어떤 중얼거림, 심지어 상상력과 몸짓까지, 그들의 자기표현은 다름 아닌 일본이라는 국민국가에 대한 도전이면서 또한 그 내부에서 일어나는 파열 그 자체이자 문화적 실천일 수밖에 없다. 이 책에서 화두로 삼고 있는 재일조선인/한국인의 자기 목소리는 바로 그런 것이다.

이 책은 일차적으로 2014년부터 3년 동안 한국연구재단으로부터 지원을 받아 <재일조선인 자기서사의 문화지리>라는 연구과제를 수행하며 수차례에 걸쳐 개최했던 학술대회의 결과물이다. 더불어 이렇게 결과물을 하나로 묶어내는 데는 동국대학교 교내 연구과제인 <재일조선인 기억의 역사와 기념의 정치> 지원에 힘입은 바 크다. 재일조선인/한국인을 주제로 한 연구는 특히 민족과 세대와 같은 거대담론으로부터 자유로울 수 없겠지만, 연구팀은 그 거대담론에 포섭되고 모순되는 그들의 소소한 이야기 그리고 중얼거림처럼 들리는 이야기에 더욱 주목했다. 그 동안 학술대회에서의 발표뿐 아니라 그 옥고를 흔쾌히 내준 필자 모두에게 감사의 마음을 전한다.

2018년 8월
필자들을 대표하여
박광현

● 차례 ●

제1부 재일조선인 자기서사의 정치성과 윤리성

제2부 문학과 영화 속 재일조선인의 '자기' 표상들

제 1 부

재일조선인 자기서사의
정치성과 윤리성

제1장

김달수의 자전적 글쓰기의 정치
―'귀국사업'과 '한일회담'을 사이에 두고―

박 광 현

1. 들어가며

일본 패전 후 김달수(1920~1997)의 삶은 소설가, 역사가, 저널리스트로서 크게 세 가지로 정리할 수 있다. "나는 이른바 작가라는 직업의 성격상, 이따금 잡지나 신문의 편집자의 일이 들어오곤 한다. 나는 이른바 유행작가와는 전혀 인연이 멀기 때문에"[1]라며 단편 「쓰보무라 키치도 (壺村吉童)傳의 시도」의 작중 인물 '나'를 소개한 것처럼, 그는 주로 소설가이자 저널리스트로 살았다. 그리고 1970년부터는 『일본 속의 조선문화』를 12권이나 발행하면서 역사가로도 불렸다. 이러한 이력의 기원은

---

[1] 金達壽, 「壺村吉童傳の試み」, 『小說 在日朝鮮人史 下』, 148쪽.(이하 『조선인사』로 표기) 다른 소설들에서도 이런 식으로 김달수 자신을 연상시키는 인물이 자주 등장한다. "음, 조선인 소설가다. 나는 저이가 쓴 『바다를 넘어』라는 것을 읽은 적이 있는데, 일본 때문에 독립을 상실한 조선인이 그 어떠한 고통 속에서 싸워나갔는지 하는 소설이다"(「旅で會った人」(105쪽)라거나, "잡지 M・C의 직접 책임자였던 李三尙과 나"(「富士のみえる村で」, 218쪽)라는 식이다. 여기서 『바다를 넘어』는 『현해탄』이고, 잡지 M・C는 『민주조선』이다.

1946년 4월 『민주조선』을 편집한 저널리스트로서의 삶에 있으며, 그의 저널리스트로서의 활약은 1975년 2월(春)에 창간한 『계간 삼천리』 이후 1980년대까지 이어진다. 거기서 중요한 점은 재일조선인의 목소리를 대표(representation)하는 자전적 글쓰기를 통해 그것들이 연쇄하는 삶이었다는 사실이다.

자전이란 자기의 인생 기록인 자기 이야기겠지만, 사실 김달수에게 자전적 글쓰기는 그뿐 아니라 자기라는 필터를 통한 타자의 이야기도 중요한 부분을 차지하고 있었다. 물론 그 타자란 주로 재일조선인이며 자신은 그들을 기록하는 위치에 있었다. 김달수는 자전적인 글을 많이 남긴 작가 중 한 명인데, 단행본을 중심으로 정리하자면 아래와 같다.

① 『나의 창작과 체험(私の創作と体験)』(葦出版社, 1955).
② 『나의 아리랑 노래(わがアリランの歌)』(中公新書, 1977).
③ 「나의 문학과 생활(わが文學と生活)」(1~7), 『김달수소설전집(金達壽小說全集)』1-7(筑摩書房 1980).(『わが文學と生活』, 靑丘文化社, 1998.)
④ 김달수・강재언 공편저, 「나의 문학에의 길(わが文學への道)」, 『수기 재일조선인(手記 在日朝鮮人)』(龍溪書舍, 1981).
⑤ 『나의 소년시대(私の少年時代)』(ポプラ社, 1982).
⑥ 『김달수평론집 상 나의 문학(金達壽評論集上 わが文學)』(筑摩書房, 1976).
⑦ 『김달수평론집 하 나의 민족(金達壽評論集下 わが民族)』(筑摩書房, 1976).
⑧ 『소설 재일조선인사(小說 在日朝鮮人史)』(上・下, 創樹社, 1975).[2]

---

2) 高史明의 『生きることの意味』(筑摩書房, 1974)를 의식해 출간한 것으로 짐작되는, ⑤『私の少年時代』와 함께 NHK방송국의 프로그램 '女性수첩(手帳)'을 통해 방송된 내용을 토대로 씌어진 ②『わがアリランの歌』를 제외한 이 목록의 단행본에 수록된 대부분의 에세이와 소설들은 모두 잡지에 기수록 작품이다.

①~⑤은 자전 혹은 자전적 에세이인 '나'의 이야기이고,3) ⑥과 ⑦은 문학과 민족을 주제로 한 '나의' 평론이다. 각 단행본에는 서로 중복된 내용의 글이 다수 존재한다. ⑧은 비록 소설이지만 그 소설들 안에서 '나'의 존재를 찾기는 어렵지 않다. 편집자가 의도한 대로 소설로 쓴 조선인의 기록=역사이며 자기 이야기이기 때문에 자전적 글쓰기의 범주에서 다룰 수 있다.

이 글에서는 ①에서 보여준 글쓰기의 태도를 의미심장하게 보고 있다. 김달수가 자전적 글쓰기에서 보여준 원형이라 볼 수 있기 때문이다. 또 이 책은 북한의 남일 외상(外相)이 재일조선인을 '조선민주주의인민공화국의 공민'으로 규정한 성명을 낸 이듬해이자 그해는 한덕수 체제의 총련(總連, 在日本朝鮮人總連合會)이 결성되는 해이다. 더불어 1951년부터 시작된 한일 간에는 제3차 회담에서 결렬된 상황에서도 물밑 협상이 진행되던 때였다. 같은 해의 단편집 『전야의 장(前夜の章)』에서는 그 원형에 근거한 반복과 변주를 소설로 담아내고 있다. 이렇게 반복과 변주의 원칙은 자전 외에도 그가 간행해온 단편집의 구성에 거의 동일하게 작동했다. 어쩌면 그 정점에 있는 것이 바로 ⑧의 존재가 아닐까 한다. 조련(朝連, 재일조선인연맹) 해산과 조선학교 폐쇄령, 한국전쟁, 총련 결성, 귀국사업(한국에서는 '북송'이라 칭한다), 한일회담, 4·19혁명 등 조국과 재일조선인 사회를 둘러싼 일련의 사건들이 이어지는 이후에, 1970년대 들어 "시대의 변화에 의해서 (…) 소설 창작 자체를 방기할 수밖에 없었다"4)고 하지만, 그는 사실 단편집의 간행을 멈추지 않고 이어가며 자기

---

3) 이 중 ⑥『手記 在日朝鮮人』(金達壽・姜在彦 공편저, 龍溪書舍, 1981)에는 『계간 삼천리』에 게재된 재일조선인 1세, 2세, 3세의 수기를 모아 발행한 것으로 김달수는 「わが文學への道」와 함께 편집자로서 후기를 적고 있다.
4) 宋惠媛, 『「在日朝鮮人文學史」のために-聲なきのポリフォニー』, 岩波書店, 2014, 34쪽.

이야기의 반복과 변주의 원칙을 계속 지켰다.

따라서 이 글에서는 김달수의 자전적 글쓰기의 원형과 그 반복과 변주의 원칙을 고찰하면서 마지막에서는 1975년이라는 시점에 간행된 ⑧에서 자전적 글쓰기의 원형과 원칙이 어떻게 작동하는지를 살펴보고자 한다. ⑧에는 이미 중견작가로서의 위치에 있던 그가 '전집'이 아닌 단편집에 식민지시기의 습작기 작품 「쓰레기(塵)」(1940) 등을 수록한 것은 물론, 1963년의 「위령제(慰靈祭)」까지 모두 22작품을 수록하고 있다. 1975년에 간행되었음에도 왜 1963년까지의 작품만을 수록했을까. 그 시간적 단절의 의미는 무엇일까. 이 작품 속의 시간은 1963년이 끝을 의미하지 않는다. 1959년 이후 조국(북한)으로 귀환이 현실화된 시간, 또 동시기 한일회담에서 '귀국문제'와 '국적문제'가 다뤄지면서 '귀환'의 가능성이 확대되기 시작한 시간을 의미한다. 특히 1965년 한일국교 정상화라는 사건은 재일조선인에게는 심리적으로나 법적으로 조국 '귀환'=이동의 가능성을 한층 고양시킨 것이었다. 하지만 김달수에게 국교정상화는 일회적인 사건이 아니었다. 그것은 1950년대 이후의 조국과 재일조선인 사회에 관련된 사건들의 연속이자 과정이었다. 그가 일본에 남아 있는 한(=재일), 1975년이라는 ⑧의 간행 시점은 그 연속과 과정의 한 지점에 불과한 것이다. 그러나 ⑧의 '재일조선인사'는 식민지시기부터 1963년까지의 과거 삶의 기록이지만, 그의 세계관과 조국에 대한 심상지리의 변화를 초래한 이후의 작품들이다. 1970년대의 김달수는 이미 소설에서 국경을 넘는 자유=투쟁과 관련한 갈등을 상실하게 된다. 그러면서 점차 그의 글쓰기에서 두드러지게 나타났던 조국과의 갈등은 소극(消極)화하고 내면화하면서 '먼 과거'(일본 속의 조선문화)로 향했던 것이다.

2. 재일조선인 김달수의 자전적 글쓰기의 원형 찾기

김달수의 1982년 자서전 속 고향 주소는 '경상남도 창원군 내서(內西)면 호계(虎溪)리 구미(龜尾)동'5)이다. 물론 이 주소는 현존하지 않는다. 그가 1930년 고향을 떠날 당시의 주소이다. "광호천(匡芦川)의 흰빛 강변들녘"과 그 "뒤에는 그다지 높지 않은 산"6)이 있다는 장소이다. 바로 그곳이 30년 이상을 가보지 못하고 가슴에 품고 있던 심상의 공간이자 그의 '재일'의 시원인 것이다.7)

김달수에게 그 고향이 선명하게 기억 속에 각인된 영상은 5살 때 부모가 6살 터울의 큰형8)과 함께 일본으로 떠날 때의 장면이다. 그때 그는 조모, 작은형과 함께 고향에 남겨진다. 그에게 이산의 삶이 시작되는 장면이다. 그리고 3년 후 작은형이 세상을 떠나면서 조모와 단 둘이 남았다가 그로부터 얼마 지나지 않아 일본의 아버지마저 세상을 떠난다. 그후 10살 때 그를 데리러 온 큰형의 손에 이끌려 일본으로 건너가며 '재일'의 삶이 시작된다.

> 당시 우리 일가는 도쿄의 에바라마치(荏原町)에 살고 있었는데, 나는 곧 내 키만치 하는 커다란 바나나바구니를 짊어지고(背負わされて) 폐지 줍기를 시키거나(させられたり) 그에 필요한 "산본쥬센(三本十錢, 3개에 10전)" 등과 같은 두세 마디의 일본어만을 가르쳐 받아(おしえられて) 낫토(納豆)를 팔거나 했다.9)(밑줄-인용자)

---

5) 金達壽, 『私の少年時代』, ポプラ社, 1982, 11쪽.
6) 위의 책, 11쪽.
7) 지금은 2010년에 마산, 창원, 진해가 합병되면서 창원시 마산회원구에 속한 하부 행정 단위의 어느 한 곳이다. '광호(匡芦)천'이라 쓰고 '광로천'이라 독음을 부기한 것은 현재의 '광려(匡廬)천'이 당시 '광로천'이라고도 불리기도 했기 때문인 듯싶다.
8) 김달수는 『私の創作と休験』에서는 "5살 터울"(109쪽)로 쓰고 있다.

그의 도일(渡日) 이후의 유년기는 이처럼 가난으로 기억된 시절이었다. 여기서 의식적으로든 무의식적으로든 전달하고자 하는 바는 가난으로 인한 피동과 사동적인 삶이다. 즉 누군가에 의해 짊어지고(背負わされて=짊어짐을 당하거나), 누군가가 (줍는 것을) 시키거나(させられたり=시킴을 당하거나), 먹고 살아가기 위한 최소한의 일본어를 누군가에게 가르쳐 받아(おしえられて) 살아가야 했다. 여기서 '누구'는 특정한 인물일 수 있겠지만, 그보다 식민지 체제 그 자체를 의미한다. 그런 피동과 사동의 삶 속에서 김달수는 "저주받은 운명 아래 수득(修得)"10)한 일본어로 말하고 쓸 수 있는 능력을 얻게 된 것이다. 이 일본어는 일본에서 살아가며 저항하는 도구가 된다.

김달수의 가난과 차별의 유년기로 시작한 '재일'의 삶은 반복적으로 자전적 글쓰기를 통해 드러난다. 재일조선인 작가 중에서 그는 자전적 글쓰기를 그 누구보다 많이 남긴 인물 중 한 명이다. 앞서 제시한 목록처럼 1970년대에 집중되어 있는 그 자전적 글쓰기의 유형도 다양하다. 일찍이 그의 문학 창작 활동이 주목받은 것은 일본어 문학장에서 희귀성을 지닌 존재이기 때문이라는 점에서 보자면, 그의 자전적 글쓰기는 일본 출판시장에서의 상품화 전략의 결과물일지도 모르겠다.

『민주조선』 창간호에 그가 발표한 작품은 1943년에 탈고했고 식민지 시기 회람동인지 『계림(鷄林)』(2호)에 발표한 바 있는 「조모에의 추억(祖母の思い出)」과 연재소설 『후예의 거리』였다. 전자는 고향을 떠나 일본으로 가기 위해 조모와 헤어지기 직전의 애달픈 기억을 그린 자전 에세이이다. 또한 후자는 식민지시기를 배경으로 한 장편소설이다. 그 후에는

---

9) 위의 책, 111쪽. 인용문은 의도적으로 직역한다.
10) 「編輯後記」, 『民主朝鮮』 창간호, 1946.4, 50쪽.

「이발소에서(床屋にて)」나 「이만상과 차계류(李萬相と車桂流)」 등을 발표하여 전후 일본어 문학 장에서 활동하는 계기를 마련한 지면이 바로 『민주조선』이다. 그리고 그가 최초 자전적 글쓰기를 묶어 출간한 것은 『나의 창작과 체험』(1955)이다. 이 책이 출간된 1955년의 시점은 신일본문학회의 회원으로서 「8·15 이후(八·一五以後)」(『신일본문학』, 1947.10)를 발표한 후 일본어 문학 장에서 조선인을 대표=대신해 활발히 활동하던 때였다.11) 해방 직후 이은직, 허남기, 박원준 등과 같은 동세대의 작가들이 『해방신문』 등을 통해 조선어 창작을 시도한 데 비해 김달수는 그 과정을 건너뛰고 있다.

김달수는 '머리말'에서 이 책의 '창작과 체험'이라는 제목은 집필, 독서, 실생활의 세 영역을 횡단하며 연쇄하는 것이라며 4개의 장으로 구성하고 있다. 우선 자신의 독서 편력을 다루면서 시가 나오야(志賀直哉)의 「심부름꾼의 신(小僧の神様)」을 중심으로 체험에 바탕을 둔 창작방법의 문제 즉 사소설에 대해서 다루는 것을 비롯해, 고바야시 다케지(小林多喜二), 재일타이완작가 규에이칸(邱永漢), 에리히 마리아 레마르크(Erich Maria Remarque)와 게오르기우(Constantin-Virgil Gheorghiu), 스틸(André Stil) 등의 작가에 대해서 언급하고 있다.12) 그 독해는 대개 자신의 실체험과 창작 활동에 연관시켜가며 읽어가는 방식을 취하고 있다.

집필에 관한 항목은 두 개의 장으로 구성되어, 『신일본문학』에 연재

---

11) 김달수는 1946년 신일본문학회의 상임중앙위원으로 선출되었을 때를 회고하며, "일본에서 조선인인 점이 득이 될 일 등은 어디에도 없지만 이것은 그 예외 중 하나"(金達壽, 「わが文學と生活」, 『金達壽小說全集』5, 筑摩書房, 1980, 347쪽.)라고 했는데, 이는 일본어 작가로서 일본어 문학장에서 그의 위치가 어떻게 만들어지는가를 짐작하게 하는 대목이다.(『金達壽小說全集』1~7의 인용은 이하 『전집』1~7로 쓰고 쪽수를 표기한다.)

12) 여기에 거론된 작가들은 대개 좌파계열의 작가이며 또 신일본문학회 등 일본의 좌파문단에서 선호하던 작가들이다.

를 마친 『현해탄』의 창작론에 대한 문답을 비롯해 '리얼리즘문학이 민
주주의문학이자 곧 전후문학'이라는 소신을 바탕으로 한 문학과 정치,
노동과 창작, 단편소설 작법 등에 대해 쓴 글을 묶고 있다. 그런데 거기
서도 일본대학 예술과 재학 시절에 『예술과』(이후 『신예술』로 개명)를 통
해 발표한 사소설 「위치」(1940.8)라는 작품을 중심으로 전쟁 중의 자신의
실생활과 문학에 대해 밝히고 있는 점에 주목을 요한다. 그것은 두 가
지 점에서 그러하다. 하나는 일본근대문학의 전통이라고 할 수 있는 사
소설의 영향을 말하는 것이고, 다른 하나는 자신의 전후 문학이 전쟁
중의 창작 경험으로부터의 연속선상에 있다는 것을 밝힌 것이라는 점
에서이다. 「위치」가 자신의 실생활을 바탕으로 창작한 것이지만 조선인
과 일본인 사이의 '차별'이라는 비대칭적 관계를 그려낸 민족 서사로
자해(自解)하듯이, 그의 자전적 글쓰기의 핵심이기도 한 이 연속성은 생
활에 관해서도 마찬가지 진술이 나타난다. "여기에 씌어진 것은 전전(戰
前) · 전중(戰中)의 1945년 8월 15일까지의 일이지만, 그럼에도 나는 이렇
게 생각한다. 이 같이 전전 · 전중의 생활이 나의 전후 생활을 결정했던
것은 말할 것도 없다."13)라고 『나의 아리랑 노래』에서 진술했던 것처럼.

　이 책 구성의 마지막 장은 '조선문학'에 대한 '안내'이다. 이때 '조선
문학'의 성격과 지향에 대한 김달수의 견해를 살펴볼 필요가 있다. 일
본어잡지 『문학』(岩波書店)에 발표했던 조선문학사, 즉 「조선문학의 사적
각서(朝鮮文學의 史的おぼえがき)」에서 "조선문학의 기원은 삼국 · 신라시대
의 향가, 설화, 민요"라면서도 "『삼국유사』에 수록된 불과 25편의 향가
를 제외하고"14)는 잔존하지 않아 실증적으로 밝힐 수 없다며 고려시대

---

13) 金達壽, 『わがアリランの歌』, 中公新書, 1977, 258쪽.
14) 金達壽, 『私の創作と体験』, 葦出版社, 1955, 192쪽.

부터 사적으로 정리한다. 이 글에서 참조하고 있는 것은 김태준의 『조선소설사』, 제1회 조선전국문학자대회 회의록 『건설기의 조선문학』, 한효의 『조선현대문학사조』, 이은직의 「조선문학의 행로」, 강철의 「조선근대문학의 사적 전망」이다. 그 중 김태준의 『조선소설사』는 그가 발간한 『민주조선』 창간호의 최초 연재물이다. 그 나머지는 해방 후 조선 내 좌파문학 조직이나 재일조선인의 자료를 활용하고 있다. 해방 직후 발표한 다른 글들(일본어), 「북조선의 문학」, 「조선문학에서의 민족의식의 흐름」, 「새로운 조선문학에 대하여」, 「8·15 이후의 조선문학」, 「조선남북의 문학 정세」 등과 함께 그가 조선문학의 번역자이자 소개자로서의 위치에서 작성한 것이다.15) 이는 식민지 말기 김사량, 유진오, 한효 등이 수행해왔던 작업들이지만 거기에는 편향이 뚜렷하다. "1945년 8월 15일은 이제까지의 조선문학에 가장 광범위한 자유와 충실한 가능성을 보증한 것"16)이라는 전제 아래, 물론 그것이 "잠깐 동안에 불과했"다 하더라도, 메이지(明治)문학의 이입을 통해 형성된 '조선(근대)문학'의 현재와 미래가 될 민주주의 문학(북조선17)의 문학)으로 재구축하고, 그로써 신일본문학회 회원으로 일본문학의 민주주의를 주장하는 인식의 전회(轉回)를 발휘하고 있다.18)

그 외에는 이기영의 「땅(소생하는 대지-蘇える大地)」를 비롯해 김사량,

---

15) 宋惠媛, 앞의 책, 31쪽.
16) 金達壽, 『私の創作と体験』, 213쪽.
17) '남조선'이나 '북조선' 등의 용어는 김달수의 정치적 입장을 담아 사용한 것일 땐 그대로 사용한다. 또한 1948년 이전의 호칭은 '남조선'과 '북조선'을 그대로 사용한다.
18) 이러한 김달수의 인식은 주로 일본의 프롤레타리아 작가들로 구성된 신일본문학회의 회원인 동시에 1952년 결성된 재일조선문학예술가총회(문예총)의 서기장이자 1959년 결성된 재일조선인문학예술가동맹(문예동)의 부위원장의 입장을 견지하는 차원에서 구성된 것이라 할 수 있다.

이병철과 최석주의 시 등 동시대의 북한문학을 언급하고 있다. 그 중
「김사량·사람과 작품(金史良·人と作品)」이라는 글은 『김사량작품집』(理論
社, 1954)의 출간에 부쳐 쓴 글인데, 전전(戰前)의 재일조선인문학으로서
김사량 문학의 '저항'을 논하고 있다. 그리고 김사량 문학이 전후 일본
사회에서 NHK 방송국의 「작가탐방 야스다카 도쿠죠(保高德藏)」, 『중앙공
론(中央公論)』 등에 의해 호명되는 과정을 밝히며 재일조선인문학의 현재
성, 즉 자신의 일본어문학의 기원을 논하고 있다.[19] 특히 『김사량작품
집』의 편집에서 흥미로운 점은 식민지시기 일본어문학에 한정하지 않
고 그 마지막 수록 작품으로 김달수 자신이 『중앙공론』에 번역·소개
한 한국전쟁 종군기 「바다가 보인다(海がみえる)」[20]를 수록하고 있는 점
이다. 이 점은 (북)조선문학예술총동맹의 부위원장이자 김일성대학 강사
를 역임한 김사량의 지위에서 알 수 있듯이 식민지시기 지배자의 언어
인 일본어로 창작하면서도 '조선문학'을 지킨 그의 문학이 전후 어디로
귀결되었는가를 보여주는데, 그것은 남한사회(정권)에 대한 부정이며 곧
자기 자신의 문학적 귀결이다.

 『나의 창작과 체험』에서 보여준 이러한 구성은 식민지 조선을 기원
으로 한 자신의 삶과 문학, 전전과 전후의 연속성, 일본 사소설에 의한
훈육과 그 전유의 글쓰기, 조선문학의 민주주의와 재일조선인문학의 연
관성을 담아내기 위한 전략이라고 하겠다. 이것이 바로 김달수의 자전

---

19) 김달수는 "『光の中に』에 묘사된 현실은 또한 우리들로부터 깨끗하고 완전하게 사라진 것
이 아니라, 『草深し』의 안에 나오는 군수는 지금은 남조선의 어딘가에서 이렇게 이번에
는 영어를 사용하고 있을 것임에 틀림없다."(金達壽, 『私の創作と体験』, 189쪽.)라는 식으
로 남한사회를 인식했다.

20) 「바다가 보인다(海がみえる)」는 김사량의 「바다의 노래」를 김달수 자신이 1953년 『중앙
공론』(秋季文藝特集)에 제목을 바꿔 번역·게재한 작품이다. 이 글에서는 이하 「바다가
보인다」로 쓴다.

적 글쓰기의 원형이다. 그 원형은 이 책 표지에 실린 낯선 조선의 농촌 풍경처럼 일본어 문학 장에서 이국취향(exoticism)을 자아내는 희소한 상품으로 계속 존재했던 것이다.

3. 자전적 글쓰기의 문학적 반복과 변주—단편집『전야의 장』

김달수가 자전적 글쓰기의 원형『나의 창작과 체험』과 함께 1955년에 펴낸 단편집『전야의 장』(東京書林)은『후예의 거리(後裔の街)』(1949),『반란군』(1950)21),『후지산이 보이는 마을에서(富士のみえる村で)』(1952)22),『현해탄』(1954)과 함께 창작집으로는 다섯 권 째이자 단편집으로서는 세 번째 책이다. 거기에는「탁주의 건배(濁酒の乾杯)」,「부대장과 법무중위(副隊長と法務中尉)」,「전야의 장」,「울상(泣き面相)」,「위치」,「잡초처럼(雜草の如く)」,「조모에 대한 추억」,「어머니와 두 자식(母と二人の息子)」이 수록되어 있다. 여기 수록된 작품은 시기적으로는 전쟁 중의 작품과 전후 작품으로 나눌 수 있으며, 창작 방법적으로는 대개 자전적 체험을 바탕으로 한 "기록문학적 소품"23)에 가까운 사소설이다. 그는 이 단편집에 대해서 이렇게 말한다. "이것은 나의 가난했던 청춘의 이야기이자 그런 책이라고도 할 수 있을 듯하다. 그것은 앞서 말한 검열이라는 것이 한편에서 말해주듯이 가난하고 어두운 어둠 속에서 눈만이 빛을 내고 있던 듯하

---

21)『叛亂軍』(冬芽書房, 1950)에는「大韓民國から來た男」,「華燭」,「八・一五以後」,「叛亂軍」,「司諫町五十七番地」가 수록되어 있다.
22)『富士のみえる村で』(東方社, 1952)에는「番地のない部落」,「矢の津峠」,「塵芥」,「續・塵芥」,「孫令監」,「釜山」,「眼の色」,「富士のみえる村で」가 수록되어 있다.
23) 宋惠媛, 앞의 책, 33쪽.

지만 나에게는 역시 잊을 수 없는 기록이다. 이 책의 이름을『전야의 장
』이라고 한 것은 이런 의미에서이다."라고,[24] 이 1955년의 시점은 이미
장편『후예의 거리』와『현해탄』을 각각『민주조선』과『신일본문학』에
연재를 마친 상태였다.
　그는『나의 창작과 체험』에서 소설가가 되기로 결심하는 과정에 대
해 적고 난 뒤 이렇게 쓰고 있다.

> 　즉 나는 조선인과 그 생활을 쓰려고 생각했다. 그리고 이것을 사람들
> 에게 알리고 호소하고 싶었다. 특히 이에 대해서는 여러 가지의 느낌과
> 생각(그것은 거의 틀린 것)을 가지고 있는 것을 알고 있다. 일본인을 향
> 해서 이것을 알리고 싶고, 알리치 않으면 안 된다고 생각했다. 이런 생
> 각은 지금도 변함없다. 더불어 나는 <u>전후, 전쟁 중부터 계획했던『민주
> 조선』</u>(계획했을 때는『계림』이라는 것이었다)<u>라는 조선사정을 소개하는
> 일본어 잡지를</u> 2, 3명의 친구들과 함께 꾀하며 발간(32호까지 나왔지만
> 지금은 정간)했던 것도 이 생각을 실행했던 것이었다.[25]
>
> 　　　　　　　　　　　　　　　　　　　(강조점-원문, 밑줄-인용자)

　이 문장에『전야의 장』의 작품 수록 의도가 담겨 있다. 전쟁 직후 그
의 가장 중요한 활동 중 하나였던『민주조선』의 창간(1946.4)이 이미 전
쟁 중에 계획했던『계림』의 연장선에 존재하는 것임을 강조한다. 그리
고 그 목적은 일본인에게 '조선인과 그 생활'을 알리고자 했던 데 있다.
일본어를 한 마디도 못하는 상태에서 도일한 후, 꼭 10년 만에 식민지
체제로부터 강제로 '가르쳐 받아(おしえられて)' 익힌 일본어로 일본대학
시절 쓴 처녀작인「위치」를 비롯해「잡초처럼」,「조모에의 추억」이 전

---

24) 金達壽,「あとがき」,『前夜の章』, 東京書林, 1955.
25) 金達壽,『私の創作と体験』, 115쪽. 김달수는『후예의 거리』또한 1944년 회람동인지『계림』
　　에 2장까지 연재하다 해방 후『민주조선』에 연재한 작품이라는 진술한다.

쟁 중에 발표된 작품이지만, 『전야의 장』에는 전후 발표된 다른 작품들
과 함께 수록되어 있다.26)

이러한 양상은 그 후 단편집에서도 줄곧 나타난다. 그럼 전쟁 중에
발표한 작품들이 새롭게 해방 후 단편집에 수록되는 양상들을 정리해
보자.

〈표 1〉 전쟁 중 작품의 전후 단편집 수록 현황

작품	지면	발표일	필명	수록 단행본	비고
위치 (位置)	예술과	1940.8.	김달수	『전야의 장』(東京書林, 1955.9.) 『후예의거리(後裔の街)』(東風社, 1966.4.) 『소설 재일조선인사』상(創樹社,1975.5.)	
오야지 (をやじ)	예술과	1940.11.	大澤達雄		1940.10.10. 문말
기차도시락 (汽車弁)	신예술	1941. 3.	김달수		예술과의 후신 문말 12.15.
쓰레기 (塵)	문예 수도 (文藝 首都)	1942.3.	金光淳	신일본문학회 편, 『새로운 소설(新しい小說)』제2집(1948.4.) 『후지산이 보이는 마을에서(富士のみえる村で)』(東方社, 1952.9.) 『박달의 재판』(筑波書房, 1959.5.) 『후예의 거리』 『일본현대문학전집106, 현대명작선(2)』(講談社, 1969.6.19.) 『박달의 재판』(潮出版社, 1973.2.) 『소설 재일조선인사』상	『민주조선』 「쓰레기선 후기 (塵芥船後期)」 쓰레기(塵芥)
잡초 (雜草)	신예술	1942.7.	大澤達雄	『전야의 장』 『후예의 거리』 『소설 재일조선인사』상	『민주조선』(1947.6) 잡초와 같이 (雜草の如く)

26) 각 작품의 초출을 정리하면 이렇다. 「濁酒の乾杯」(『思潮』, 1948.9.) / 「副隊長と法務中尉」(『近代文學』, 1953.1/2.) / 「前夜の章」(『中央公論』, 1954.4.) / 「泣き面相」(『別冊文藝春秋』, 1954.4.) / 「位置」(『藝術科』, 1940.8.) / 「雜草の如く」(『新藝術』, 1942.7.) / 「祖母の思い出」(『계림』 1944 / 『民主朝鮮』, 1946.4.) / 「母と二人の息子」(『群像』, 1954.5.). 그의 작품이 전후에 다양한 메이저 지면에 발표되었음을 확인할 수 있다.

작품	지면	발표일	필명	수록 단행본	비고
조모에의 추억 (祖母の思い出)	계림2호	1944.	孫仁章	『전야의 장』 『후예의 거리』 『소설 재일조선인사』상 『나의 소년시대』(ポプラ社, 1982.)	『민주조선』 1943.11.26.탈고 회람동인지

물론 이 작품들은 모두 『전집』(1980)에 수록되어 있다. 이 작품들이 이처럼 오랜 시간을 두고 각종 작품집과 재일조선인으로서의 자기상을 만들어내는 글쓰기에 자주 언급된 작품들이다. 그 중 '나'라는 조선인 학생과 '다나아미(棚網)'라는 일본인 학생이 아파트를 빌려 공동생활을 하다가 '다나아미'가 '나'에 대해서 보인 우월감에 결국 그 생활이 파탄 나는 상황을 그린 「위치」는, 처녀작인 까닭인지 여러 자전 속에서 특히 자주 언급되고 있다.[27] 그의 자전적 글쓰기의 원형으로 읽히는 『나의 창작과 체험』에서도 "『위치』는 이러한 허구의 작품이지만, 그러나 수법 으로서는 분명하게 일본문학 특유의 이른바 사소설의 영향이 보인다. 어떤 의미에서는 경험주의적이기도 하다."[28]고 자술하고 있다. 이 소설 속 일본인 학생 '다나아미'는 실제 모델이 존재하는 인물이었다. 김달수 는 태평양전쟁에 징용을 나갔다가 부상 후 후송되어왔을 때 다시금 만 난 바 있는 인물이라고 후일담을 적은 바 있다.[29] 이 소설이 태평양전 쟁이 한창 중일 때 씌어진 작품임을 고려할 때 그 배경 등이 전혀 드러 나지 않은 채 개인적인 심경만이 진술되어 있을 뿐인 습작기의 작품임 을 부정할 수 없다. 단편집 『전야의 장』에 수록된 전후 작품만 보더라

---

27) 「위치」에 관한 글은 '1.들어가기'에서 제시한 단행본 목록 중 ⑥과 ⑦을 제외하고 모두 수록되어 있다.
28) 金達壽, 『私の創作と体験』, 124쪽.
29) 위의 책, 123쪽.

도, 우선 조련의 해산 이후 요코하마의 조선학교에 대한 탄압에 맞서는 투쟁을 그린 표제작인 「전야의 장」과는 크게 차이가 나는 작품들이다. 그럼에도 왜 김달수는 자신의 첫 단편집에 「위치」 등과 같은 습작기의 작품을 수록한 것일까.

김달수 자신이 언급한 바 없기 때문에 그 답을 찾기는 어렵다. 하지만 그가 소학교 4학년 때 막연하나마 소설가가 돼야지 하고 생각했던[30] 이후 그의 문학기에서 자주 회자되는 인물이 바로 김사량과 시가 나오야(志賀直哉)라는 점에서 그 물음에 대해 다뤄보고자 한다.

김사량은 1939년 「빛 속으로(光の中に)」로 아쿠타가와(芥川)상 후보에 올라 장혁주 이후 가장 주목받은 조선인 일본어 작가이다. 그때 김달수는 일본대학 재학 중에 「위치」를 발표하였다. 이후 김달수는 야스다카 도쿠조(保高德藏)의 『문예수도』의 동인으로 「쓰레기」를 발표하고 김사량에게 그의 가마쿠라(鎌倉)시절에 많은 영향을 받는다. 1940년대에 들어서 일본에서의 '조선 붐'[31]은 김사량의 등장으로 촉발되었다거나, 파시즘에 의해 암흑기를 보내던 일본문학계가 '저항의 선수(選手)'로서 조선문학을 발견하려 하면서도 '대동아공영권'적인 사상과 미묘하게 뒤섞여 있었다고 평가한다.[32] 그런 가운데 김달수는 당시 "김사량이 일본어로 썼던 작품은 순수한 의미에서 조선문학이라고는 말할 수 없지만"[33]이

---

30) 위의 책, 111쪽.
31) 『モダン日本・朝鮮版』(1939)에 조선문학이 일본어로 번역 소개된 후 각종 문예지를 통해 소개되는 흐름이 형성되었던 것을 지칭한다.
32) 金達壽, 「金史良・人と作品」, 『私の創作と体験』, 173쪽. 김달수는 김사량의 등장 시기에 아오키 히로시(靑木洪) 등도 언급하면서 자신들의 입장에서 부정적인 존재라면서 김성민과 함께 그 '전락(轉落)'이 확실해진 장혁주의 존재를 언급하고 있다. 그런데 확실한 증거가 없긴 하지만, 그가 문학에 뜻을 두기 시작한 시기에 장혁주는 '조선'의 상품화 전략에서 가장 두드러진 존재였던 점은 간과할 수 없다. 그리고 그후 그는 장혁주라는 존재에 대해 전혀 언급하지 않는다.

라고 말한다. 이것은 단순히 김사량의 일본어 문학을 지칭하여 말하고 있는 것만은 아니다. 당장 자신이 지금 창작하고 있는 일본어 문학에 대해서도 해당되는 바이다. 하지만 뒤이어 김사량이 망명지 중국에서 평양으로 귀환한 후 '(북)조선문학예술총동맹 부위원장'이라는 지위를 가지고 진정한 '조선문학'의 창작자로 살아가고 있음을 전한다. 『김사량작품집』은 식민지시기 일본어 작품에다 김사량의 유작이자 종군기인 「바다의 노래(바다가 보인다)」의 일본어 번역도 수록되어 있는 작품집이다.

김달수는 '미제국주의'의 지배하에 발발한 1946년 10월 인민항쟁으로부터 작가들의 월북, 그리고 남겨진 자들에 대한 투옥, 처형 등의 탄압 속에 빨치산으로 들어가는 양상을 두 편의 시로 소개하면서 '미제국주의'에 의한 한국전쟁 속에서의 조선문학과 그 문학자들이 지닌 (올바른) 의미에서의 정치적 숙명에 대해서 논하고 있다. 이런 진술에서 보면, 그는 조선문학에 일정한 거리를 두고 상대화하려는 태도와 더불어 그에 대한 정치적 동일성에의 지향을 동시에 보여주고 있다고 하겠다. 이는 패전 후 일본에서 김사량 문학을 어떻게 의미화할 것인지 하는 전략의 차원에서 『김사량작품집』에 「바다가 보인다」를 수록한 것처럼, 식민지시기의 '저항' 문학이 어떻게 진정한 '조선문학'으로 전환해가는지를 보여주는 것이라 할 수 있다.

한편, 김달수는 자신의 문학 수업에 관한 이야기에서는 히라카바(白樺)파의 시가 나오야를 자주 언급한다. 시가는 "오늘날 일본의 작가 중 가장 많이 자기 경험으로부터 재료를 취하는 작가 중 한 명"이라는 같은 히라카바파인 히로쓰 가즈로(廣津和郎)의 말처럼 그는 많은 작품에서 자

---

33) 앞의 책, 172쪽. 김달수는 해방 직후 '용어 문제'에 대한 논의에서도 일본어로 씌어진 조선문학은 "기형적인 조선문학"이라고 단정했다.(金達壽, 「一つの可能性」, 『朝鮮文藝』, 1984. 4, 13쪽.)

신과 그 주변을 그리고 있다. 김달수는 습작기인 20살 전후로 해서 그런 시가에게 '도취'된 적이 있다고 한다. 특히 자주 언급된 소설은 「심부름꾼의 신」이다. 그의 자전적 글쓰기의 원형이라고 할만한 『나의 창작과 체험』에서도 어김없이 언급한다. 이 짧은 단편소설은 간다(神田)의 저울 가게에서 일하는 가난한 심부름꾼 센키치(仙吉)란 인물의 에피소드를 그린 작품이다. 왕복 전철 값 중 편도 값을 아껴 스시 집을 갔지만, 자신이 가진 돈이 모자라 이미 손으로 쥐었던 스시를 그대로 내려놓고는 나가 버린다는 에피소드를 다룬 소설이다. 소설에서 시가(志賀)의 경험은 이 에피소드를 목격했던 것뿐이다. 그 나머지 중에는 센키치를 동정하는 '귀족원 의원 A'가 나오는 에피소드가 있는데, 그 A의원이 시가의 생활, 기분, 견해, 사고방식이 반영된 인물이라 볼 수 있다고 말한다.

여기서 김달수는 「심부름꾼의 신」에 대해 크게 두 가지 점을 지적한다.34) 하나는 작가의 관찰과 묘사의 정확함에 따른 강렬한 리얼리티이다. 그 다음은 '귀족원 의원 A'라는 인물에 대해 언급하며 그 인물과 시가의 '안이한 관념'을 비판한다. A의원이 센키치를 동정하여 스시를 사주지만, 오히려 이상하게 쓸쓸하고 묘한 기분이 들어 그 이유가 무엇인지 의문을 품는다는 줄거리에서 시가의 한계를 지적한다. 그리고 시가가 "하층 서민 생활에 어두워"35) 센키치라는 인물을 안일한 관념의 대상으로밖에 그려내고 있지 못했는데, 더 깊이 있게 추구했어야 한다고

---

34) 이 두 가지 점 외에도 발표 시점의 흥미로운 점에 대해 지적한다. 이 소설의 발표 시점이 "1919년이라고 하면, 이 시기는 전년에 제1차 세계대전이 끝나고, 일본은 자본주의의 爛熟期에 있었으며, 바깥에서 보면 가장 화려한 시대였다. 다시 말해 식민지 조선에서는 3·1 민족독립항쟁이 일어났지만 일본은 이른바 '자유'의 다이쇼(大正) 중기로서 사상적으로 데모크라시"였다며 이러한 시대 배경 안에서 읽어볼 것을 요구한다.(金達壽, 『私の創作と体験』, 14쪽.)

35) 위의 책, 31쪽.

지적한다. 이 두 가지의 지적이 바로 애초 김달수가 시가 나오야를 통한 자기 문학의 지향이 무엇인지를 보여주는 대목이라 할 수 있다.

김달수에게 있어 문학 언어는 일본어이다. 그것은 가난했던 유년기에 생계를 위해 식민 지배자에게 '가르쳐 받았던'(おしえられた=강요된) 언어로부터 시작된 것이었다. 그러면서 스스로가 일본 사소설의 정수라는 「심부름꾼의 신」의 관찰과 묘사의 정확함에 도취되는 데까지 이르게 된다. 하지만 그의 눈앞에 세계는 가난과 차별 속에 살아가는 조선인의 생활과 언어이고, 또 그 속에서 성장했다. 그의 문학적 체험의 세계와 실생활 속 체험 사이의 간극은 일본어 문학장에서의 그의 문학적 생장에 있어 아이러니가 아닐 수 없는 것이다. 그가 '김사량의 일본어 작품은 순수한 의미에서 조선문학'일 수 없다고 했듯이, 그 아이러니는 결국 자신의 문학은 무엇인가를 묻지 않을 수 없게 만들었던 것이다. 그런 가운데 『나의 창작과 체험』에서 보여준 자전적 글쓰기의 구성 원칙, 즉 식민지 조선을 기원으로 한 자신의 삶과 문학, 전전과 전후의 연속성, 일본 사소설에 의한 훈육과 그 전유의 글쓰기 등이 소설로서 어떻게 재현되고 있는지를 이 단편집은 보여주고 있는 것이다. 그 위에 조선문학의 민주주의에의 또 다른 길로서 재일조선인문학의 기원과 원형으로서 자기 문학의 욕망을 이 단편집을 담고 있다고 할 수 있다.

4. '나'를 넘어 재일의 역사가 된 소설–『소설 재일조선인사 상·하』

김달수의 소설은 '조국'을 공간적 배경으로 한 작품군과 '일본'을 무대로 한 작품군으로 크게 나눌 수 있다. 그 중 후자의 작품들을 중심으로 묶은 것이 바로 1975년에 발간한 단편집 『소설 재일조선인사 상·하』[36)] 이다. 그렇다면 우선 이 단편집에 수록된 작품들이 창작 시점과 시대적 배경, 그리고 등장인물들의 이동 방향 등에 대해서 정리해보자.

〈표 2〉『소설 재일조선인사 상·하』수록 작품 분석표

연도	수록	작품	시대 배경	이동 방향	인물(대상-화자)
전쟁 중	상I	「塵芥」/「位置」/「雜草の如く」/「祖母の思い出」	식민지시기	(조국→)일본	
47	상II / 하序	「李萬相と車桂流」/「八・一五以後」	식민지시기 / 조련 시절	일본(→조국) / -	李英用(화자)
48					
49	상III / 하I	「叛亂軍」/「番地のない部落」	여순사건(국군반란) / 조련시절	일본→남한 / 귀환 행렬-일본	仁奎(화자) / 朴一德일가 / 윤첨지
50	하I	「矢の津峠」	조련해산	-	
51	하III / 하II	「富士のみえる村で」/「孫令監」	조련해산 후 / 한국전쟁	- / -	나(화자)
52	상III	「前夜の章」	조선학교폐쇄령	-	安東淳
53	상III	「副隊長と法務中尉」	전쟁중~해방직후	일본→남한	김진주 / 황운기-安東淳
54	상I	「母と二人の息子」	전쟁중~해방직후	-	安東淳
55	하I	「旅で會った人」	전후(고도성장기)10년	-	탄부 金丙宇-나(작가)
56					
57					
58					
59	하IV / 하II / 하II	「日本にのこす登錄證」/「壹村吉童傳の試み」/「委員長と分會長」	귀국선 출발 / 한국전쟁중 / 총련시기	남한→일본→북조선 / - / -	吳成吉-나 / 壹村吉童-나
60	하IV	「夜きた男」	4・19혁명	남한→일본→남한	都平澤-나
61					

---

36) 『소설 재일조선인사 상·하』는 이하 『조선인사』상·하로 표기한다.

연도	수록	작품	시대 배경	이동 방향	인물(대상-화자)
62	상序	「中山道」	귀환운동(관동대지진)	일본→북조선	張萬石-나
	하Ⅳ	「孤獨な彼ら」	5·16군사쿠데타	일본→북조선	鄭太雄-나
63	상序	「慰靈祭」	전후(관동대지진)	-	

이 단편집을 독해하기 위해서는 세 시점(時點)에 주목할 필요가 있다. 그것은 출판·편집 시점이 1975년인데 그 수록 작품의 창작 시점이 모두 1940년부터 1963년까지이며 시간적 배경이 1923년부터 1960년대 전반까지라는 사실이다. 그래서 1940년부터 1963년까지 창작된 작품을 모아 1975년에 출간하면서 드러날 수 있는 그 시간의 차이가 어떻게 메꿔지는가 하는 문제가 중요하다. 오다 마코토(小田實)가 해설에서 정의한 것처럼 이 선집은 재일조선인의 "'도중'의 역사"[37]이다. 하지만 김달수 개인의 입장에서만 보자면 오히려 이 선집의 의도는 한 시기의 '매듭짓기'에 있다 해야 하지 않을까. 왜냐하면 그 물리적 시간의 차이가 너무도 클 뿐만 아니라 선집의 소설들에서 알 수 있듯이 귀국사업과 한일회담 등의 정치적 사건에 의해 그의 조국에 대한 심상지리나 거리 감각이 크게 변했고,[38] 또한 남한과 일본, 북한과 일본 사이 새로운 관계의 출발을 알리는 1965년의 한일 국교정상화를 시발점으로 한 '65년 체제'의 지속 속에 1972년 '7·4공동성명'의 정치적 충격이 너무도 컸기 때문이다. 더구나 그에게 1975년은 총련 탈퇴 후 "이제까지의 경험에 비춰 우리들에게 다양한 곤란이 예상"[39]되는 상황 속에서 『계간 삼천리』를 발

---

37) 『조선인사』 하, 328쪽.
38) 귀국사업과 한일회담은 연동된 하나의 과정으로 봐야 한다. 1961년 이후 귀국자가 격감하자 총련은 1962년 6월 한일회담 반대운동과 연관시켜 귀국자 획득운동을 전개한다.(高崎宗司·朴正鎭編著, 『歸國運動とは何だったのか』, 平凡社, 2005, 46~48쪽.)
39) 『創刊のことば』, 『季刊 三千里』 春, 1975. 1. 여기서 앞으로 닥칠 '다양한 곤란'이라는 것은 총련의 방해 공작을 의미함을 짐작할 수 있다.

행하기 시작한 시점이기도 하다. 따라서 이 선집 속 작품들의 시간적 배경이 1960년대 전반까지라는 점에서 볼 때, 이 선집은 1975년의 시점을 강조하며 과거 '나'에 대한 '매듭짓기'의 성격이 강하다고 하겠다.

한편 1964년 이후 김달수는 거의 장편 『태백산맥』(1964~1968 연재)의 집필에 전념하다시피한 시기이다. 어쩌면 『태백산맥』(筑摩書房, 1969)이 그 시간적 차이를 메꾸는 측면이 있다고도 할 수 있다. 태평양전쟁 중의 조선을 배경으로 했던 『현해탄』의 후속 작으로 기획 집필한 『태백산맥』은 1945년 해방 이후의 조선·서울을 중심 무대로 한 작품이다. 그렇다면 『조선인사』는 『태백산맥』의 배경과 대칭하는 위치에 있는 작품집이라고 할 수 있다.

또 한 가지는 1975년이라는 시점이 선집의 편집에 관여했던 관점이다. 편집·출간 시점과 창작 시점의 시간적 차이는 바로 편집의 관점에 의해 메워진 것이다. 1975년이라는 시점은 하세가와 시로(長谷川四郎)가 이 소설집에 헌사한 글에서 "자네는 소설가로부터 역사가가 되어버렸구면"(363쪽)이라고 지적한 때이다. 하지만 김달수는 "이번에 소설을 썼다구. 내달 『문예(文藝)』를 읽어보라구"라며 대꾸한다. 그 소설이 바로 「쓰시마까지(對馬まで)」인데, 쓰시마까지 가서 눈앞의 부산으로 떠나지 못하는 망향을 그린 작품이다. 소설을 쓰지 못하는 시간이었던 1970년대 그는 『일본 속의 조선문화』 시리즈를 통해 역사가로서의 삶을 살았다고 할 수 있다. 그가 다루는 역사, 즉 그 시리즈는 재일이라는 정체성을 두고 일본이라는 장소에 동일화하는 방식으로 구성하고 있다는 점에 그 특징이 있다. '도래인'의 역사를 자신=재일조선인의 기원으로 찾기 위한 '먼 과거'의 이야기인 『일본 속의 조선문화』와 궤를 같이한다고 하겠다. 그 시간을 창작의 공백기라고 한다면 그 의미는 무엇일까.

1) '재일'이라는 장소와 '필연적 희생'

우선 이 소설집의 구성과 서장의 의미에 대해 이야기해 보자. 이 소설집의 상·하권에는 각각 서장을 배치하고, 그 각각은 3개와 4개의 장으로 구성되어 있다. 앞서 지적했듯이 모두 아홉 개의 장으로 구성된 이 소설은, 김달수가 「후기(あとがき)」에서 밝혔듯이 상권은 전전, 하권은 전후로 나눠 다루는 시대 순으로 나열한 구성이다. 그러나 후술하겠지만 사실 그렇게 구분되어 있다고 엄밀히는 말할 수 없다.

상권의 서장에는 1923년 관동대지진을 소재로 다룬 두 편의 단편, 「중산도(中山道)」(1962)와 「위령제(慰靈祭)」(1963)가 수록되어 있고, 하권의 서장에는 「8·15 이후」가 수록되어 있다. 서장의 의미가 이 단행본의 전체를 관통하는 메시지를 함의하는 부분이라고 할 때, 각 작품은 남다른 의미를 갖는다. 우선 상권의 두 작품에서 다룬 관동대지진은 단순한 과거 피해의 기억으로서가 아니다. 그것은 재일조선인의 차별과 피해의 기원인 동시에 일본이라는 장소가 그 당시 학살의 현장 안에서 살아가는 누구에게도 자유로울 수 없다는 주술을 덧씌우는 장치로서의 역할을 하고 있다. 「중산도」는 '조선총련'에서 주도하던 조국(북조선)으로의 귀환에 앞서, 한 노인(張萬石)이 40년 전 조선인 대학살에서 홀로 살아남은 자의 죄책감으로 대학살의 현장(=神保原)을 다시금 찾는 이야기다. 지금은 일본의 '중요 전통적 건조물군(建造物群) 보존지구'로서 중요한 관광지이기도 한 '중산로'에서 벌어진 비극의 역사를 "저자인 나"와 노인 아들의 존재를 통해 기억하며 소설을 맺는다. 역사지리상의 전통적 의미를 지닌 장소를 학살 서사의 장소로 의미를 전도시키고 있는 것이다. 이 작품 속의 과거 시간은 편도만이 허락된 영구 귀국에 앞서 진행된 제의를 통한 대학살의 환기가 바로 1975년의 시점으로 환원된 것이다.

그 점에서는 「위령제」도 마찬가지 해석이 가능하다. 이 작품에서도 관동대지진 때 대학살 기억의 재생 투쟁이 벌어지는 현장이 등장한다. 도쿄 근방의 C현의 접경지대가 개발 소문으로 지가(地價)가 치솟고 있었다. 한 주민(=毛利)이 자신의 밭에 대한 지가 상승을 기대하고 토지회사와의 교섭을 지연시키고 있었다. 그런데 어느 날 토지매매 교섭이 끊긴다. 이유인 즉 과거 그 밭이 대학살의 현장, "조선인 피의 바다"였다는 소문 때문이었다. 일본인 모리(毛利) 등은 자기 선조들의 소행이 아니라 그저 자신의 밭에서 일어난 사건일 뿐이라며 당시 가담했던 이들의 후손들의 명단을 들고 차례차례 방문한다. 그것은 공포와 같은 기억의 재생이었다. 과거 폭력의 가해자인 일본인에게 피해자의 원혼(冤魂)에 대한 공포가 '조선총련'(사람들)에 대한 공포로 전화해간다. 그래서 조선총련 사람들과의 협력을 통해 위령제를 지내는 것으로 소설은 끝을 맺는다. 대학살 피해 조선인에 대한 '위령'과 '진혼'이라는 키워드로 독해되는 「중산도」와 「위령제」는 '필자인 나의 등장'=기록자나 '위령비'라는 기념물을 통해 피해 기억의 영원성을 보여주고 있는 것이다. "트라우마 장소는 어떤 과거 사건의 잠재력을 유지하는데, 이는 사라지지 않고 또 어떤 시간적 거리를 만들지도 않"기 때문에[40) 유지되는 집단적 기억의 영원성은 '재일'의 삶 자체가 안고 있는 불안이다. 「전야의 장」에서 패전 후 조선학교 폐쇄령에 대항하는 교육투쟁의 현장에서 그들이 관동대지진의 대학살을 떠올릴 수밖에 없었던 이유도 그 때문인 것이다.

하권의 서장인 「8·15 이후」도 하권의 전체를 관통하는 이야기다. 귀국자들이 몰려드는 일본 패전 후 시모노세키(下關)와 하카타(博多)의 광경으로부터 시작하는 이 작품에서는 "만세, 만세! 대한독립만세!" 소리

---

40) 알라이다 야스만, 『기억의 장소』, 변학수·채연숙 옮김, 그린비, 2011, 454쪽.

가 현해탄을 건너 울려 퍼진다. 하지만 오히려 일본으로 밀항하다 사세보(佐世保)수용소에 억류된 어머니를 모시러 가는 K현(縣) 조련 간부인 이영용의 운명은 기묘하다. 산후 영양실조로 세상을 떠난 아내의 죽음 소식을 들은 어머니의 곡소리와 "범인은 도쿄도 요도바시(淀橋)구 ××정 12 서두용(23)"이라는 신문 활자를 보고 커다란 눈물을 떨구는 이영용. "가엽구나, 가여워" 하는 어머니의 곡소리는 자신의 아내의 죽음을 애도하는 것뿐 아니라 해방이 되어서도 불안과 차별 속에서 살아가야 하는 모든 조선인의 현재성에 대한 슬픔을 표하는 것처럼 들린다. 재일조선인의 전후는 이렇게 시작하였다. 이처럼 하권에서는 남겨진 자와 다시 돌아온 자들이 엉켜 살아가는 조선인부락의 이야기가 주를 이룬다. 「번지 없는 부락」, 「야노쓰 고개(矢の津峠)」, 「여행에서 만나 사람(旅で會った人)」, 「손영감」, 「위원장과 분회장」 등이 그렇다. 10 여년에 걸쳐 씌어진 이 작품들 속 재일조선인 부락에서 일어난 사건들은 당시 조국의 정치적 상황에 자유롭지 않다. 조련 해산과 조선학교 폐쇄령, 한국전쟁, 귀국사업, 한일회담, 4·19, 총련 결성 등 1950년대 재일조선인을 둘러싸고 일어난 사건들 속에서 그는 '필연적 희생'을 떠안은 남겨진 자의 위치를 지킨다. 그리고 '나'이거나 그의 분신격인 화자를 등장시켜 다시금 돌아온 자(도일=밀항), 떠나는 자(역밀항), 남은 자의 이야기를 "뿌리 없는 풀"(166쪽)의 삶처럼 그려내고 있다.41)

---

41) 김달수 소설에서 '밀항'이라는 기호는 귀환의 간절한 욕망을 전유한 표현이다. 『현해탄』 등의 작품은 일명 '북송'이라고 불리는 '귀국사업'이 최고조에 이른 1959년에 시작되었지만, 그것이 점차 소강상태에 빠지기 시작한 상황에서 남한과 일본 정부 사이의 소위 '한일회담'이 제6차 회담까지 이어지며 국교정상화를 목전에 둔 시점인 1963년부터 '밀항'이라는 소재가 사라진다는 점은 흥미롭다.

2) 기록자 '나'라는 존재

김달수가 자신의 자전 중에서 시가 나오야를 언급한 것은 앞서 제시한 이 글의 대상 텍스트 중 ①~⑥이다. 1982년에는 "내가 왜 시가 나오야의 작품을 애독하게 되었는지, 이상하게 생각하는 사람이 있을지 모릅니다. 분명 나는 이제까지 얘기해왔듯이 일하기 위해서 소학교도 중퇴할 수밖에 없었던, 이른바 땅을 기는 듯한 생활자였습니다. 한편 시가 나오야 쪽은 가쿠슈인(學習院)에서 도쿄(東京)대로 그리고 도쿄대도 단지 재미없다는 이유로 그곳을 중퇴했다. 내 입장에서 보면 '귀족'에 가까운 사람입니다."42) 그럼에도 시가 나오야를 통해 "자신은 무엇을 쓸 것인가라는 것을 처음 생각하게 되었던 겁니다. 그때 역시 자기 자신의 체험이라는 것이 문제가 되는 것입니다. 즉 체험이 그 방법이 된다는 사실입니다."43)라고 밝히고 있다.

김달수는 자신의 문학이 일본 사소설의 영향 속에 자라난 것이지만, 그것을 통해 자신의 체험에 바탕을 둔 관찰과 묘사의 정확함을 기하며, 한편 자신의 체험 세계 중에서 차별 속에 살아온 (재일)조선인의 삶과 역사를 그려냄으로써 일본사회에 그것을 '알리고 호소하는' 역할을 하고자 했던 것이다. 여기서 창작이고 허구이지만 기록문학적인 방법을 취한 그의 문학에서 '재일조선사'의 현장은 민족지(民族誌)적 기술 대상일 수 있다. 그런데 거기에는 어쩔 수 없이 자신과 조선인/그들 사이, 즉 화자(혹은 서술자)로서의 자신과 대상으로서의 조선인/그들 사이에 간극이 존재하게 마련이다. 그 간극을 메꾸는 방법은 조선인/그들의 이야기를 대신(agency)하는 자신의 이야기로 대표(representation)하는 것이다.

---

42) 金達壽, 「わが文學への道」, 金達壽・姜在彦 공편저, 『手記在日朝鮮人』, 龍溪書舍, 1981, 25쪽.
43) 위의 책, 26쪽.

그것이 바로 그의 문학 중에 존재하는 대표의 정치학이라 할 수 있다. 그의 소설에서 자신(화자)과 조선인(대상)의 구도가 시가의 사소설 「심부름꾼의 신」에서 심부름꾼 센키치와 그를 동정하는 '귀족원 의원 A' 사이의 구도와 비슷하지만, 그의 소설 속 화자는 대상에 대해서 특권적 존재로서 언제든지 대표하거나 동일화할 수 있는 관계에 있다는 점에서 차이가 있다.

앞서 지적했지만, 재일조선인으로서 김달수는 전후 일본어 문학의 장에서 희귀한 존재였다. 신일본문학회 회원이자 공산당원으로서의 그의 존재는 새롭게 전후 민주주의 문학장의 형성 과정에서 거기에 참여하는 재일조선인문학의 기원으로 위치 지어졌다. 하지만 그가 재일조선인 문학의 기원으로 위상을 갖게 된 것이 그 이유만은 아니다. 다양한 유형의 자전적 글쓰기를 반복적이고 전략적으로 발표함에 따른 것이었다. 그것은 기원으로서의 위상뿐만 아니라 강요된 식민 지배자의 언어 즉 '가르쳐 받았던(おしえられた)' 일본어(문학)의 전유(appropriation)를 통해 자신의 문학을 의미화하기 위한 전략에서였던 것이다.

「중산도」에서 조국으로 떠나기에 앞서 조선인 대학살의 현장을 방문한 장(張)노인의 기록자로 '나'를 등장시킨 것은 1975년에도 남은 '재일'하는 '김달수'의 존재를 상기시킨다. 이 시기 김달수는 자신의 분신격 인물로 '안동순'을 「어머니와 두 아들」, 「부대장과 법무중위」, 「전야의 장」에서 등장시키고 있다. '안동순'은 대개 기록자=화자로서의 기능을 한다. 그 중 「부대장과 법무중위」에서의 안동순은 「중산도」의 '나'처럼 떠나지 않은 자의 입장에서 일본의 패전을 예지해 조선으로 밀항해 간 김진주를 그리고 있다. 김진주는 해방 후 서대문 형무소에서 출옥하여 1946년 10월 인민항쟁에 참여, 빨치산으로 들어간 인물이다. 한편, 일본

내 항일조직을 탄압하던 일본제국주의 군대의 보조헌병 군조(軍曹)였던 황운기가 패전 후 남조선으로 귀국해 악명 높은 군법회의를 주재하는 법무중위가 된 대조적인 인물로 등장한다. 두 사람은 조국 해방에도 불구하고 일본에서와 마찬가지의 검속 관계가 지속된다. 그들에 관한 그런 정보는 안동순에게 서한과 전언으로 전달된다.

상권의 Ⅲ장에 수록된 「반란군」, 「부대장과 법무중위」, 「전야의 장」은 상권에 수록되어 있지만 사실 패전 직후 일본사회의 재일조선인 투쟁사를 그리고 있다. 「반란군」의 '인규(仁奎)'라는 인물도 일본의 패전 이후 조선 사람(이름)으로서의 정체성을 획득하고 조련 사업에 투신하던 '추훈(秋薰)'이 지리산으로 들어가기 위해 밀항을 결심하자 그를 부둥켜안고 오열한다. 남북의 분단 현실에 대응하여 삶의 태도와 방향을 '조국행'과 '재일'로 결정한 두 청년의 모습을 그리고 있는 것이다. 「8·15 이후」의 이영용도 "마지막에 귀환하는 조(組)가 되어야만 하는"[44] 인물이다. 그럼에도 남아야 하는 것은 '필연적 희생'이라고 말한다. 1975년까지 '재일'로 남은 자신의 삶이 바로 '필연적 희생'으로 해석 가능한 것이다.

하권 Ⅳ장에서는 실제 1959년에 대규모로 이뤄진 귀국사업과, 또 한 가지 귀국의 가능성이 가시화된 한일회담에 의해 재일조선인의 조국과의 심상적 거리감에 변화가 일어나던 시기에 북과 남으로 떠나는 사람들의 이야기이다. 특히 남한에서 작가인 '나'의 작품을 읽고 밀항해 방문한 도평택이라는 인물을 그린 「밤에 온 남자(夜きた男)」에서 그는 남쪽으로 되돌아가며(=역밀항) '나'에게 이렇게 말한다. "아니 안 됩니다. 당신이 만약 귀국할 때는 반드시 북으로 가야합니다"[45]라고. 귀국사업

---

44) 『조선인사』 하, 10쪽.

과 4·19혁명이 겹쳐지는 시대 상황 속에서 남과 북의 거리감은 그렇게 조정된다.

그 중에서 한 가지 흥미로운 것은 「고독한 그들」에서 스스로에게 기록자의 역할을 부여하면서도 그 동안 소설을 쓰지 못한 '나'를 이야기한 대목이다. 그리고 비로소 쓸 수 있었던 소설이 바로 「고독한 그들」이라는 것이다. 1958년 일어난 '고바쓰가와(小松川) 사건' 이후 소설을 쓰지 못하던 나는 한 문학 서클의 강연에서 선반공으로 일한다는 청년 장덕길을 만난다. 그가 '고마쓰가와 사건'의 이진우의 심정을 충분히 이해한다고 말하는 데 놀란 기록자 '나'는 몇 해 전 민단 소속의 연극인이면서 귀국선을 탄, 마치 소설 「8·15 이후」에서 범인 서두용을 연상시키는 정태웅을 떠올린다. 이렇듯 차별과 가난 속에 살다 살인자가 된 이진우, 이진우의 심정을 충분히 이해한다며 동조하는 장덕길, 국적 때문에 모든 희망을 앗아간 일본에서 귀국선에 오르는 정태웅, 이 세 청년의 일본사회로부터 배제된 삶의 연쇄를 통해 한 덩어리의 서사를 이루고 있다. 이 소설의 시대적 배경은 귀국사업이 진행되는 가운데 1961년 쿠데타로 정권을 쥔 박정희가 이케다(池田) 수상과의 한일회담 촉진을 위한 회담 때문에 미국에서 귀국 도중에 일본에 온 때였다.

이 단편집의 마지막 시기를 다룬 작품이자 조국으로 떠난 이야기의 마지막 작품이 바로 「고독한 그들」이다. 그러고 보니 이 작품이 1962년 발표된 것을 생각하면 1975년에 선집이 발간된 시점과는 13년의 공백기가 존재한다. 그 공백기의 의미는 또한 이 선집이 지니는 정치적 의미 중 하나라고 하겠다.

---

45) 위의 책, 302쪽.

3) 창작 공백기와 조국

1장 '들어가며'에서 제시한 목록에서도 「고독한 그들」 이후의 시기, 즉 1960년대 중반과 70년대 초반은 거의 공백에 가깝다. 1980년 지쿠마(筑摩) 서방에서 발간된 『전집』(전7권)은 그의 문학에 있어 종점에 가까운데 거기에는 1940년에 일본대학 예술과 재학 중에 발표한 「위치」와 같은 습작기의 작품을 포함한 1950년까지의 중단편이 수록된 1권부터 발표순에 따라 중단편을 3권까지 수록하고, 4권부터는 『후예의 거리』, 『현해탄』, 『태백산맥』의 3부작을 비롯한 장편을 수록하고 있다. 그런데 그 각 권말에 수록 작품에 관한 정보를 소개한 「해제」와 더불어 '작가 후기'로 「나의 문학과 생활」이 실려 있는데 거기서도 이 시기는 공백이다. 「나의 문학과 생활」은 아래와 같이 1권에서 (3)부터 시작하여 5권에서 (7)를 수록한 후 다시 6권에서 (1)과 7권에서 (2)를 실어 마무리하고 있다.

1권: (3) 『오타케비』와 『신생작가』(『雄叫び』と『新生作家』)
2권: (4) 8・15 이후(八・一五前後)
3권: (5) 입당과 분열의 파도 속에서(入黨と分裂の波の中で)
4권: (6) 『시나가와신문』에서 『경성신문』(「神奈川新聞」から「京城新聞」)
5권: (7) 『민주조선』과 『신일본문학』에 대해(「民主朝鮮」と「新日本文學」のこと)
6권: (1) 그 전사(その前史)
7권: (2) 폐품회수업자가 되다(仕切屋になる)

1930년 도일 이후 한국전쟁을 전후로 한 시기까지의 자기 기록이다. 이 기간은 『조선인사』에서 다룬 시간적 배경의 시기와 거의 동일하다. 그것은 자전에서의 공백이 1960년대 중반 이후 1980년까지도 이어지고 있음을 의미한다. 작품 발표 횟수도 크게 줄어든다. 중단편집의 발간도

『박달의 재판』(1959), 『밤에 온 남자』(1961), 『중산도』(1963), 『공복이문(公僕異聞)』(1965) 등을 꾸준히 출간하던 시기에 비해서 현저하게 줄어든다. 김달수 자신이 「고독한 그들」에서 그리고 있듯이, 이후 장편 『태백산맥』이외에 재일조선인을 다룬 소설을 창작하지 못하는 시기를 보낸다. "도대체 나는 소설을 쓰지 않게 된지 얼마나 되었을까. 지금 그것을 찾아보니 1969년 5월에 장편 『태백산맥』을 책으로 만든 이후 1970년 2월 『세계』와 1972년 『문예』에 「고려청자」와 「어떤 해후」라는 단편을 단 두 편 쓴 게 끝이다."[46] 왜일까.

> 왜 쓸 수 없었을까. 요컨대 비력(非力)했기 때문이라고 말할 수밖에 없지만, 아 그렇더라도 나는 지금의 서울을 잠시라도 이 눈으로 볼 수 있었다면 하고 생각한다. 정확히 20년, 아니 21년 이상이나 나는 이 서울을 보지 못하고 있다. 데모 봉기의 학생들 대부분은 그 이후에 태어나 자란 이들이다. 나는 단지 하루라도 좋으니 그들과 만나 이야기하고 싶다.[47]

이 글은 1964년에 발표한 「남조선의 학생 데모를 소설로 쓸 수 없었다」라는 에세이의 일부이다. 이 글을 쓰면서 1964년에 학생 데모를 소설로 쓰기 위해 신문의 스크랩을 펴놓고 다른 한편에는 서울 지도를 펴놓은 채 책상에 앉아 있다. 하지만 자신의 비력(非力)함을 탓하며 4・19 혁명 이후의 남한사회를 결국 소설로 쓸 수 없었음을 비탄하고 있다. 그런데 문제는 또 다른 이유의 하나로 '서울을 갈 수 없었던 이유'를 들고 있다는 사실이다. 장편 외에도 조선을 장소로 한 「박달의 재판」이

---

46) 金達壽, 『金達壽評論集 上 わが文學』, 筑摩書房, 1976. 50쪽.(초출은 「小說も書く……」, 『文藝』, 1974. 5). 『金達壽評論集 上 わが文學』과 『金達壽評論集下 わが民族』의 인용은 이하 『평론집 상・하』로 표기하고 쪽수만을 밝힌다.

47) 위의 책, 250쪽.(초출은 「南朝鮮の學生デモを小說に書けなかった」, 『現實と文學』, 1964. 8.)

1946년 10월 항쟁을 배경으로 한 것처럼 그에게 소설의 배경으로서 남조선은 해방 직후의 시점이다. 앞서 <표 2>로 제시한 것처럼, 그의 소설에서 '재일'의 등장인물이 남조선으로 이동하는 배경은 대개 그 시기에 해당한다. 「밤에 온 남자」처럼 남한→일본→남한으로 즉 4·19혁명 이후의 남한사회로 다시금 (역)밀항하는 인물을 그린 독특한 작품이 있기는 하지만,[48] 그는 4·19혁명 이후 남한사회의 '현재'를 그리고 있지 못하다.

한편, 김달수는 1958년 『조선-민족·역사·문화-』(이하 『조선』)의 출간 이후 총련으로부터 조직적 비난의 표적이 된 바 있다.[49] 형식상으로 그렇게 된 이유는 1958년에 출간한 이 저서의 민족적 주체성 결여의 문제였다. 『조선』은 민족, 역사, 식민지화와 독립, 문화, 오늘의 조선 등 5장으로 구성되어 있는데, 특히 이 책에서 눈에 띄는 것은 일본과의 관계에 주안점을 두고 있다는 것과, 또한 민족을 구성적인 것으로 언급하고 있다는 사실이다. 아무래도 이런 점이 '조선인민민주주의공화국 공민'의 대표기관을 자임했던 총련의 관점에서는 주체적이지 못한 것으로 보였을 것이다. 총련은 『조선』에 대해서 캠페인 차원의 대대적이고 조직적인 비난을 퍼부었다.[50] 하지만 그는 자신에 대한 비난이 1955년 총

---

48) 이 단편집에 수록되어 있지는 않지만 1963년의 작품 「서울의 해후」는 4·19혁명 이후의 남한사회를 배경으로 하고 있다. 하지만 「서울의 해후」의 허웅이 『밀항자』의 서병식과 임영준처럼 빨치산 출신이라는 점은 눈여겨 읽을 필요가 있다. 그것은 김달수 자신이 정치사상의 기원을 빨치산 투쟁에 두고 있음을 의미한다. 그러니 「서울의 해후」가 독특하게 4·19혁명 이후의 남한사회를 그리고 있다 하더라도 「박달의 재판」이나 그 이전의 남한사회를 그린 작품들과 그리 다르지 않은 설정이라고 하겠다.

49) 1951년 일본공산당 분열 당시 대개의 조선인이 소감파(주류파)였던 반면, 그가 신일본문학 중앙그룹과 함께 '국제파'에 속해 있던 까닭에 '민단이 되었다느니 스파이가 되었다느니'하는 중상모략을 당해야만 했던 적도 있다.(金達壽, 「わが文學と生活」, 『전집』 3, 401~402쪽.)

50) 최효선의 조사를 통해 확인된 결과만으로도 당시 김달수의 저서 『조선』에 대한 총련의

련의 결성과 더불어 초대의장에 부임한 한덕수 주도의 노선 전환 과정51)과 무관하지 않다고 여겼다. 총련의 노선 전환 이후 '조선인민민주주의공화국'의 '공민'으로서의 삶을 강요받고부터 '공화국'=북한은 '조선적'의 재일조선인으로서도 그릴 수 있는 세계가 아니었다. 1959년 이후 소설에서의 인물들은 대개 일본→북조선으로 이동 방향을 보여주고 있지만, 북조선은 '말할 수 없는 세계'로서 (비)서사화의 대상이었다.52)

> 재일조선인총연합회라는 것이 있다. 아시다시피 이것은 일본에 있는 조선인의 조직이다. 그리고 여기에 조직된 우리들을 일본의 저널리즘 등은 '북선계(北鮮系)조선'이라고 부르지만 그건 뭐라든 상관없으니 지금은 언급하지 않겠다. 그것은 여하튼 재일조선인총연합회, 줄여서 조선총련 혹은 그냥 총련이라 해도 그것으로 충분하다.53)

1959년의 단편 「위원장과 분회장」의 일부분이다. 1958년의 『조선』에 대한 총련의 대대적인 캠페인 이후 김달수가 총련에 대해서 보인 태도가 어떤 것인지를 엿볼 수 있는 대목이다. 1959년 12월에 개시된 제1차 귀국

비판은 『조선민보』, 『조선총련』, 『조선문화』, 『조선문제연구』 등과 같은 총련 관련 신문과 잡지, 이외에도 일본공산당 기관지 『赤旗』 등 다양한 지면을 이용해 15차례에 걸쳐 이뤄졌다(최효선, 『재일동포문학연구』, 문예림, 2002, 114~117쪽). 그에 대한 김달수의 대응으로는 「『朝鮮』にたいする"批判"について」(『赤旗』, 1959.2. 24쪽)가 있다.

51) 재일조선인연맹(이하, 조련)의 해산과 총련의 결성은 한덕수의 정치적 승리였다. 민대파(民對派)와 민족파(일명 한덕수파) 사이의 갈등을 봉합하며 조직된 총련이지만, 한덕수는 '학습조(學習組)'라는 전위조직을 통한 조직 내 권력을 공고히 해갔다. 김찬정에 따르면, 그 학습조는 '조선노동당 정책 학습회'의 형식을 취하면서도 그 실태는 '조선노동당 일본 분국(分局)'이 목적이었다(金贊汀, 『朝鮮總連』, 新潮社, 2004. 57~62쪽).『朝鮮總連』이 김찬정의 반북, 반총련 운동의 맥락에서 집필된 책이기에 다소 과장된 사실이 있을지 모르지만, 김달수의 저서 『조선』에 대한 비난은 그런 맥락에서 이뤄진 것임에는 틀림없다.

52) 박광현, 「'밀항'의 상상력과 지도 위의 심상 '조국'」, 『日本學硏究』 42, 단국대 일본연구소, 2014.5, 296쪽.

53) 金達壽, 「委員長と分會長」, 『조선인사』 하, 178쪽.

사업 직전의 총련 하부조직을 희화화한 이 작품의 다른 부분을 보자.

> 생각해보면, 상당히 변했다. 그들이 처한 상황 그 자체가 변하지 않았
> 기 때문에 혹은 이것이 일본에 있어서는 '우리 인민의 진정한 모습'일지
> 도 모르지만, 얼마 전, 아니 해방 직후의 조련(재일조선인연맹) 때는 결
> 코 이런 식은 아니었다. (…)
> 하지만 그것이 1949년 9월 조련해산, 계속되는 조선전쟁 중의 반(半)
> 비합법적인 민전(재일조선통일민주전선)의 시대를 거쳐 1955년의 이른
> 바 노선전환에 의한 오늘날의 총련의 결성에 이르는 사이에 사람들의
> 생활은 다시 애초대로 도로아미타불이 되어 버렸던 것이다.54)

조련에 대한 긍정과 총련에 대한 부정으로까지 읽히면서 불안의 심
상마저 감지된다. 그러면서도 그가 일관되게 유지했던 것은 남과 북의
극명한 대비였다. 1963년의 1월을 일기의 형식으로 쓴 단편 「1963년 1
월」에서는 남한 주민 사이의 '반미감정'을 거론하며 그로 인한 갈등이
"거의 '전쟁'"과 다름없다고 하고, "남조선 괴뢰군사정권 내부의 최근
분쟁"(22일자)도 그 하나의 반증이라고 진단한다. 그러기에 "조선의 경
우 혁명과 독립은 하나"(22일자)라며 북과 남을 "밝은 조선과 어두운 조
선"55)으로 나눠 극명하게 대립적으로 표상하고 있다. 그리고는 "예를
들어 민주주의인민공화국 · 북조선은 그 전쟁의 폐허에서 일어나 눈부
신 건설을 이뤘지만, 그것은 남조선에서는 전혀 알려지지 않았던 것이
었다. 따라서 아직 그곳에 있는 사람들은 그것을 조금도 알지 못"56)함
을 전제로 그는 단정한다. 미국의 식민지화된 남한은 "비참한 다른 한
쪽의 조국"이라고.57)

---

54) 위의 책, 183~184쪽.
55) 金達壽, 『朝鮮-民族 · 歷史 · 文化-』, 岩波新書, 1958, 214쪽.
56) 金達壽, 「密航者」, 『전집』 4, 294쪽.

이러한 남과 북에 대한 극명한 대비적 인식 속에서 1963년에 그는 한일회담과 관련한 강연 의뢰라면 만사를 차치하고 응한다.[58] 북조선을 긍정하는 상상력과 그 상대항에 존재하는 남한에 대한 상상력에 근거해서 말이다. 그러면서 조국의 대표로서 남한이 일본과 국교정상화를 위한 회담을 추진하는 것은 어불성설이라 말하면서도 '조선적(籍)'의 재일조선인에게는 그것이 정체성의 위기를 초래할 수 있는 사건임에 우려를 표했다. 1952년 샌프란시스코강화조약 발효 이후 외국인등록을 실시할 당시는 60만 중에 '한국적(籍)'이 겨우 3만에도 못 미쳤지만, 이제 '잠재분자'를 포함하면 18만이라는 숫자로 말하려는 그의 태도에서 그것을 알 수 있다.[59] 하지만 이 시기 이미 조선인민민주주의공화국의 '공민'으로서의 삶에 대한 총련의 강요를 거부했다. 또 한편에서는 자신에 대한 총련의 집단적이고 조직적인 비난 캠페인에 직면했음에도 한일회담 자체를 부정하는 등, 그는 자신의 처한 상황과 선택항에 있어 오히려 조국을 상대적으로 바라보는 계기를 마련하게 된다.

　　재일조선인조직이 이렇게 크게 둘(조선총련과 민단)로 구별되어 있는 것도 그것은 물론 그 조국 조선에 있어서의 불행한 사태를 반영한 것이다. 도대체 어떤 단일민족이, 국민이, 자국의 분열과 분단을 기뻐하는 자가 있을까. 이것은 우리 조선(한국)인의 탓이 아니다. 하지만 이것은 사

---

57) 김달수는 그의 저서 『朝鮮』 마지막 부분 「평화와 통일을 향해서」에서 "밝은 조선과 어두운 조선"이라고 남북을 극명하게 대립적으로 표상하고 있다.

58) 金達壽, 「一九六三年一月」, 『전집』 3, 14쪽.

59) 『평론집 하』, 221쪽(「日韓會談と在日朝鮮人問題」, 『新日本文學』, 1958.3). 宋基燦이 작성한 자료에 따르면, '한국적'과 '조선적'의 변화 추이는 1959년 당시 174,151(한국적) 대 444,945(조선적)의 비율로 전자가 차지하는 비율이 28.1%에 해당했지만, 한일국교정상화 이후 '한국적'의 비율이 현격히 증가하는 추세를 보인다. 결국 1969년 이후 309,637 대 297,678로 '한국적'의 인구가 역전하기 시작했다(宋基燦, 『「語られないもの」としての朝鮮學校』, 岩波書店, 2012, 33쪽).

실이며 또한 현실이기도 하다. 즉 지금 조선에게는 불행한 것이지만 <u>엄연한 사실로서 두 개의 '국가'가 존재한다. 말할 것도 없이 하나는 북의 조선민주주의인민공화국이고 또 하나는 남의 대한민국이 그것이다</u>. 하지만 언젠가는 제도상의 우승열패에 의해 '결론'지어지든지, 혹은 평화적인 협상에 의해서 하나가 될 것이다. 만약 어떤 일이 있더라도 양자가 이 앞과 같은 전쟁(한국전쟁-인용자)을 다시금 반복하면 안 될 것이고 우리들은 이 과도기를 느긋하게 평화적으로 인내심을 갖고 극복해 가야 한다.60)(밑줄-인용자)

1950년대까지 김달수가 남한을 '대한민국'으로 지칭한 예는 드물다. 그런 면에서 이 글은 '엄연한 사실로서' 인정해야 하는 '두 개의 국가'가 존재하는 조국을 말함으로써 그 시기에 드물게 보이는 조국을 상대화하는 태도가 엿보인다. 한일회담61)이 진행 중일 당시 김달수는 그것이 "극동의 반공진영 강화의 일환"62)이라고 단정한다. 또 다른 에세이에서는 "특히 나는 이 일(한일회담-인용자)을 일본 지식인에게 묻고 싶다. 당신들은 미국 제국주의의 전쟁 목적 아래 일본이 다시금 조선을 침략하고 식민지로 삼고자 하는 것을 이대로 승인할 것인가"63)라고 물으며, 덧붙여 '무관심'도 공모라고 주장하며 일본 지식사회를 향해 따져 묻기도 했다. 미국의 동아시아 전략, 즉 중국이 공산화된 후 미국의 동아시아 정책 기조였던 일본을 중심으로 하는 지역 통합 전략(regional integration strategy)64)

---

60) 『평론집 하』, 217~218쪽(「日韓會談と在日朝鮮人問題」, 『新日本文學』, 1958.3).
61) 제4차회담(1958~1960)과 제5차회담(1960~1961)을 거친 후, 제6차회담(1961~1964)에 이르러서는 주요 의제가 재일조선인의 법적 지위, 어업문제, 청구권, 선박문제, 문화재문제 등으로 정해진다. 1961년 박정희 최고의장의 방일 이후는 한국의 협상 태도가 적극적으로 변하면서 김종필과 오히라(大平) 메모로 청구권 문제의 정치적 타결이 이뤄짐으로써 정식 조약 조인을 눈앞에 둔 상태였다.(박진희, 『한일회담-제1공화국의 對日정책과 한일회담의 전개과정』, 선인, 2008, 311쪽.)
62) 『평론집 하』, 208쪽(「日韓會談と在日朝鮮人問題」, 『新日本文學』, 1958.3).
63) 위의 책, 285쪽(초출은 「「日韓會談」で考えること」, 1962.11).

의 하나라는 것이다. 거기에 한 가지 더 보태여 언급했던 것은 바로 회
담 과정에서 일본이 그 어느 때보다 미국으로부터 '주체성'을 확보한 채
임하고 있다는 사실이다.[65] 그래서 그로 인해 '재일조선인 사회의 우익
화'와 일본의 남한에 대한 재침략=재식민지화가 초래될 것이라고 보았
다. 하지만 앞의 인용문처럼 한일회담의 부정이 이처럼 오히려 조국을
상대화하는 태도를 갖게 된 계기를 마련한 것이다.

김달수에게 조국이란 과거 식민자의 언어와 그들의 차별적 시선과
제도, 그리고 정치적 입장을 강요하는 목소리를 통해 상상된 공동체인
것이다. 조국에서 떠나 있던 만큼 조국의 분단으로 인한 일상적 구속으
로부터 자유로울 수 있었던 그였음에도 불구하고, 그는 전후 자신의 자
서전을 가리켜 "남북 분단의 조선을 조국으로 삼고 있는 나의 전후
사"[66]라고 정의한다. 바꿔 말하자면 남북 분단이 그의 삶을 지배한 동
시에 자신을 소외시킨 것이었다. 한편,

　　(『태백산맥』을─인용자) 써내려가는 동안에 절실하게 알게 된 것이지만,
　　나는 전후의 남조선에 관해 쓰면서 그 남조선을 가보지 않았을 뿐 아니라
　　지금은 가볼 수도 없다는 것이었다. 그렇기 때문에 쓰는 것이 왠지 관념
　　적이 되고 아무리 눌러도 연필이 들떠서 어찌할 수 없는 것이다.[67]

라고, 조국의 분단에 따른 왕래의 불가능이 창작을 방해했다. 김달수는
1972년에 자신이 작품을 통해 조국과 씨름을 하고 있어서일까, "30년이
나 가보지 못한 고국에 대한 맹렬(猛烈)한 향수"[68]에 시름하고 있다. 그

---

64) 김일영, 「1960년대의 정치지형 변화」, 『1960년대 정치사회변동』, 백산서당, 1999, 321쪽.
65) 『평론집 하』, 286쪽(초출은 「'日韓會談'で考えること」, 1962.11).
66) 위의 책, 18쪽(초출은 「わが戰後史」, 1972. 10.16/23, 11.1/6/13).
67) 위의 책, 17~18쪽.
68) 위의 책, 18쪽.

리곤 두 번의 조국 방문의 기회가 있었음을 고백한다. 하나는 이런 조국 방문 욕망을 부추긴 남한 정부의 정치 공작이었다. 또 하나는 남북한적십자 1차 예비회담에 맞춰 '재일'의 입장에서 '조국시찰단'을 조직해 남과 북을 동시에 방문하자는 제안을 받는다. 하지만 그가 조국 방문의 기회를 모색했던 것은 오히려 '귀환 불가능'에 대한 자신의 정치적 입장을 확인하는 행위에 그쳤던 것인지도 모른다. 그래서 그의 문학에서 조국이라는 장소는 항상 상상력을 동원하여 '현해탄'을 오가며 그려낼 수밖에 없는 곳이었다.

그럼에도 1950년대까지의 소설에서 주로 남한으로 이동하는 등장인물들은 그냥 귀국선을 타고 가지 않는다. 그것은 1946년 10월 항쟁 이후 (역)밀항을 통해 마치 전쟁 상황에 빠진 빨치산으로 투신하기 위해서 조국으로 떠난다. 그러나 그것은 조직에 의한 것이 아니라 오로지 개인적인 각오와 결의에 의해 이뤄진 것이라는 점에 주목할 필요가 있다. 이는 1959년 이후 귀국이 북한으로 향하는 편향을 보이는 것과 대조적이다. 하지만 북한으로의 도항이 편도에 불과하기에 그곳을 배경으로 한 서사화는 불가능했다. 1965년 국교정상화가 재일조선인에게는 조국으로의 합법적 왕래의 가능성을 준 계기였다. 그 이후 '한국적'과 '조선적'의 비율에서 전자가 현격히 증가하는 추세를 보이다, 결국 1969년 이후 그 숫자가 역전 현상을 보인다.[69] 그리고 김달수의 문학도 단편 「쓰시마에서」처럼 남으로 오갈 수 있는 가능성만 열어둔 채 조국과의 갈등이 내면화·소극화로 나타난다. 그 결과, 상상의 조국으로의 밀항과 현실의 이동 가능성, 그 사이의 갈등이 바로 1960년대 중반 이후의 공

---

69) 그 이유에 대해서 일본 정부가 '한국적'자에 한해서만 이른바 '협정영주권'을 부여하는 차별과 '대한민국'만을 국적으로 취급하고 '조선'은 용어에 불과하다는 차별 때문이라는 지적도 있다.

백의 의미인 것이다. 김달수는 급기야 1981년에 남한을 방문한다.[70]

5. 글을 맺으며

김달수는 전후 일본어 문학장과 그 출판시장이 키워낸 작가이다. 일본
어만으로 창작한 재일조선인 작가의 위치를 지키며 그 또한 기대에 부
응하려 했다. 1946년 신일본문학회의 상임중앙위원으로 선출되었을 때를
"일본에서 조선인인 점이 득이 될 일 등은 어디에도 없지만 이것은 그
예외 중 하나이다"[71]라고 회고한다. 조선인이기 때문에 상임중앙위원이
되었던 그는 그 순간 이후 자의든 타의든 조선인의 대표(representation) 역
할을 했다. 그는 자신에게 부여된 그 역할을 자전적 글쓰기를 통해 적
극 활용했다.

특히 자전적 글쓰기가 조선인 목소리를 대표하는 형식을 취하게 되
는데, 『나의 창작과 체험』을 원형으로 하여 반복과 변주의 원칙에서 줄
곧 단행본 출간을 통해 이어졌다. 그것은 '필연적 희생'이라고 말해지는
'재일'의 위치를 유지하는 방법이었다. "명실상부 공화국의 재외대표부
와 같은 존재"이자 "일본에 있는 조국과 같은" 존재[72]라고 여겼다던 총
련과의 갈등에도 불구하고, 그 동안 신화화해온 북한에 대해서 묵언(默
言)하고 (비)서사화하였다. 더불어 '필연적 희생'의 결과인 '나'의 존재는
윤리적 올바름에 대한 주장이었다. 그에게 1959년 개시된 귀국사업과

---

70) 김달수는 1981년 『文藝』에 「故國への旅」(1981.7)부터 7회(1982.2)에 걸쳐 방문기를 연재한다.
71) 金達壽, 「わが文學と生活」, 『전집』 5, 347쪽.
72) 金達壽, 「備忘錄」, 『전집』 3, 309쪽.

1960년대 들어서서 전도(前途)가 예측 가능해진 한일회담은 중대한 사건이었다. 하지만 1954년 재일조선인을 '조선민주주의인민공화국의 공민'으로 규정한 북한의 남일 외상(外相)의 성명 이후 총련의 결성 그리고 귀국사업의 개시와 함께 다른 한편에서 한일회담이 국교정상화로 귀착되는 사건들은 그의 조국에 대한 심상지리에 큰 변화를 초래한 구체적인 사건이라기보다 과정이자 흐름이었다. 그 과정과 흐름 속에서도 그는 식민지 조선을 기원으로 한 자신의 삶과 문학, 전전과 전후의 연속성, 일본 사소설에 의한 훈육과 그 전유의 글쓰기, 조선문학의 민주주의와 재일조선인문학의 연관성을 담아내기 위한 자전적 글쓰기의 전략을 계속 유지하였던 것이다. 1955년 『나의 창작과 체험』 이후 1970·80년대의 「나의 문학과 생활」, 『나의 소년시대』로 이어지는 20여년의 시간, 아니 30년에 가까운 시간 동안에도 그는 변함없이 1950년대까지의 청년시대에 제한된 자기 이야기만을 쓰고 있을 뿐이다.[73] 1960년대 이후의 시기는 그의 자전에서 공백으로 존재했다.

1975년의 『조선인사』에서는 민족지의 기술자로서 '나'를 노출함으로써 기술대상이 될 '민족'과 '나'의 영역 사이를 자유롭게 횡단할 수 있는 특권적 존재로서 자기를 정위(定位)하였던 것이다. 이런 자전적 글쓰기에서처럼 김달수 자신의 '재일'사(史)가 '재일조선인사'와 등치화하는 전략으로 사용된 것도 바로 대신(agency)과 대표의 원칙과 정치이다. 하

[73] 『전집』에 수록된 「나의 문학과 생활」이 단행본으로 발간되는 것이 그의 사후인 1998년인 점을 생각하면, 그 시간은 더 연장된다. 이는 일본의 출판시장이 그에게 요구하는 바가 무엇이었는가를 보여주는 대목이기도 하다. 최근 니가타(新潟)에서 귀국사업을 도우며, 소식지 『新潟協力會ニュウス』를 발행한 小島晴則가 당시의 소식지를 모아 편찬한 『幻の祖國に旅立った人々』(高木書房, 2014)에 따르면, "북조선의 정체는 김달수 씨는 현명한 사람이니까 아마도 이른 시기에 알고 있었을"(6쪽) 것이라는 회고도 일본사회가 그를 신화화하는 것이겠지만, 그것은 또한 김달수 자신이 당시를 다시금 말하지 않았기 때문에 가능한 일이었다.

지만 1965년 국교정상화 이후 그의 글쓰기에서 조국과의 갈등은 점차 내면화·소극화되기 시작했다. 이는 그의 소설 속 등장인물들이 이동하는 양상의 변화를 통해 짐작할 수 있다. 그리고는 급기야 1970년 이후 그는 『일본 속의 조선문화』를 통해 현실의 문제를 회피하는 '먼 과거'로 향하는 궤적 위에 오르게 된 것이다.

제2장

재일조선인 자기서사의 정체성 정치와 윤리
—서경식의 '在日' 인식 비판—

허 병 식

1. 재일조선인과 식민주의

재일조선인이라는 존재는 일본 제국주의와 한국의 식민지 근대라는 역사, 그리고 그 속에서의 주체들의 이동이라는 중층적 시공간과 주체성의 역사가 집적된 결과이다. 재일조선인이 동아시아의 제국주의/식민주의의 어두운 역사 속에서 탄생한 존재라면, 재일조선인 문제의 해결을 위해서 우선적으로 제국주의/식민주의를 극복해야 한다는 데 이견이 있을 수 없다. 재일조선인은 국가의 규율권력의 내부에서 그 규율에 점유되지 않은 장소, 역사와 언어의 가장자리, 인종과 혈통의 경계에 서 있는 자들이다. 그들은 식민주의의 기억을 소환하면서 스스로의 주체와 역사의 긴장관계 속에서 자신의 서사를 써나가는 존재라고 할 것이다.

재일조선인 문제의 당면 과제가 식민주의의 극복이라고 할 때, 서경식만큼 그 과제의 수행에 적극적으로 나서고 있는 사람이 없다고 해도

좋을 것이다. 서경식은 에세이나 평론, 예술기행 등의 다양한 글쓰기를
통해 자시서사를 써나가고 있는 대표적인 인물이다. 그는 '재일코리언'
이나 '재일한국인·조선인' 같은 명칭에 반대하면서 '재일조선인'이라
는 호칭이 올바르다고 주장하고 있다. 일본의 식민지 지배의 결과로 일
본에 살게 된 조선인과 그 자손들을 의미한다는 점에서 '재일조선인'이
라는 명칭을 자신들에게 부여해야 한다는 것이다.1) 이 글에서도 서경식
의 주장에 동의하여 재일조선인이라는 명칭을 사용하고 있지만, 그의
재일조선인과 식민주의 인식, 그리고 그것을 둘러싼 민족의식의 문제에
대해서는 검토할 필요가 있다고 생각한다. 서경식에게 개인의 기억이나
가족의 기억은 모두 민족이라는 이름의 집단의 기억으로 수렴되면서
그 의미가 형성된다. 이때 민족의 기억 속에 자리 잡고 있는 것은 식민
주의가 가한 억압의 흔적이다.

　'나는 누구인가'라는 물음에 내가 사로잡혀 있는 것은 '식민주의'의
　계통적인 부정 때문이다. 그것은 나 개인에게만 일어나는 것이 아니라
　우리들, 즉 식민주의에 의해 디아스포라가 된 모두에게 일어나는 일인
　것이다. 재일조선인은 세계적인 견지에서 볼 때 예외적인 존재가 아니
　며 나는 혼자가 아닌 것이다.2)

---

1) 서경식은 재일조선인을 조청련계와 민단계로 구별하는 견해가 민족분단을 기정사실로 용
　인해 버릴 뿐만 아니라 재일조선인의 역사와 현실을 전혀 반영하지 못하고 있다고 말한다.
　서경식, 『난민과 국민 사이』, 임성모·이규수 역, 돌베개, 2006, 117쪽. 이후 『난민』. 조관자
　에 따르면 조선인이란 호칭은 한국인, 코리안, 재일, 디아스포라와 같은 명칭들과의 힘겨
　루기에서 밀려나고 있다. '재일조선인'은 재일조선인운동사 담론에서 유력한 의미를 지닌
　역사적 실체이면서도, 호명의 정치학에서 점점 경쟁력을 잃어가는 이름이다. 조관자, 「재
　일조선인운동과 지식의 정치성1945-1960」, 『일본사상』 제22호, 2012, 196쪽.
2) 서경식, 『디아스포라 기행-추방당한 자의 시선』, 김혜신 역, 돌베개, 2006, 105~106쪽. 이후
　『기행』. 이 글은 서경식의 저작 중 한국에서 번역된 텍스트만을 대상으로 삼는다.

서경식에게 재일조선인이란 존재는 지구적인 식민주의의 결과로 발생한 것이기 때문에 재일조선인은 '혼자가 아니다'. 즉 재일조선인이란 근대 이후의 모든 디아스포라와 연대하는 존재가 된다. 그 존재는 '국민'으로부터 추방당했다는 점에서 하나가 될 수밖에 없다. 그렇다면 서경식이 상정하는 국민이란 무엇인가. "그 어떤 것도 대신할 수 없는 소중한 고향과 그곳의 자연, 자기를 사랑해주는 가족, 조상이 남겨준 유형무형의 재산, 부모에게서 자식에게로 전해지는 혈통, 과거에서 미래로 계속되는 '국민'의 전통, 고유의 역사와 문화, 하나하나 자세히 검토해보면 근거가 희박한 이 관념들이 단단히 모여 있는 것, 그것이 '국민'이다."[3] 그러나 재일조선인은 자신이 살고 있는 국가인 일본의 국민이 아니다. 서경식에 의하면, 조선적이거나 한국적이거나 일본으로의 귀화를 택했거나와 관련 없이, 그들은 국민으로부터 추방당한 디아스포라이다. 서경식이 점유하고 있는 디아스포라라는 위치는 일본으로 대표되는 국민주의와 내셔널리즘이라는 관념에 대한 비판적인 인식을 가능하게 만들어 준다.[4]

이러한 맥락에서 부각되는 것은 일본의 국민주의이고, 자리 잡는 것은 그곳으로부터 추방당한 재일조선인의 '반난민'으로서의 위치이다. 한국과 북한의 국민주의는 희미하게 지워져서 잘 보이지 않게 되는데, 서경식은 그것을 분명하게 지시하지 않고, 이를 재일조선인의 국민주의 비판에 대한 대안이 필요한 이유로 설정하여 제시한다. 즉 현재의 한국이나 북한이 아니라 다른 국가의 존재를 상상하는 것이다. 가령 그는 "재일조선인에게는 바람직한 조선국이라는 어떤 이상이 있을 것이며,

---

3) 서경식, 『기행』, 55쪽.
4) 서경식이 일관되게 유지하고 있는 '난민'의식에 대한 비판적 인식으로는, 조관자, 「재일조선인 담론에 나타난 '기민(棄民)의식'을 넘어서: '정치적 주체성'을 생각하다」, 『통일과 평화』 7권1호, 2015. 참조.

그 실현을 위해 재일조선인이 노력하는 것도 이상한 일이 아닙니다. 그런데 이러한 표명은, 일본에서는 손쉽게 '내셔널리즘'이라고 비판받는 것입니다."[5]라고 말한다. 즉 이상적인 조선의 국가를 꿈꾸는 것은 국민주의라고 비판받을 일이 아니라는 것이다. 그에게는 어떤 국가의 국민으로 살아가는 것은 이상한 일이지만, 다른 어떤 국가의 국민되기를 꿈꾸는 것은 바람직한 일이 되기도 하는데, 여기서 알 수 있는 것은 그 특정한 국가와 국민의 옳고 그름을 규정하는 하나의 고정된 기준이 존재하고 있다는 점이다.

한국과 북한처럼 분단되어 정상 상태를 이루지 못한 국가와는 달리, 일본은 근대의 국민국가를 이루고 있기 때문에 이를 비판적으로 인식하고 '다음 사회'를 실현해야 할 책임이 따르게 된다는 것이 서경식의 입장이다. 그러므로 일본의 국민주의에 대한 비판은 의미 있지만, 국민주의를 비판하는 사람들이 재일조선인의 국가구성에 대한 기도를 비판할 수는 없다는 것이다. 왜냐하면, "이들의 '내셔널리즘' 비판이 비판의 과녁을 잘못 정해서 전후책임을 지려는 사람들을 향하기 때문"이다.[6] 서경식에게 국민주의 비판의 최종심급은 전후책임이며 식민주의이다. 식민주의를 극복하지 못하고 전후책임을 지지 못한 국가는 정당한 비판의 대상이지만, 다른 국가에 대한 비판은 정당성을 지닐 수 없게 된다. 따라서 한국의 국민주의나 내셔널리즘에 대한 비판 또한 완전히 정당화될 수는 없다.

> 1970년대 한국의 민주화운동을 '내셔널리즘'이라는 한 마디로 아우르는 것도, 하물며 그것을 김지하로 대표하게 하는 것도 성급하고 단순한 시각에 불과하리라. 그것은 무엇보다 해방과 자립을 위한 투쟁이었다. 그것은

---

5) 서경식, 『난민』, 227쪽.
6) 서경식, 『난민』, 227쪽.

내셔널리즘에서 기독교, 자유주의에서 마르크스주의에 이르기까지 광범한 정치적 입장의 차이를 유지한 채, 군사독재 타도라는 공동의 목표로 뭉친 일군의 사람들이 짊어진 역할이었다. '김지하'란 그와 같은 다양한 사람들의 집합을 상징하는 집합명사였다. 그런데 시대의 변화와 상황의 진전이 그 집합적 '인격'의 분열을 요구하고 있는 것이다. 그런 분열 과정을 거쳐 한국의 저항적 내셔널리즘이 더 보편적인 인간해방의 사상을 향해 스스로를 열어가리라는 가능성을, 나는 단념하고 싶지 않다.[7]

서경식은 김지하의 파시즘을 비판한 김철의 논문을 읽으며 착잡한 심경을 드러내고 있다. 그가 김지하의 내셔널리즘에 대해 비판적이면서도 그것을 개인의 문제로 돌려서 저항적 내셔널리즘을 구제하려고 하는 것은 식민주의에 대한 저항과 그것의 의미를 민족의 문제와 결부시켜 사유하려는 고집스러운 태도를 증명하는 것이다. 그는 다만 재일조선인인 자신이 "그와 같은 역동적 과정의 '바깥'에 놓여 있다고 느끼기 때문"[8]에 혼란스럽다고 고백하고 있다.

서경식은 일본의 재일조선인 사회 내부에서 일어나고 있는 시민적 운동과 공생에 대한 추구에 대해 비판하면서, 재일조선인 해방의 문제는 공생의 문제이기 이전에 무엇보다도 먼저 '제국주의・식민주의의 극복'이라는 문제라고 주장한다. 따라서 재일조선인에게 일본이라는 국가와 화해하거나 일본 국민과 함께 살아갈 수 있는 가능성은 존재하지 않는다. "재일조선인 해방의 문제는 다른 이문화집단들 사이의 공생의 문제이기 이전에 무엇보다도 먼저 '제국주의・식민주의의 극복'이라는 문제"이기 때문이다.[9] 또한 "이 모든 문제는 우리들이 다름 아닌 조선인

---

7) 서경식, 『기행』, 77쪽.
8) 서경식, 『기행』, 78쪽.
9) 서경식, 『난민』, 135쪽.

이기 때문에 일어난 것이다. 이 모든 아픔이야말로 우리들이 조선인이라는 증거이다."[10]라고 말하는 것에서 보이듯이, 재일조선인이 조선 민족의 일원이라는 믿음에는 한 점의 의심의 여지도 존재할 수 없다.

그러므로 민족이 고정된 것이 아니라 구성된 것이라는 믿음 속에 자신도 위치하고 있다고 서경식은 반복해서 주장하고 있지만, 그러한 믿음은 의심의 대상이 될 수밖에 없다. 중요한 것은 식민주의와 조국의 분단을 극복하기 위한 투쟁이며, "이러한 커다란 공동의 투쟁을 추진해가는 과정에서, 우리는 순혈주의·복고주의·배외주의·대민족주의 등 민족관의 여러 고정관념으로부터 스스로를 해방시키고, 그 대안으로 우리 자신의 신선한 민족관을 만들어내지 않으면 안 된다."[11]는, 새로운 민족주의의 창출을 그가 주장하는 것을 목격하게 되기 때문이다.

> 이슬람 원리주의자들의 저항 활동을 저항적 내셔널리즘이라고 할 수 있는데요. 이것을 민족주의라고 비판만 하면 저항을 없애는, 저항을 무력화하는 그런 의미밖에 없게 됩니다. 이것이 과연 정당하냐 하는 것을 추상적으로 이야기하지 말고 왜 사람들이 이런 식으로 국가를 원하고 있는지, 국가를 세우고자 하는 역사적, 정치적 상황이 어떤 것인지를 생각해야 합니다. 그래야 여러 가지 모순들을 해결할 수 있고 내셔널리즘도 넘어갈 수 있습니다.[12]

서경식은 이슬람 원리주의자들의 저항의 의미를 부각시키면서, 재일조선인이 지향해야 할 내셔널리즘을 이슬람 원리주의자들의 저항적 내셔널리즘과 같은 것이라고 말하고 있다. 그러나 그것은 저항적이라고 보다는 희생자 의식에 기반한 민족주의라고 보아야 할 것이다. 서경식

---

10) 서경식, 『난민』, 142쪽.
11) 서경식, 『난민』, 142쪽.
12) 서경식, 『고통과 기억의 연대는 가능한가?』, 철수와영희, 2009, 73쪽. 이후 『연대』.

에게 식민주의의 결과인 '조선'과 조선민족은 따라서 자기 스스로 주체가 되고 자신을 성찰의 대상으로 삼는 초역사적인 존재가 된다. 이 역사를 넘어선 '조선'은 근대 이후의 동아시아와 제국 일본의 역사와 인간들의 활동에 심판을 가하는 최종심급이 되었다. "조선은 나쁜 것이 아니야"라고 차별받은 아들을 위로하던 어머니의 목소리는 이제 조선을 경유하지 않은, 민족을 경유하지 않은 모든 정치적이고 문화적인 움직임은 부정해야할 대상이라고 선언하는 목소리—'조선을 경유하지 않는 모든 역사는 나쁜 것이야'—로 되살아난 것이다.

서경식이 자주 인용하는 유태인 독일문학 연구자 장 아메리가 "유대인으로 사는 것의 불가피성과 불가능성"에 대해 말하고 "나를 유대인과 결부시키는 것은, 위협과 대면한 상태에서의 연대다. (……) 반유대주의가 있기에 비로소 유대인인 내가 생겨났다."[13]고 말한 것은 기억할 필요가 있다. 재일조선인이라는 것의 불가피성과 함께 재일조선인 되기의 불가능성에 대한 고찰도 필요할 것이기 때문이다. 이 글에서는 서경식의 재일 인식에 나타난 상상지리와 정체성 정체를 살펴보면서, 재일조선인 되기의 불가능성에 대한 한 고찰을 수행할 것이다.

2. 재일조선인 정체성 표상의 본질주의

서경식은 조국인 조선이 분단된 후에도 재일조선인들은 하나로 남아 있다는 점을 지적하며 이렇게 말한다. "제가 전에 "재일조선인에게는 지리적인 군사경계선이 없다. 재일조선인은 '분단되지 않은 사람들'이다."

---

13) 서경식, 『난민』, 217쪽.

라고 이야기한 적이 있는데 여기에는 그런 의미가 담겨 있습니다."14)
이 말은 분단 이후에도 하나의 '조선'으로 남아 있고자 하는 재일조선
인의 현존을 드러내고자 하는 것인데, 이는 재일조선인의 현실에도 부
합하지 않는 주장으로 보이지만, 더 중요한 것은 이러한 시도가 재일조
선인을 고정된 정체로 재현하고자 하는 시도를 담고 있다는 점이다. 서
경식은 언제나 '피억압자'로서 재일조선인의 정체성을 본질주의적으로
고정화하고 있다. 일본의 제국주의 지배와 한국의 분단, 이후의 일본사
회의 변화와 같은 역사적 과정만이 아니라, 다양한 일상적인 실천 속에
서 재일조선인의 차이와 정체성이 구성되고, 그 과정 속에 다양한 정치
가 작동하고 중첩되고 있다는 점에 대해서는 거듭 지적할 필요가 있다.
다시 말하면 제국주의 일본과 분단된 한국이라는 시스템의 외부에 놓
인 재일조선인의 위치를 특권화하기보다는 오히려 그런 시스템이 지니
고 있는 중층적 정체성 안에서 모순적으로 존재하는 재일조선인의 현
재를 분명히 이해하는 것이 필요하다는 것이다.

　물론 민족이 만들어진 것에 불과하다는 주장에 대해서와 마찬가지로
정체성 또한 모순적으로 구성되는 것이라는 주장에 대해서 서경식은
누구보다도 잘 알고 있고, 한 사람의 교양인으로서 그러한 인식을 적절
하게 활용하는 모습을 보여준다. 가령, 그는 이렇게 말한다.

　　여성과 남성, 이슬람 세계와 서구 세계, 전근대와 근대, 모던과 포스
　　트모던. 그녀의 작품은 극단적인 콘트라스트를 이루는 복수의 문화권
　　속에서 여러 갈래로 나뉜 디아스포라 여성의 아이덴티티를 여러 겹으로
　　묻고 있다. 거기에 단순한 대답은 없다. 그 많은 이야기들을 단순한 대
　　답 속에 무리하게 구겨넣으려고 하는 것은 또 하나의 폭력이다.15)

---

14) 서경식, 『역사의 증인, 재일조선인』, 12쪽.

이는 이란계 미국인 작가인 시린 샤네트의 디아스포라적인 상황과 아이덴티티 구축에 대해 말하는 대목이다. 그러나 그는 식민주의에 대한 책임이라는 재일조선인 디아스포라의 심급에 대해서 말할 때는 그렇게 하지 않는다. 가령 일본의 페미니스트 우에노 치즈코의 비판, "젊은 세대 그리고 여성에게 과거 일본 정부, 남성 중심주의 사회에서 국가가 벌인 일에 대한 책임을 어떻게 따질 수 있는가 하는 질문"에 대해서 그는 "사이비 보편주의와 싸우고, 이것을 넘어야 한다, 극복해야 한다."라고 대답한다.16) 이러한 서경식의 희생자 민족주의는 그 희생자라는 집단의 내부적 균열과 차이를 인정하지 않는다는 점에서도 문제를 지니고 있는 것이다. 이를테면, 스스로를 '코리언 재패니즈'라고 부르면서 한국이나 일본이라는 단일한 나라에서 자신의 정체성의 근거를 발견하기를 거부하는 가네스로 카즈키 같은 재일 3세대, 4세대의 목소리는 서경식에게는 들리지 않거나, 대답할 필요가 없는 물음으로 이해되는 듯하다. 재일조선인의 정체성을 지니고 있으나 일본의 시민사회를 향한 '공생'의 지향을 보여주는 재일조선인들에게도 그는 엄격하게 비판적인 입장을 취한다. 서경식의 모든 평론집과 에세이에서 발견되는 재일조선인이란 단 하나의 존재인데, 그것은 식민주의의 결과로 일본에 거주하게 된 피해자로서의 재일조선인이고, 따라서 끊임없이 조국인 '조선'에 귀속감을 느끼면서 일본과 일본인들에게 사죄와 책임을 요구하는 존재이다.

이러한 재인조선인 인식은 실제의 현실과도 전혀 부합하지 않는 것으로 보인다. 서경식이 보여주는 희생자 내셔널리즘은 그동안 조국지향

---

15) 서경식, 『기행』, 116쪽.
16) 서경식, 『연대』, 58~59쪽.

형 내셔널리즘이라고 불려왔던 것으로, 이는 제국주의의 범죄를 청산하지 않고 단일민족국가로 전환하고 조선인 배제를 강화한 일본인의 동향에 대항하면서 형성되어 왔다고 할 수 있다. 이러한 의식은 재인조선인이라는 사회집단을 유지하는데 중요한 요소가 되었을 뿐만 아니라, 전후에 태어난 2세 세대에게 민족의식을 심어주고 조선 문화를 전하는 원동력이 되었다.17) 조국지향형 내셔널리즘은 전후의 일본 국가 및 일본인의 재일조선인에 대한 대응=제국주의의 가해의 역사에 대한 무반성과 일본사회로부터의 배제에서 생겨났고, 그것을 어떤 의미에서는 보완하는 역할을 하고 있었다고 할 수 있다. 그리고 일본 국가 및 일본인의 태도가 바뀌지 않는 한 재일조선인의 조국지향형 내셔널리즘은 재생산되는 관계에 있었다.18) 이것이 바로 서경식이 재현하고자 하는 유일한 재일조선인의 상이다.

그러나 1970년대 이후 재일조선인들이 자신들의 정체성을 유지하면서 일본사회의 여러 곳에 참여해 나갈 것을 요구하는 운동이 큰 흐름을 만들어내고 있는 것에 대해서 서경식은 침묵하거나 부정적인 입장을 보이고 있다. 이른바 공생의 지향에 대한 반대 의견을 보이고 있는 것이 그 점을 증명한다. 그 '공생'의 실현을 내세운 운동은 "조선인은 조선 국가에 귀속하는 것이다", 혹은 "일본국은 일본인으로만 구성된다"는 국가의 논리가 아니라 개인의 존엄성 존중과 생활을 유지하고 개척해나가는 것을 중시하는 이른바 민중의 논리가 의식과 활동의 근저에 자리잡았다는 것을 의미한다.19) 그러한 이러한 공생의 실현을 비판하는

---

17) 도노무라 마사루, 『재일조선인 사회의 역사학적 연구』, 신형원·김인덕 역, 논형, 2010, 485~486쪽.
18) 위의 책, 487쪽.
19) 위의 책, 504쪽.

서경식의 입장은 식민주의에 사로잡혀 있는 그의 민족 지향이 국가주
의의 논리를 내부에서 넘어서려고 하는 일본인들에 대해서도 비판적
인식으로 일관하고, 결국 대화의 단절로 이어지고 있다는 문제를 드러
내는 것이다.

조국지향형 내셔널리즘은 재일조선인의 대부분이 현재 일본에 머물
러 있다 해도 그곳을 '임시로 머무는 곳'으로, 자신을 어차피 귀국해야
만 할 존재로 규정했던 것을 의미한다. 그리고 그 때문에 일본사회와의
관계에서 재일조선인이 자신의 민족성을 부정하지 않으면서 일본사회
에 귀속, 참여를 추구하거나 제국주의 가해의 청산을 비롯한 일본의 변
혁, 민주화운동에 참여하는 비율이 저조해졌다는 지적[20]은 이러한 맥락
을 보여주고 있는 것이다.

그리고 앞에서 이야기한 것처럼, 재일조선인의 정체성이란 서경식이
대표하고 표상하려는 것처럼 고정되어 있는 것은 아니다. 단일민족 사
회인 일본에 대항하는 고정적이고 단일한 조선인으로서의 정체성이 아
니라 일본인인 동시에 조선인이라는 복수의 정체성을 갖는 사람과 재
일조선인으로 태어나서 한국에서 생활하면서도 일본인과의 연결고리도
유지하고 있는 사람, 애당초 그다지 스스로의 민족적인 정체성에 구애
되지는 않지만 그것을 부정하지도 않는 재일조선인, 조선·일본 양쪽의
문화를 국면에 따라서 활용하면서 생활하는 사람 등등 여러 가지 삶의
방식을 개개인이 선택할 가능성을 실제의 현장에서 보여주고 있는 것
이 재일조선인들의 삶의 방식이다.[21] 이렇듯, 재일조선인의 일상적인
실천 안에는 여러 가지 차이와 아이덴티티가 구성적으로 존재하고 있

---

20) 위의 책, 514쪽.
21) 위의 책, 516~517쪽.

으며, 그 안에서 효과를 갖는 정치의 장이 서로 중첩되어 있다. 재일조선인이 일본에서 살아가는 것을 그만두기 어렵다면, 시스템의 외부에 존재하는 정체성의 기원을 특권화하거나 '피억압자'로서의 주체성을 고정화시키는 것보다는 시스템 그 자체가 지니고 있는 중층적인 맥락 속에서 다양한 분기와 모순, 투쟁의 장소를 발견하는 것이 필요할 것이다.

서경식이라는 한 재일조선인의 저작이 한국에 소개되고 그에 의해 재일조선인의 존재를 대표·표상하게 되는 것은 식민주의의 피해자로서 원한을 지닌 존재로서 재일조선인의 이미지를 생산하는 결과로 이어지게 된다. 그러한 고정된 이미지가 유통되고 소비되는 것은 일본에서 살아가고 있는 재일조선인 전체에 대한 이해를 일면적으로 만들 위험이 있다. 재일조선인의 자기서사는 민족의 역사와 연동되는 공적인 서사라는, '재일'에 대한 고정관념을 그의 이야기는 확대재생산하고 있는 것이다.

3. 기억의 신성화와 집단적 죄의식

> 프리모 레비를 보라. 인간은 아우슈비츠 같은 지옥, 그곳이 인간성의 폐허라고 할지라도 그곳에서 살아 돌아와 증언할 수 있는 것이다. 그가 그랬던 것처럼 옥중의 형들에게도 또는 나 자신에게도 언젠가 이 숨막히는 갇힌 장소에서 인간들이 존재하는 '외부'로 살아 돌아가 증언하는 날이 틀림없이 올 것이다. 당시의 나는 그렇게 생각했다.[22]

---

22) 서경식, 『언어의 감옥에서-어느 재일조선인의 초상』, 권혁태 역, 돌베개, 2011, 149쪽. 이후 『언어』.

서경식은 아우슈비츠로부터 생환한 프리모 레비의 삶을 자신을 투사하는 거울상으로 삼고 있다. 프리모 레비가 글을 쓰는 이유가 아우슈비츠의 증언이었던 것처럼, 자신의 형들이 경험한 파시즘의 억압과 재일조선인의 삶이라는 '갇힌 장소'에 대해 증언하는 것이 자신의 존재이유라고 판단했던 서경식은 그러나 곧 '증언의 불가능성'이라는 상황에 대면하게 된다. 프리모 레비의 자살이 보여준 것처럼, 전달불가능성이라는 실존의 상황은 그를 프리모 레비의 삶에 좀 더 다가서도록 만들어준다. 이렇게 프리모 레비의 삶에 다가감으로써 서경식이 도달하고자 했던 것은 '기억의 투쟁'이라는 과제와의 대면이었다. 그는 자신이 당면한 기억의 투쟁이라는 문제에서 그것을 "일본 대 아시아 각국이라는 국가 간의 이항대립적인 구도로 가두는 것은 사건의 본질을 곡해하고 오히려 역사수정주의를 이롭게 하는 결과가 되리라는 점"을 우려하였고 이를 인류사의 과제와 맞닥뜨리게 만들기 위해서 '프리모 레비라는 참조항'을 도입하였던 것이다.[23]

그러나 서경식의 이러한 시도는 실패할 수밖에 없었는데, 그것은 그 '기억의 투쟁'의 수신자가 되어야 할 일본 국민의 자세가 스스로를 마치 제3자인 것처럼 인식하고 있기 때문이다. 다시 말하면, 그들은 자신이 식민주의의 직접적인 가해자라는 점을 잊어버리고 스스로를 평화애호자로 연출하고 있다는 것이다. 따라서 그들은 '공생'과 평화를 이야기하지만, 이는 가해자의 책임을 애매하게 만들어서 피해자에게 또 다른 상처를 주는 일밖에는 되지 않는 것이다.

---

23) 서경식, 『언어』, 159쪽.

나 자신은 내 생각을 '내셔널리즘'이라고는 여기지 않지만, 그 가부는
제3자가 판단할 것이다. 어찌되었든 나는 나 자신이 '내셔널리스트'가
아니라고 허둥지둥 변명할 생각은 없다. 내 생각으로는 누군가가 정한
'내셔널리즘의 정의'에 내 말이 들어맞는지 여부는 중요하지 않다. 다카
하시와 하시즈메, 나와 고바야시 사이에 그어지는 분할선이 중요하기
때문이다. 그 분할선을 뭐라 부를지는 당장은 모르겠지만 확실한 것은
그 분할선의 이쪽은 피해자와의 연대('동일화'는 아니다)를 지향하는 것
이고 저쪽은 가해자와의 동일화가 있다는 사실이다. 이쪽은 대화, 정의,
평화를 지향하는 것이고 저쪽은 독선, 부정의, 전쟁으로 굴러떨어지는
낭떠러지가 이어지고 있는 것이다.[24]

식민주의와 그에 대한 책임의 문제를 확정하는 재일조선인의 지리경
계는 분명하다. 그 분할선은 성과 젠더, 진보와 보수, 민족주의와 탈민
족주의가 아니라 오직 가해자(와의 연대)/피해자(와의 동일화)에 그어져 있
는 것이다. 지그문트 바우만은 세습적 희생자의식(hereditary victimhood)이
라는 개념으로 유대인의 자기정당화에 대해 말한 바 있다. 이는 모든
유대인 자식들이 자신들을 세습적 희생자라고 느끼는 감정이다. 이 집
단 정서에서 자신의 부모가 홀로코스트의 희생자였는지 여부는 그다지
중요하지 않다. 중요한 것은 구체적이고 개별적인 유대인 한 사람 한
사람이 겪어야만 했던 고통이 아니라, 시간과 공간을 넘어 유대인들 전
체의 고통으로, 말하자면 민족적으로 추상화된 고통이다.[25] 이는 과거
의 기억을 유대인만의 특별한 것으로 만드는 '기억의 신성화'를 동반하
는데, 제국 일본의 식민주의에 희생된 재일조선인의 역사를 기억하는
서경식의 태도 또한 이러한 기억의 신성화와 동일한 맥락에서 이해할

---

24) 서경식, 『언어』, 263쪽.
25) 지그문트 바우만, 임지현, 「'악의 평범성'에서 '악의 합리성'으로: 홀로코스트의 신성화를
    경계하며」, 『당대비평』 제21호, 2003, 17쪽.

수 있을 것이다.

그러나 기억의 신성화를 통해 제국과 식민, 가해자와 피해자의 사이에 분명한 적대의 경계를 설정하려는 서경식의 시도는 그가 자신의 거울상으로 삼는 프리모 레비에게도 부정되고 있는 인식이다. 프리모 레비는 그의 마지막 책『가라앉은 자와 구조된 자』에서 홀로코스트의 게토에 존재하는 회색지대에 대해 말했다.

> 우리 안에는 '우리'와 '그들'로 영역을 나누려는 욕구가 너무나 강해서 이러한 도식, 즉 '친구-적'이라는 이분법이 다른 모든 것을 압도한다. 민중사는 물론 학교에서 배우는 정식화된 역사도 중간색과 복합성을 피하는 이러한 이분법적 경향에 영향을 받는다. 즉 인간 세계의 넘쳐흐르는 사건들을 갈등으로, 갈등은 대결로, 우리와 그들, 아테네인과 스파르타인, 로마인과 카르타고인 등과 같은 대결로 축소시키는 경향이 있다.
> 「……」
> 이러한 단순화의 욕구는 정당화되지만, 단순화가 언제나 정당화되는 것은 아니다. 단순화는 가설로 인정되고 현실과 혼동되지 않는 한 유용한 하나의 작업가설이다. 그러나 자연적·역사적 현상들의 대부분은 단순하지 않거나 또는 우리가 좋아하는 식으로 단순하지 않다. 당시 수용소 내부에서 인간관계의 망도 단순하지 않았다. 그것은 희생자와 박해자의 두 덩어리로 축소될 수 없는 것이었다.[26]

프리모 레비는 자신이 체험하였던 수용소의 내부에도 분명한 대결과 적대의 경계가 존재하였던 것이 아니라, 단순화되지 않는 '회색지대'가 존재하였다고 말하고 있다. 레비의 '회색지대'를 일본인과 조선인 사이에 이분법적 차이가 존재하지 않는다거나 희생자가 누구인지 분명하지 않다는 방식으로 이해해서는 안 된다. 레비의 회색지대 개념이 나치 수

---

26) 프리모 레비,『가라앉은 자와 구조된 자』, 이소영 역, 돌베개, 2014, 40쪽.

용소의 일상을 가능한 한 있는 그대로 대면하려는 시도에서 탄생한 것으로 보아야 한다면,[27] 프리모 레비의 삶의 여정을 뒤쫓는 한 재일조선인에게 요구되는 것은 그 자신 또한 재일조선인들의 삶의 회색지대를 정직하게 대면하는 것일 터이다.

서경식이 프리모 레비를 찾아 가는 여정에서 발견하는 것은 결국, 나치만이 아니라 나치의 행위에 눈감았던 평범한 독일인들 또한 '원수'이며 '고통을 만들어내는' 존재이고, 심판의 대상일 뿐이라는 것이다. 그리고 이러한 맥락은 식민지배에 대해 눈감으려 하는 보통의 일본인에게도 적용되는 시선이 된다. 그가 말하는 보통의 일본인이란 이러한 사람들이다.

> 그들은 대개 자신을 휴머니스트이며 평화 애호가라고 굳게 믿고 있다. 서로 편하게 이야기를 나누고 있자면, 한국에 여행한 적이 있다는 둥 친한 친구 중 '재일(조선인)'이 있다는 둥 이야기를 하기 시작한다. 자신은 자신을 일본인이라고 생각한 적이 없다는 둥 자신은 '재일일본인'이라는 둥 이치에 맞지 않는 이야기를 하기도 한다. 하지만 그러다가도 좀 있으면 '도대체 언제까지 사죄하면 되는 걸까요?'라는 흔한 질문을 슬쩍 던져본다. 그리고 이쪽이 무언가 말하려 하기 전에 지금은 '국제화' 시대이기 때문에 서로 '미래지향'적으로 '공생'해가지 않으면 안된다며 공소(空疎)한 키워드를 늘어놓는다.[28]

인종주의, 성차별주의, 그리고 다른 많은 형태의 유해한 편견은 흔히 집단 전체에 부정적인 특징을 귀속시키는 것에서 비롯한다. 이러한 태도는 구성원 한 명 혹은 그 집단의 구성원들에 대한 개별적인 앎을 존속하지 못하게 하는 것이다.[29] 서경식이 관심을 보이는 것은 일본인 한 사람 한

---

27) 김용우, 「프리모 레비의 회색지대」, 『호서사학』 46집, 2007, 261쪽
28) 서경식, 『시대의 증언자 쁘리모 레비를 찾아서』, 박광현 역, 2006, 207쪽. 이후 『시대』

사람에 대한 개별적인 앎이 아니다. 일본인들은 모두 재일조선인의 피해에 대해서 책임을 지니고 있으며, 그것을 구체적으로 실천할 방도를 지니고 있지 못한 일본인은 모두 원수이자 심판의 대상일 뿐인 것으로 귀결된다. 그는 이러한 태도를 정당화하기 위해서 다시 프리모 레비를 소환한다.

> 쁘리모 레비 자신도 불특정한 전체로서의 '독일인'이라는 관념이 인종주의적 편견으로 이어질 위험성을 거듭 인정한다. 그 논리에서 보면 명확한 한정 없이 '독일인'이라는 포괄적인 개념을 사용해서는 안된다는 것이리라. 하지만 그것을 잘 알면서도 쁘리모 레비는 대단히 고집스럽게 '독일인'이라고 지적해온 것이다.30)

그는 한나 아렌트의 논의를 빌어서 일본 국민 개개인에게 '죄'는 없지만, 그들에게는 일본 국민으로서의 책임이 존재한다고 거듭 주장한다. 일본인 개개인에게 끊임없이 민족으로서의 책임을 강조하는 서경식의 시선은 그들은 일본의 제국주의 책임이라는 집합적 죄의식을 부여하고 식민주의 책임이라는 선험적 범주로 귀속시킴으로서 민족에 대한 고정된 정체를 강요하는 환원 속으로 빠져든다. 그러나 국민으로서의 책임을 묻는 순간, 그는 이미 한 사람의 국민으로서 말하고 있다는 점을 잊어서는 안 된다.

> 한나 아렌트도 나치와 시오니스트들이 어느 선까지는 협조할 수 있었고 또 실제로 그랬던 사실들을 적나라하게 밝혔습니다만, 그것은 그들이 모두 '민족적 관점에서 사고하고 행동했기 때문에 가능한 것이었습니다. 민족적 관점에서 사고한다면, 피해자 민족과 가해자 민족의 대립구도가 형성됩니다. 자 그래서 당신이 피해자 민족이라면 당신의 의

---

29) 마사 누스바움, 『시적 정의』, 박용준 역, 궁리, 2013, 196쪽.
30) 서경식, 『시대』, 219쪽.

무는 이 대립 구도를 뒤집어서 가해자 민족이 되어야 한다는 논리가 은
연중에 형성되는 것이지요. 이것은 피해자가 가해자와 같은 게임의 법
칙, 같은 논리를 공유하고 있다는 점에서 사실상 문제를 해결하는 것이
아니라 되풀이하는 꼴이 됩니다. 더 단적으로 말한다면, 기존의 대립구
도를 부수는 것이 아니라 단지 그 입장을 뒤바꾸어서 내가 가해자가 되
겠다는 발상입니다. 어제의 희생자가 오늘의 가해자가 된 오늘날 이스
라엘 국가가 무엇보다도 그 점을 잘 입증해주고 있습니다.[31]

국민의 책임을 묻는다는 것은 결국 제국주의 국가의 일원이었던 모
든 개인들을 그들의 자발성과는 성관 없이 국민으로 낙인찍고 있다는
것을 의미한다. 이는 '난민되기'의 가능성을 국민국가 외부의 존재에게
만 부여하는 특권으로 인식하고 있다는 것으로, '일본에 귀속되기를 거
부하는 일본인'이라거나 '공생'을 논하는 일본인 모두의 시도를 '공소한
것'으로 일소해 버리는 것으로 귀결된다. 이는 "모든 사람들이 국가에
속하지 않고, 즉 국민이 되지 않고도 기본적 인권을 보장받고 인간적
생활을 향수할 시대가 도래해야"[32] 한다는 자신의 전망과도 어긋나는
것이다. 난민의 인간적 삶이란 국민의 영역을 벗어난 시민의 권리나 젠
더의 문제와 같은 중층적인 장에 위치하는 것이다.

하지만 근대를 통해서 국가와 일체화되어버리고 만 일본인 다수자의
의식을 어떻게 타파하고 어떤 경로를 밟아 어떻게 '다음 사회'를 실현해
나갈 것인가, 그것을 현재의 국가와의 관계에서 어떻게 구상할 것인가
하는 논의는 거의 축적되지 않은 것 같습니다. 이러한 관념성을 지적하
면, 그것을 지적하는 쪽이야말로 '국가'에 사로잡힌 내셔널리스트다, 본
질주의적으로 국가를 말한다고 비난을 받고 마는 도착적 사례를 저 스
스로도 여러 번 경험한 바 있습니다.[33]

31) 바우만, 임지현, 앞의 글, 16쪽.
32) 서경식, 『난민』, 233쪽.

서경식은 국민국가로부터 벗어나야 한다는 자신의 주장이 내셔널리
즘으로 비판받는 것을 도착적 사례라고 주장하고 있다. 그러나 그는 이
러한 비판이 의미하고 있는 것이 어떤 지점인가에 대해서는 주의를 기
울이려 하지 않는다. 국민국가의 권력을 거부하는 저항의 논의가 민족
의 틀에 한정되어 논의되고 있다는 것이 서경식이 보여주고 있는 근본
적인 모순이다. 이것은 기억의 신성화와 짝패를 이루는 집단적 죄의식
이라는 피해자/가해자의 고정된 이항대립이 불러온 모순적인 결과이다.

4. 만들어진 언어의 감옥

서경식은 모어와 모국어의 분열에 대해서 반복적으로 이야기한다. 식
민주의의 결과로 탄생한 재일조선인들은 모어인 일본어와 모국어인 조
선어의 분열 속에 살아가고 있는 존재일 수밖에 없으며, 이러한 상황은
삶의 현장인 일본과 정치적 귀속처인 '조선'에서 모두 이해받지 못하고
있다는 것이다.

> 그 때문에 어떤 대상을 접하고 그 경험을 '아름답다' 또는 '무섭다'와
> 같은 일본어로 표현할 때 그 표현이 어디까지 나 자신의 것인지 의심스
> 럽다는 감각이 있다. 「……」 무언가를 느끼는 감성, 그것을 표현하는 언
> 어가 어떤 외적 폭력에 의해 주입된 것이라는 점을 알아차리는 데서 생
> 기는 위화감이다. 말하자면 자신의 실존과 언어표현 사이의 '갈라진 틈
> 새' 같은 것이다.[34]

33) 서경식, 『난민』, 233쪽.
34) 서경식, 『언어』, 33~34쪽.

일본어를 모어로 삼고 살고 있는 사람이 어떤 대상에 대한 경험을 일
본어로 표현할 때 그것이 자신의 감각이 아니라고 느끼는 것은 의미 있
는 통찰이다. 그러나 그것이 국가와 민족의 문제로부터 발생한다고 생
각하는 것은 관념적인 조작의 결과이다. 서경식은 실존과 언어의 분열
에 대해 말하지만, 그의 주체는 항상 고정된 정체성을 지닌 주체, 재일
조선인이라는 정치적 주체이다. 식민주의에 대해서 그런 것과 마찬가지
로 언어에 대해서도 분명한 정체를 상정하려고 하는 것은 그의 정체성
정치의 결과이고 그것이 일본어와 그것을 모어로 말하는 주체 사이에
분열의 감각을 발생시킨다.

서경식은 이양지의 소설 『유희』에 대해 말하면서 이 소설이 일본에
서 소비되는 방식에 대한 불만을 이야기 한 적이 있다. 일본의 식민지
배로 인하여 생긴 재일조선인의 고향 상실에 대해서, 일본 사람들이 고
향이나 고국은 없다는 것을 그저 소비거리로 좋아하고 있는 모양이 보
고 싶지 않다는 것이다.[35] 그러나 우리의 존재가 우리 자신이 지향하는
정체와 불일치한다는 것은 오히려 정직한 실감의 표현이다.

> 우리에게 있는 그대로라는 것은, 후지 산을 봤을 때 자연스럽지 않다,
> 어색하다라는 것이 재일 조선인에게 있는 그대로다. 우리에게 있는 그
> 대로 다 있다는 것은 그런거다. 그러니까 교토가 아름답다고 느끼면서
> 도 한편으로는 우리가 받아 온 차별, 우리가 겪어 온 고난, 그리고 소외
> 감, 그런 것도 똑같이 떠올리는 것, 그리고 그리워하면서도 그리워하면
> 안 되는 것, 그 곳 사람들 대다수가 식민지 지배에 대한 책임감이 하나
> 도 없는 채로 지금도 계속 살고 있는 아주 어색한 장으로 느껴지는 것
> 이야말로 우리에게 있는 그대로다. 우리에게 있는 그대로라는 것은 이
> 양지가 『유희』에서 말하는 이런 것이 아니다.[36]

---

35) 서경식, 『연대』, 127쪽.

서경식은 자신이 '서경식'이라는 이름을 획득하기까지의 긴 절차를
통해 정체성 획득의 과정을 설명한다. 일본어 이름을 버리고 조선의
'서'라는 성과 일본의 이름을 쓰던 어색한 이름을 쓰다가 결국 서경식
이라는 이름을 획득하기까지의 과정은 그에게 조선이라는 정체성의 진
정한 획득과도 같은 의미를 지니고 있는 것이다. "그런 절차를 밟지 않
았더라면 나는 지금도 조선식 성씨와 일본이름, 요컨대 역사상 피지배
자 성씨와 지배자 이름으로 이루어진, 식민지배의 기억 그 자체라고 말
할 수 있는 어색한 이름을 사용했을 것이다."37)는 고백은 결국 이름에
부여된 순수성을 획득하는 것이 조선이라는 주체성을 되찾는 것이며,
이러한 과정에서 진정한 식민주의의 기억을 극복할 수 있다는 신념을
보여주고 있다. 그러나 식민주의의 오염된 이름을 버리면 정화된 주체
로 다시 태어날 수 있으며, 그것이 식민주의에 대한 유일한 저항이라는
생각은 고려할 필요가 있는 관점이다. 이미 현대의 많은 탈식민주의 비
평은 식민주의 이전의 기억과 이름을 찾는 것이 아니라 식민주의의 결
과로 경계에 위치한 자의 번역을 통해 경계와 차이를 넘어서는 새로운
저항을 수행할 수 있음을 밝힐 바 있다. 그 예로 서경식과 비슷한 과정
을 거쳐 조선의 이름을 획득하였지만, 전혀 다른 고백을 수행하고 있는
재일조선인의 목소리를 기억할 필요가 있다.

저 자신이 그랬습니다. 갑자기 '나가노 데쓰오'를 버리고 열심히 내셔
널리스트가 되려고 했을 때, 저는 저 자신을 좁은 골목 안으로 몰아넣었
던 것입니다. 강한 것처럼 보이지만 실은 굉장히 협량하여 세계가 보이
지 않았습니다. 타자가 비집고 들어올 틈도 없었습니다. 만약 그대로였

---

36) 서경식, 『연대』, 130~131쪽.
37) 서경식, 『난민』, 313쪽.

다면 자신 안에서 뭔가를 새롭게 발견하는 길을 스스로 닫아 버리게 되었을 겁니다.[38]

강상중은 자신이 일본어 이름 '나가노 데쓰오'를 버리고 강상중이라는 조선의 이름을 되찾음으로써 정체성 획득을 수행할 수 있다고 믿었지만, 그것은 타자의 공간을 막아버리고 자신을 좁은 틈 속에 가둔 행위였을 뿐이라고 하면서, 일본과 조선 사이에 존재하는 자신의 정체에 대해 다시 돌아보고 있다. 오염된 이름을 버리고 순수한 존재로 다시 태어난다는 전략이 불가능하다는 인식은 오염된 정체 속에서 차이와 경계를 넘어서는 탈식민 주체의 수행에 대해 다시금 생각하도록 해준다.

서경식은 자신의 친형인 서준식이 감옥에서 일본어 책을 읽지 않으면서 한국어를 배운 사실에 대해 이야기하면서 이렇게 말한다. "재일조선인에게 식민지 지배로부터 독립된다는 것은 그냥 국가가 선다는 것뿐만 아니라 자기 자신에게 내면화되어 있는 일본으로부터 어떻게 자기 자신을 해방시키느냐 하는 문제예요."[39] 식민주의 지배자였던 일본으로부터 자신을 해방시킨다는 것은 그들의 언어로부터 벗어나서 자신의 언어를 찾아가는 것을 의미한다. 그러한 지향 속에서 완전하게 언어를 되찾을 수 없다고 해도 식민주의와의 대결의 전선에 서 있다는 점은 민족문화를 되찾는 유일한 길이 된다. 따라서, "우리들 재일조선인은 비록 제대로 된 조선어(한국어)를 말할 수 없다 하더라도 이미 '조선인'이고, 식민주의와 그 연장선상에 놓은 차별과 싸우는 과정에서 우리들이 표현하는 것이 이미 '민족문화'인 것이다."[40]라는 것이 서경식의 민

---

38) 강상중, 『도쿄 산책자』, 송태욱 역, 사계절, 2013, 26쪽.
39) 서경식, 『연대』, 123쪽.
40) 서경식, 『언어』, 99쪽.

족과 문화에 대한 입장이 된다.

민족문화에 대한 서경식의 이러한 주장은 사실 그가 이론적으로 의존하고 있는 에드워드 사이드의 신념과는 거리가 먼 것이다. 사이드는 민족의 문화에 의해 초래된 정체성을 강화하고 보존하려는 태도가 문화라는 것을 극단적으로 과격하게 한정 짓는 것이라고 말한 바 있다. 그에 따르면 이런 태도는 문화가 갖는 생산력, 그 다양한 구성 요소, 그 비판적이고 종종 모순을 가져오는 여러 에너지, 그리고 특히 그 풍부한 세계성, 제국주의적인 정복과 해방과의 공범 관계, 이 모든 것을 간과한다.41)

사이드는 그의 『문화와 제국주의』의 마지막 대목에서 이렇게 말했다. "제국주의는 문화와 정체성의 혼합을 범지구적으로 강화했다. 그러나 제국주의의 최악, 그리고 가장 역설적인 선물은 사람들에게 자신들이 단지 대체로, 배타적으로 백인, 또는 흑인, 또는 서양인, 또는 동양인이라고 믿게 한 점이다."42) 사이드가 이를 통해 거듭 강조하고자 한 것은 타자에 대해 공감하고 대위법적으로 생각하는 것이 무엇보다도 중요하며, 자신의 문화적 고유성을 내세움으로써 타자를 분류하거나 계서화해서는 안 된다는 점이다. 안타깝게도, 서경식의 주장들은 제국주의와 식민주의에 대한 그의 적대적인 반감으로 인하여, 역설적으로 제국주의가 안겨준 정체성에 대한 확신을―'조선인'에 대한 고정된 상상을 완강하게 이어가고 있는 것으로 보인다.

서경식의 믿음과는 달리, 조선의 언어와 문화를 온전하게 회복함으로써 조선인이라는 정체를 획득할 수 있는 것은 아니다. 현대의 정체성과 언어에 대한 많은 접근이 알려주는 것은 말하는 '나'라는 것이 담화적

---

41) 에드워드 사이드, 『문화와 제국주의』, 박홍규 역, 문예출판사, 2004, 601쪽.
42) 위의 책, 628쪽.

인 실재에 불과하다는 점이다. '나'는 잡다한 체험의 총체성을 초월하는
하나의 통일체로서 우리가 의식이라고 부르는 것의 영속성을 보증하는
것이지만 그것은 다만 전적으로 언어적 특성에 불과한 것이 존재 속에
출현한 것에 지나지 않는다. 그래서 벤베니스트는 다음과 같이 쓰고 있
다. "'나'가 화자를 가리키는 담화 속에서만 화자는 자신이 '주체'임을
주장한다. 그러므로 주체성의 토대가 언어의 실행 속에 있다는 것은 말
그대로 참인 것이다."43) 선험적으로 부여되어 있는 특정한 언어를 회복
함으로써 주체가 되는 것이 아니라, 그가 수행하는 언어의 결과가 주체
를 형성한다는 것이다. 그러므로 자신의 실존과 언어 사이에 '갈라진
틈새'가 존재한다면, 그것은 민족과 국가의 불일치, 모어와 모국어의 분
열 같은 것에서 발생하는 것이 아니라 생명을 지닌 존재와 말하는 존재
의, 주체화와 탈주체화의 불일치 속에 자리잡고 있는 것이다. 아감벤은
이러한 틈새 속에서, 그러니까 주체의 불가능성에 대한 인식 속에서 진
정한 증언의 가능성이 생겨나는 것이라고 말한다.

> 생명체와 언어 사이에 아무런 맞물림이 없어야, '나'라는 것이 이러한
> 틈 속에 유예되어 있어야 증언도 있을 수 있다. 우리의 우리 자신과의
> 불일치를 드러내는 친밀함이 증언의 장소이다. 증언은 맞물림의 비-장
> 소에서 생겨난다. 생명체와 언어, 목소리와 로고스, 비인간과 인간을 맞
> 물리게 할 수 없는, 바로 이러한 불가능성이야말로 증언을 가능하게 해
> 주는 것이다.44)

존재와 언어 사이의 불일치에서 오는 틈새 속에서 생겨나는 증언이
란, 어두운 과거에 대한 고발이 아니라, 존재의 부끄러움에 대한 고백이

---

43) 조르조 아감벤, 『아우슈비츠의 남은 자들』, 정문영 역, 새물결, 2012, 182쪽.
44) 위의 책, 194쪽.

다. "아우슈비츠는 품위를 유지하는 것이 품위가 아닌 것이 되는 장소, 자신의 존엄과 자존을 잃지 않고 있었다고 스스로 믿었던 사람들이 그러지 못한 사람들에 대해 부끄러움을 경험하는 장소인 것이다."[45] 주체화와 탈주체화의 공존 속에서 산출되는 이 부끄러움이라는 감정은 무엇인가. 아감벤을 따라서, 다시금 아우슈비츠의 회색지대에 대해 말했던 프리모 레비를 떠올려야 한다. 레비는 게토의 위원장이었던 룸코프스키에 대해 말하지만, 그를 고발하고 단죄하는 것이 아니라 그 이야기로부터 훨씬 더 방대한 의미를 발견해야 한다고 말한다. "우리 모두는 룸코프스키에 비친 우리의 모습을 본다. 그의 모호함은 진흙과 영혼으로 빚어진 혼합체인 우리의 타고난 모호함이고, 그의 열망은 우리의 열망이다."[46]라는 레비의 통찰은 인간의 모호성과 윤리적 책임에 대한 강력한 전언이 된다.

고통스러운 과거의 기억과 극복은 어떻게 가능한가라는 물음에 대해 레비의 말은 시사하는 바가 많다. 그것은 단지 가해자와 피해자 사이에 아무런 구분이 없다거나 인간의 근본적인 유약함을 지적하는 논의로 이해되어서는 안 된다. 인간 존재의 모호함과 모순을 이해하고 그것에 윤리적으로 응답할 수 있어야 한다는 것이 레비의 전언일 것이다. 재일조선인의 문제로 돌아오자면, 식민주의의 극복을 위해 가해자와 피해자의 명확한 경계를 설정하는 서경식의 방식에 대해 레비의 물음은 근본적인 의문을 던지고 있다. 그것은 식민지 이후 재일조선인의 일상을 정직하게 들여다보아야 한다는 것이고, 언어와 정체성의 틈새에서 괴로워하거나 식민주의의 일상 속으로 회수되어 들어간 존재들을 외면하지

---

45) 아감벤, 앞의 책, 91쪽.
46) 프리모 레비, 앞의 책, 79쪽.

않으면서 윤리적 물음을 스스로에게 돌려서 자기서사를 새롭게 써나가야 한다는 것이다.

이러한 진단은 식민주의의 기억 속에서 집단화되어간 재일조선인들에게 일어난 문화적, 상상적 자아구축의 과정을 복합적으로 파악하는 것이 중요하다는 것을 알려준다. 재일조선인의 자아의 구축에 대해 말하는 것은 정체성 형성, 문화적 차이의 구성, 시민권과 소속감 등 사회적 과정에 관한 복잡하고 중요한 문제들을 살피는 것이 되어야 한다. 하나의 문화적, 사회적 집단이 자신들의 생활세계를 어떻게 구성해 가는가에 대한 성찰적 인식은 재일조선인의 자기구성을 이해하는데 매우 새롭고도 중요한 접근방식이다. 재일조선인의 자기구성을 이해한다는 것은 그들의 문화적, 사회적 이해들이 구성되고, 경합하고, 협상되어가는 방식에 관심을 두고, 그 의미와 이해들이 융합되고 분열되는 다양한 방식을 문화, 장소, 공간에 대한 여러 개념들과 교차적으로 탐구한다는 것을 의미할 것이다.

제3장

자서전/쓰기의 수행성, 자기 구축의 회로와 문법
―재일조선인 장훈의 자서전을 중심으로―

오 태 영

1. 재일조선인 자서전과 자기서사

일본 거주 조선인은 '재일조선인', '재일한국인', '재일코리안' 등 여러 명칭으로 불리고 있고, 이것들을 아울러 '자이니찌(在日)'로 범칭하기도 하지만 역사적 개념으로서 '재일조선인'이라고 부르는 것이 정확하다.[1] 왜냐하면 재일조선인은 제국 일본의 식민지 조선 지배의 소산으로, 존재 그 자체가 제국 통치 권력의 폭력성을 폭로하고 있기 때문이다.[2] 또

---

1) '재일조선인'이라는 호칭의 역사성은 크게 3가지 측면에서 확인할 수 있다. 첫째, '조선'에서 일본으로 입국했다는 사실, 둘째, 제국-식민지 체제기와 마찬가지로 전후 일본정부에 의해 '조선'이라는 국적을 부여받았는데, 이때 '조선'이 국가가 아니라 조선반도를 의미한다는 점, 셋째, 무엇보다 한국 국적을 취득한 사람들을 포함하여 많은 사람들이 통일된 조국으로서 '조선'을 상정하고, 자신들을 '재일조선인'으로 호칭한다는 점이다. 이에 대해서는 정진성, 「'재일동포' 호칭의 역사성과 현재성」, 『일본비평』 제7호, 서울대학교 일본연구소, 2012, 283~284쪽 참조.

2) 윤건차 지음, 박진우 외 옮김, 『교착된 사상의 현대사: 1945년 이후의 한국·일본·재일조선인』, 창비, 2009, 163~164쪽.

한, 재일조선인은 제국 – 식민지 체제기 이후 탈식민 – 냉전 체제기를 거쳐 현재의 탈냉전 – 신자유주의 체제기에 이르기까지 세계 체제 및 동아시아 지역 질서의 변화 과정 속에서 한국과 일본 사이의 역사적 기억의 투쟁의 장에 놓이는 한편, 한국과 일본 사회구조의 변동 과정 속에서 다양한 방식으로 호명되고 있기 때문이다. 그런가 하면, 그들은 한반도 밖에서 분단 체제를 체현하고 있는 자들이자 한국과 일본의 경계 위에 서 있거나 바로 그 경계를 넘나드는 자들로 국민국가의 어떤 고유한 질서(regime) 속에서 소외되고 배제된 자의 위상을 상징적으로 보여주는 한편, 스스로 그러한 국민국가의 고유한 질서 밖으로 미끄러지면서 디아스포라적 삶이나 노마드적 이동의 가능성을 탐색하게 하는 존재이다. 따라서 재일조선인을 민족주의적 관점에서 '재일동포'로 호명하는 것은 그들의 정체성을 단일하고 고정된 것으로 규정하는 정치적 무의식을 드러내는 것이자, 그것은 호명하는 자의 주체성 확립을 위해 재일조선인을 타자의 위치에 고착시키는 또 다른 폭력이기도 하다.

이 글의 목적은 재일조선인 자기 구축의 회로와 문법을 고찰하는 데 있다. 일반적으로 해방 이후 한국에서 재일조선인들은 민족적 주체의 자기 동일시 전략 속에서 호명되었고, 그때 그들은 과거 식민 체험과 기억을 간직하고 있는 민족적 신체들로 내셔널 히스토리의 자장 속에서 배치되었다. 따라서 그들은 강제 징용자, 일본군 위안부 등 제국 일본의 식민지 조선인들에 대한 억압과 수탈이라는 민족 수난사를 증거하는 직접적인 증인이자, 바로 그 민족 수난사를 관통하는 민족주의 이데올로기를 강화하는 기제였다. 하지만 해방 이후 한국에서 재일조선인들을 호명하고자 하는 욕망과 달리 전후 일본사회에서 재일조선인들은 나름의 존재 방식 속에서 자기 구축의 회로와 문법을 가지고 있었다. 이 글에서는 이러한 점에 착안하여 1950년대 후반 이래 한국에서 지속적인 관심의 대상이 된 장훈(張勳; 일본명 하리모토 이사오[張本勳])의 자서전에 주목하고자 한다. 이는 무엇보다 그가 한국의 대중미디어에서 지속적인 관심의 대상이었다는 점과 그의 자서전이 계속해서 간행되었다는 점을 감안한 결과이다. 또한, 재일조선인 장훈의 자서전이 생산·소비되는 과정이 일본에서 한국으로의 일방향성을 갖는 것이 아니라, 그러한 과정에 한국의 대중미디어나 독서대중의 시선(과 욕망)이 개입해 들어갔다는 점에서 쌍방향성을 갖는 흥미로운 대상이라고 할 수 있다. 다시 말해, 장훈의 자서전은 일본의 출판시장에서 생산된 것이 한국에서 번역·소개되었다는 점을 넘어 그러한 번역의 회로 속에 당대 한국의 독서대중을 비롯한 미디어 소비자의 어떤 욕망이 하나의 생산 동력으로 작동하였다는 점을 확인하게 한다.

물론 전후 일본사회에서 장훈의 자서전이 생산되고 소비되었던 점을 간과할 수는 없다. 자기 구축을 위한 글쓰기라는 능동적 언어 실천 행위로 재일조선인의 자서전을 이해했을 때, 그러한 글쓰기가 일차적으로 전후 일본사회라는 지형 속에서 일본인과 재일조선인을 향한 발화였기 때문이다. 다시 말해 재일조선인이 자신의 주체성을 형성하기 위한 대상으로 일본인과 재일조선인을 타자로 상정했다는 점을 고려해야만 그들의 자기 구축의 회로와 문법을 이해할 수 있을 것이다. 하지만 이 글에서 주목하고 있는 장훈의 자서전의 경우, 한국인 독서대중을 대상으로 하여 출간되었다는 점을 적극적으로 감안할 필요가 있다. 뒤에 논의하겠지만, 이 글의 주된 논의 대상인 『방망이는 알고 있다』의 경우 서문 격의 글에서 장훈 스스로 한국인 독서 대중을 대상으로 한 글쓰기임을 명확히 밝히고 있고, 『일본을 이긴 한국인』의 경우에는 『鬪魂のバッ

卜-3000本安打への道』을 번역한 것이지만, 일본어 책을 그대로 옮긴 것이 아니라 원 텍스트 중 번역자가 취사선택하여 한국의 신문에 연재했던 것을 모아 출간했다는 점에서 마찬가지로 한국의 독서 대중을 향한 글쓰기라고 할 수 있다. 이에 따라 이 글에서는 장훈의 자서전에 대한 일본 독서대중의 반응과의 본격적인 비교연구는 생략하고, 한국에서 그것이 생산되고 소비된 맥락에만 주목하고자 한다. 이런 점에서 장훈 자서전에 대한 검토는 한국에서 재일조선인 자서전의 생산·소비의 메커니즘의 일단을 확인하는 길이 될 수 있을 것이다.

일반적으로 자서전(autobiography)은 한 개인이 특정한 시점에서 자신의 생애와 활동을 직접 적은 글 정도로 이해되지만, 필립 르죈에 의한 다음과 같은 규범적 정의에 따르는 것이 관례이다. "한 실제 인물이 자기 자신의 존재를 소재로 하여 개인적인 삶, 특히 자신의 인성(人性)의 역사를 중점적으로 이야기한, 산문으로 쓰인 과거 회상형의 이야기."[3] 필립 르죈의 자서전 정의를 통해 확인할 수 있듯이, 이야기 또는 산문의 언어적 형태, 한 개인의 삶이나 인성의 역사라는 주제, 저자와 화자의 동일성이라는 작가적 상황, 화자와 주인공의 동일성 또는 과거 회상형의 이야기라는 화자의 상황 등이 자서전의 조건들이 된다. 한편, 글쓰기 양식으로서의 자서전은 글쓰기 행위의 주체와 그 대상이 동일하다는 점에서 여타 글쓰기 양식과 명확히 구분된다. 즉, 내가 나에 관해서 쓰는 글이라는 점이 자서전을 다른 글과 구별하는 핵심적인 형식적 자질을 결정한다. 물론, 소위 자전적 글쓰기에는 자서전 외 일기나 수기, 회고록 등도 포함된다. 하지만 자서전은 그 명칭이 명시적으로 드러내듯 여타 자전적 글쓰기에 비해 서사성을 강하게 띤다는 차별성을 갖는다. 즉,

3) 필립 르죈 지음, 윤진 옮김, 『자서전의 규약』, 문학과지성사, 1998, 17쪽.

자서전은 자기 '이야기'인 것이다. 이야기 형식으로서 자서전은 나의 행위를 축으로 사건을 전개하고, 그것들을 바탕으로 개인사를 구성한다. 자서전이 개인사를 구성한다는 점에서 그것은 출생(시작) − 성장(중간) − 죽음(끝)의 유한한 존재로서의 인간 삶의 일대기라는, 단선적 발전의 서사구조 형식을 취하기 마련이다. 그리고 그러한 단선적 서사구조는 바로 그 서사의 핵심에 놓이는 개인성을 축으로 통합된다.

그런데 자서전에 대한 이와 같은 일반적 이해에서 간과해서는 안 되는 것은 개인과 사건, 서사 사이의 관계에 있다. 자서전이 씌어지기 이전 자연인으로서 개인은 틀림없이 존재하고, 행위와 욕망의 주체로서 그는 사건들을 발생시키면서 살아간다. 그러니까 텍스트 이전의 개인과 그의 행위에 기초한 사건이 존재하고, 자서전은 그러한 것들을 담아냈을 뿐이라고 생각할 수 있다. 하지만 이렇게 이해했을 경우에는 자서전/쓰기라고 하는 글쓰기 형식/행위의 의미를 파악하기 곤란해진다. 따라서 주목해야 할 것은 자서전/쓰기라고 하는 글쓰기 형식/행위가 어떻게 개인을 새롭게 창출해내는가에 있다. 즉 자서전에 서사화된 사건 이전에 개인이 존재하고, 서술자에 의해 그러한 사건들이 서사화되는 것이 아니라, 서사화 과정 속에서 사건들이 선택되고 배치되면서 개인의 행위와 욕망을 의미 있는 어떤 것으로 만들어내고 있는 양상에 주목할 필요가 있는 것이다. 단적으로 말해 사건 이전에 개인이 존재할 수 없듯이, 자서전 이전에 나는 없다고 보아도 좋다. 바꿔 말하면, 사건이 개인을 존재하게 하고, 자서전이 자기를 가능하게 한다. "'사건'에 위장의 플롯을 부여하는 것. 그것은 우리가 그 '사건'을 서사로서 완결시켜 다른 서사를 살아가기 위해 이루어지는 행위"[4]인 것이다. 또한, 자서전을 쓰

---

4) 오카 마리 지음, 김병구 옮김, 『기억·서사』, 소명출판, 2004, 169쪽.

는 행위 자체를 하나의 사건으로 볼 수 있다면, 자서전을 쓰기 이전의 나와 자서전을 쓴 이후의 나는 전적으로 다른 것이다. 사건의 발생이 사건 전후의 행위 주체로 하여금 다른 조건들 속에서 그에 적합한 새로운 주체를 요구한다는 것5)은 상식에 속한다. 그렇다면 여기에서 주목해야 할 것은 자서전/쓰기라고 하는 글의 형식/행위가 어떻게 새로운 주체를 형성해나가고 있는가에 있다.

따라서 자서전을 개인사의 기록이라는 관점에서만 이해하는 것은 곤란하다. 물론 자서전은 개인의 기록이다. 그것은 대문자 역사의 이름 아래 묻힌 무수한 개인들의 삶의 투쟁의 기록이고, 그런 점에서 역사의 기록이 갖는 폭력성을 드러내는 글쓰기 행위이자 단일하고 통합된 역사를 비판적으로 성찰할 수 있는 무수한 계기들이기도 하다. 그런가 하면, 개인은 자신의 개인사를 의미 있는 어떤 것으로 만들기 위해 끊임없이 대문자 역사를 가져오기도 한다. 마치 개인은 저 도도한 역사 앞에 서야만 하는 존재인 것처럼 역사 속의 자기를 주조해내고자 하는 것이다. 하지만 그러한 기록이 선택과 배제의 과정을 거쳤다는 것, 특히 그러한 선택과 배제의 메커니즘이 개인의 기억/망각에 의해 이루어졌다는 점을 감안해야 한다. 한 개인은 자신이 살아온 삶의 전 과정을 자서전에 담아낼 수도 없을 뿐만 아니라, 현재의 자신을 구성하는 데 의미 있는 사건들을 선택해서 기록할 수밖에 없다. 재현의 과정은 언제나 그러한 것이다. 그리고 선택에 의한 기록은 현재의 시점에서 기억하기(=망각하기)라는 행위와 욕망을 작동시킨 결과이다.6) 따라서 자서전은 단순히 회상의 형식, 과거 시간으로의 침잠이 아니라 현재의 자기를 구성

5) 알랭 바디우 지음, 이종영 옮김, 『윤리학』, 동문선, 2011, 54~55쪽.
6) 이에 대해서는 石田雄, 『記憶と忘却の政治學:同化政策・戰爭責任・集合的記憶』, 明石書店, 2000 참고.

하는 글쓰기 형식이자 바로 그러한 글쓰기의 수행적 행위를 통해 적극적인 자기 정립의 의지를 드러내는 것으로, 그런 점에서 미래 지향적인 행위라고 할 수 있다. 비록 일반적으로 자서전이 삶 글쓰기라는 점에서 비교적 노년의 시점에 자신이 살아온 삶을 반추하여 기록하는 것처럼 보이더라도 그것은 현재의 입장에서 과거를 재구성해 미래로 나아가기 위한 삶의 동력을 만드는 능동적인 언어 실천 행위라고 할 수 있다. 이러한 관점에서 이 글에서는 재일조선인 장훈의 자서전에 나타난 자기 구축의 문법과 회로에 관해 논의하고자 한다.

2. 영웅과 신화로 소비되는 재일조선인

재일조선인은 체제와 시기를 달리하는 가운데 한국과 일본의 경계 위에 존재하는 자들이면서 양국의 사회구조의 변화 과정 속에서 소외되고 배제된 자들이다. 단순화의 혐의가 짙지만, 전후 일본사회에서 그들은 배제와 차별의 대상이었고, 해방 이후 한국에서 그들은 민족주의 의식을 고취하기 위한 하나의 장치로써 호명될 때를 제외하면 대체로 망각의 대상이었다. 하지만 재일조선인은 역사, 지리, 문화 등 20세기 초반 이래 한일 관계 및 동아시아 국제 관계를 이해하기 위한 핵심적인 하위 주체라고 할 수 있다. 그런데 한국에서 재일조선인에 대한 본격적인 관심은 20세기 후반에 이르러서야 가능했다. 그 원인으로 여러 가지를 들 수 있겠지만, 탈식민－냉전 체제와 남북한 분단 체제 하 군부독재 정권이 창궐했던 20세기 중반 한국의 정치적 상황을 감안할 수 있다. 한국사회는 반공주의에 기초한 내셔널리즘의 강화 속에서 자국 영토 내부의 국민을 결속시키는 데 여념이 없었을 뿐, 19세기 후반 이래 한반도 밖으로 이동했던, 특히 제국-식민지 체제기 제국 일본 열도로 이동했던 자들과 그들의 후손들에게 그다지 관심을 두지 않았다. 그러던 것이 20세기 후반 전지구화의 흐름 속에서 소위 한국의 세계화라는 기치를 내걸면서 세계 속의 한국인의 위상을 재정립·강화하는 움직임을 보이기 시작했고, 때를 같이 하여 한반도 밖 한국인, '재외동포' 등을 새롭게 발견하기 시작했던 것이다. 재일조선인에 대한 관심 역시 이러한 흐름 속에서 이루어졌다.

하지만 쉽게 짐작할 수 있다시피 해방 이후 한국의 정치체 및 사회구조의 변동과 무관하게 재일조선인들은 전후 일본사회에서 존재해왔다. 그들은 전후 일본사회에서 동화/이화, 배제/차별의 역학 구도 속에서 생존해왔고, 다른 한편으로는 분단되기 이전의 조선, 해방 이후 대한민국/조선민주주의인민공화국 등 쉽게 통합될 수 없는 민족의식이나 국가관 등을 바탕으로 내셔널 아이덴티티를 구축해오고 있다. 또한, 세대, 젠더, 계층, 지역, 이동의 양상 등에 따라 '재일조선인'으로 단수화되지 않는 다채롭고 이질적인 자기와 공동체를 형성해오고 있다. 그렇지만 해방 이후 한국에서 재일조선인에 대한 초기의 관심은 소위 '유명인사'에 경도되었고, 장훈 또한 그러한 맥락에서 한국에 소개되고 수용되었다. 장훈이 본격적으로 한국에 알려지기 시작한 것은 1959년 도에이(東映)팀의 4번 타자로 퍼시픽리그 신인왕을 차지한 이후부터였다. 이후 1960년대에는 신인왕, 타격왕, 홈런왕, 최고 수훈선수 등 일본 프로야구 선수로서 그의 성적을 실시간으로 전하는 한편, 팀 이적 상황뿐만 아니라 연예와 결혼, 휴가와 여행 등 개인사적인 내용까지 이슈화하여 다루었다. 1970년대 역시 마찬가지의 양상을 보였는데, 장훈의 타율이나 타점, 홈런 수나 안타 수 등의 신기록을 대서특필하고 그것의 의미를 현창하는 기사가 즐비했다.

1970년대 중반 이후 장훈에 관한 신문기사들 중에서 주목되는 것은 그의 귀화에 관한 내용이다. 1974년 5월 16일 장훈이 "한국인 선수들에게는 정책적인 차별대우와 매스컴을 통한 간접적인 비방 같은 것 등 눈에 보이지 않는 제약이 많다"[7]면서 일본에 귀화할 뜻을 내비쳤다는 기사가 실리는데, 바로 다음날 신문기사에서는 "이미 귀화한 재일교포 가운데 자신의 일본귀화를 종용하는 사람이 많고 또 구단 등에서도 『귀화하지 않으면 야구를 그만두라』고 불쾌하게 작용하고 있지만 자신은 결코 귀화하지 않겠다고 확고한 태도를 표명했다"[8]며 일본 귀화설은 사실무근이라고 전한다. 이 귀화문제에 관한 기사는 같은 해 10월까지 계속되는데, 같은 달 9일 귀국회견에서 장훈이 일본 귀화 압력에 괴로워 방한 중 각계각층의 의견을 듣고 이 문제를 결정하겠다고 말한 바로 다음날인 10일에는 절대 귀화하지 않겠다고 말했다고 썼다. 그리고 이틀 뒤 12일 기자회견에서 각계각층의 격려를 받은 장훈이 "한국인의 긍지를 살려 일본인들의 어떠한 박해와도 싸워서 일본에 귀화않고 살결심"[9]을 다짐했다고 전했다. 당시 프로야구선수로서의 그의 개인적인 성적은 대체로 민족적 동일성에 의해 그 후광이 더욱 빛나게 되었기 때문에 그의 귀화문제는 지속적인 관심사였던 셈이다. 그러니까 장훈의 프로야구선수로서의 업적이 축적되어가던 1976년에 "韓國과 韓國人에 대한 日本人의 인식을 고치게하는 자랑스러운 韓國人이다."[10]라고 하여 그를 자랑

7) 「日本에 歸化 張勳 뜻밝혀」, 『경향신문』, 1974. 5. 15.
8) 「"日歸化說 사실무근 張勳 勸誘·불쾌한 作用 불구"」, 『동아일보』, 1974. 5. 16.
9) 「"日에 歸化안해 韓國人긍지로 迫害와 對決"」, 『경향신문』, 1974. 10. 12.
10) 「日本人의 對韓觀 고치는 韓國人 「安打製造機」…張勳選手」, 『東亞日報』 제16952호, 1976. 7. 10.

스러운 한국인으로 명명하기에 이르렀던 것은 자연스러운 것이었다. 이처럼 장훈의 귀화문제와 관련된 기사는 대체로 장훈의 귀화 의사 피력→한일 각계각층의 귀화 만류와 저지→장훈의 귀화 불가 의지 다짐→한국인/한민족으로서의 자긍심 부각의 단계를 보이고 있는데, 신분적 제약이 있음에도 불구하고 한민족으로서의 민족적 정체성을 포기하지 않는 자랑스러운 한국인으로서의 장훈의 위상을 강화하거나 고착화하는 방향으로 기사의 흐름이 전개되었다는 점이 흥미롭다.

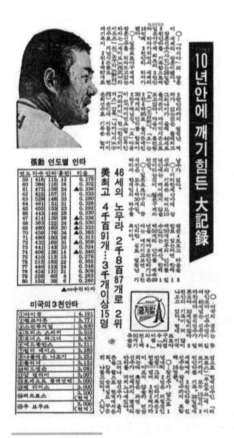

한편, 쉽게 짐작할 수 있듯이 장훈에 대한 신문기사는 그가 3,000안타라는 기록을 달성한 1980년에 가장 많은 수를 보인다. 특히, 1980년 5월 28일 3,000안타 달성 순간의 감격과 환희를 전하는 데 당시 한국의 신문은 여념이 없었다. 그의 3,000안타는 10년 안에 깨기 힘든 대기록으로, 일본 최초이자 세계의 16번째에 해당한다며 아시아의 장훈이 세계의 장훈이 되었다고 하거나,11) 온갖 차별 속에서 불굴의 의지로 일본 야구계의 기린아로 군림하였다고 전했다. 또한, 그가 3,000안타를

11) 「10년안에 깨기힘든 大記錄」, 『東亞日報』 제18045호, 1980. 5. 29

기록한 순간 대형 태극기를 든 재일동포응원단이 '대한민국만세'로 환호했다는 감격과 환희의 순간을 현장 사진과 함께 실었다. 이러한 대중적 열광에 부응이라도 하듯, 같은 해 7월 4일 국무회의에서는 건국 이후 최초로 체육훈장 맹호장을 장훈에게 수여하기로 의결한 소식을 타진했다. 그러면서 "정부는 張선수가 日本「히로시마」원폭시부상을 입는등 어려운 여건속에서도 프로야구사상 3천안타라는 수훈을 세워 韓國人으로서의 민족정신을 일깨우고 재일교포 2세들에게 자부심과 교훈을 준 공로로 훈장을 수여키로 했다고 밝혔다"[12]고 썼다. 이후 같은 달 24일 최규하 대통령이 장훈에게 훈장을 수여한 소식을 전하면서도 '한국민정신'을 드높인 것을 깊이 치하했다거나, 야구로 국위를 선양했다고

張勳선수에 猛虎章

기사화하는 한편, 장훈이 어머니와 조국에 감사한다며 "조국이 부를때는 언제라도 달려오겠다.", "국민이 주는 상으로 알고 한국인의 긍지를 갖고 더욱 열심히 뛰겠다."[13]는 다짐을 전하기도 하였다. 이러한 기사는 그해 내내 이어졌고, 장훈은 전인미답의 대기록을 세워 한국인으로서의 민족적 자긍심을 드높인 인물로 영웅화되어가고 있었다.

당시 신문기사 외에도 한국의 대중미디어에서 장훈은 지속적인 관

---

12) 「張勳선수에 猛虎章수여」, 『每日經濟新聞』제4410호, 1980. 7. 5.

13) "野球로 국위선양 훈장받은 張勳", 『경향신문』 제107145호, 1980. 7. 25.

심의 대상이었다. 1975년 10월 30일 방영된 MBC <스타쇼> 프로그램에
서는 한일친선야구 출전 겸 한국을 방문한 장훈과 백인천 등이 출연하
였고, 1975년 11월 21일부터 12월 말까지 방송된 MBC라디오의 스포츠
실화극은 프로레슬러 김일에 이어 장훈 편을 방송하였다. 그리고 1979
년에는 장훈의 이야기를 다룬 영화 <투혼>(가제)의 제작과 출연진이 소
개되기도 하였다. 장훈은 광고시장에서도 매력적인 인물이어서 1980년
에는 롯데칠성과 광고를 계약하기도 하였다. 한편 단적인 예이지만, 당
시 장훈이 대중적인 인지도와 인기를 구가하고 있었던 것은, 1977년 당
시 초등학교 재학 남자 어린이들의 우상 중 한 명으로 선정되었다는 것
을 통해 확인할 수 있다.14) 그야말로 장훈은 한국의 대중미디어에서 하
나의 문화적 아이콘으로 자리매김하고 있었고, 거기에는 한국인으로서
고난과 역경을 극복하고 타의 추종을 불허하는 경지에 오른 자에 대한
경외감도 내재되어 있었다. 그리고 그러한 대중미디어 속 영웅은 일반
대중들에게 소비의 대상이 되고 있었던 것이다.

이처럼 재일조선인 장훈은 20세기 후반 한국의 대중미디어에서 지속
적인 관심과 소비의 대상이었다. 특히 그는 전후 일본사회에서 재일조
선인이라는 신분적 제약에도 불구하고 각고의 노력 끝에 쉽게 도달할
수 없는 업적을 이룩한 인물로 영웅화되었고, 그의 삶은 신화화되었다.
성공한 스포츠 스타에 대한 찬탄의 시선, 그리고 그 시선에 내재된 재
일동포를 한민족으로 호명하는 방식 등 거기에는 민족주의적 동일시의
욕망이 작동하고 있었다. 소비의 주체로서 대중들은 소비의 대상인 그
를 욕망하고, 대중미디어가 그러한 욕망을 강화시키는 기제로 기능하고

---

14) 차범근, 6백만 불 사나이, 김일, 김재박, 펠레, 장훈, 김만수, 고상돈, 서영춘, 로버트 태권
    V 순으로 집계되었다. 「어린이들의 偶像은 누구…」, 『東亞日報』 제17305호, 1977. 12. 29.

있었던 것이다. 그런데 여기에서 간과해서는 안 되는 것은 당시 한국의 대중미디어가 강화한 소비의 욕망이 재일조선인이라고 하는 존재를 단일하고 고정된 어떤 것으로 만들어낼 수 있다는 데 있다. 마치 장훈과 그의 삶의 궤적이 재일조선인과 그들의 삶을 대표하는 것처럼 여겨질 수도 있었던 것이다. 그런 점에서 제국—식민지 체제의 잔여이자 탈식민—냉전 체제의 잉여인 재일조선인들의 존재 방식이나 그들의 '목소리들'은 은폐되었고, 그들의 목소리를 통해 한국의 분열증적이고 편집증적인 국가주의에 대한 비판의 가능성은 상당 부분 차단되었다고 보아야 할 것이다. 물론 장훈의 목소리를 통해 전후 일본사회에서 소외된 자로서의 재일조선인들의 삶의 편린들이 드러나기도 했지만, 그것들은 언제나 성공한 자의 목소리로 봉합될 가능성을 안고 있었다. 이 글에서 살펴보고자 하는 장훈의 자서전은 바로 이러한 정치·문화적 상황 속에서 한국인들에게 소개되고, 수용되었던 것이다.

당시 장훈의 자서전에 대한 신문광고의 내용 역시 앞서 살펴본 신문기사의 내용과 크게 다르지 않았다. 1977년에 출간된 『방망이는 알고 있다』에 대해서는 "일본 프로야구 巨人팀의 강타자 張勳의 자서전, 재일 교포로서의 가난과 민족차별등 온갖 역경을 딛고 일어서 일본프로야구계의 슈퍼스타로 성장하기까지의 파란만장한 생애가 담겨져 있다."15)라고 소개되었다. 또한 1993년에 출간된 『일본을 이긴 한국인』에 대해서는 "불꽃같은 야구인생을 살아온 재일동포 2세 장훈씨의 자서전. 귀화를 거부하고도 일곱번이나 타격왕을 차지한 강인한 인간·스토리가 감동적으로 펼쳐진다."16)라고 신문지상에 선전하거나, "재일교포2세로

---

15) 『경향신문』 제9777호, 1977. 7. 8.
16) 『한겨레신문』 제1654호, 1993. 8. 23.

일본 귀화를 거부하고 7번이나 타격왕을 차지했던 저자가 자신의 야구 인생을 소개."17)한다고 기사화되었다. 단적인 예이지만, 민족적 차별 속에서도 이룩해낸 그의 프로야구선수로서의 성과와 함께, 그가 귀화를 거부했다는 점이 부각되고 있다. 그것은 한국인의 시선에서 재일조선인 2세인 그를 '동포' 또는 '교포' 등으로 명명하면서 '민족'이라는 동일성의 범주 안에서 그를 인식하고 위치시키고 있음을 드러낸다. 그러니까 일본사회에서 그가 재일조선인으로서 어떠한 소외와 차별을 받았는지, 또한 그것이 그만의 문제가 아니라 전후 일본사회에서 살아가는 재일조선인의 어떤 존재 방식을 상징적으로 보여주는지 등에 대해서는 무관심하거나 외면한 채 그가 '한국인'으로서 일본에서 어떠한 성공을 거두었는가에만 주목하고 있는 것이다. 결국, 민족주의적 시선은 성공한 재일조선인 밖에는 보지 못하게 하는 결과를 초래했던 것이다. 시간이 흘러 2008년 장훈은 자신에 대한 한국의 동일시 시선에 응답이라도 하듯, "국적은 종이 하나로 바꾸는 것이 가능하지만 민족의 피는 바꿀 수 있는 것이 아니"18)라고 말하기도 했다.

이처럼 장훈의 자서전은 20세기 후반 한국사회에 갑자기 출현한 것이 아니었다. 그것은 이미 대중미디어를 통해 영웅화되고 신화화된 장훈이라는 하나의 '상품'이 소비되는 과정 속에서/과정을 거쳐 생산된 것이었다. 따라서 그의 자서전은 1970년대부터 1990년대에 이르기까지 한국의 독서대중을 염두에 둔 글쓰기였거나, 당시 장훈을 소비한 한국의 대중들의 욕망을 겨냥한 글쓰기였다고 할 수 있다. 즉, 앞서 살펴봤던 것처럼 1970년대 이래 입지전적인 재일동포로서 장훈이 한국의 대중

---

17) 『동아일보』 제22267호, 1993. 8. 25.
18) KBS1 휴먼다큐 <영원한 한국인 야구선수 장훈>, KBS1, 2008. 8. 28.

미디어에서 소비의 대상이 되었고, 대중들이 그에게 열광했다면, 그의 자서전은 한편으로 그러한 소비 대중의 욕망에 응답한 결과였다고 할 수 있는 것이다. 바꿔 말해, 그의 자서전은 장훈에 의해 씌어지거나 말해진 것이지만, 그러한 글쓰기/말하기를 가능하게 한 것은 한국의 소비 대중의 욕망(또는 그것을 증폭시킨 대중미디어)이라고 할 수 있다.19) 이런 점에서 장훈의 자서전은 일본에서 한국으로 발신된 것이지만, 한국의 독서대중의 수용 과정 속에서 영웅적 형상화와 신화 만들기의 과정을 거쳐 새로운 의미를 갖게 되었다는 점에서 역설적으로 한국에서 일본으로 발신된 것이라고도 할 수 있다. 그런데 이처럼 자서전의 생산 조건들과 그것들이 한국에서 소비된 양상에 지나치게 주목하다보면, 자서전 쓰기라는 언어적 실천 행위 속에 나타난 재일조선인으로서의 장훈의 자기 구축의 욕망을 간과할 우려가 있다. 이제 그의 자서전으로 눈을 돌려 장훈의 목소리에 귀 기울일 차례이다.

---

19) 이런 점에서 장훈의 자서전에 대한 독서대중의 수용 과정과 그러한 과정 속에 내재된 각각의 독서대중의 욕망을 확인하기 위해서는 일본인과 재일조선인, 한국인 등 세 주체에 의한 수용 양상과 반응을 비교해서 살펴볼 필요가 있을 것이다. 특히, 이 글에서 장훈의 자서전을 대상으로 하여 재일조선인 자기 구축의 회로와 문법을 고찰한다고 했을 때, 그의 자서전에 대한 일본인, 재일조선인, 한국인 사이의 수용/소비의 공통점과 차이점을 파악할 필요가 있다. 그래야만 장훈의 자서전이 각각의 콘텍스트 속에서 어떻게 의미화되고 있는지를 파악할 수 있을 것이다. 하지만 이 글에서는 자서전/쓰기의 수행적 과정을 고찰하기 위해 비록 제한적이지만 한국에서 번역되어 소개된 장훈의 자서전과 동시기 그에 관한 신문기사를 주된 대상으로 논의를 전개하였다.

3. 자서전에 나타난 자기 구축의 문법들

1) 민족적 주체의 성장과 트라우마적 기억의 극복

한국에서 처음 출판된 장훈의 자서전은 『방망이는 알고 있다』이다.[20] 1977년 37세인 그가 자서전을 출판한 것은 지인들이 "차별 관념이 심한 異國 땅에서 외로이 싸우며 오늘날의 지위를 쌓아 올린 그 사실 하나만은 동포 여러분께 昭詳히 알릴 수 있는 자랑 거리"[21]라고 했기 때문이었다. 일반적으로 자서전이 인생의 말년이라고 여겨지는 시점에서 자신이 살아온 일생을 기억에 의존하여 서술하는 것과 달리 이 자서전은 상대적으로 젊은, 그것도 아직 프로야구선수로서 현역에 몸담고 있는 시점에서 자신의 삶의 궤적을 기록하고 있다는 점에서 차이가 있다. 그것은 그의 개인적인 성과와 업적에 기인한 것으로, 그가 소위 유명인사로서 자리매김된 상황과 밀접한 관련을 갖는 것이었다. 당시 프로야구선수로서 새로운 기록을 세우고 있었던 장훈은 일본의 스포츠팬들의 관심 속에서 1976년에 이미 일본어 자서전 3종을 출판한 상태였다. 그가 1977년 한국에서 자서전을 출판할 수 있었던 것 또한 그에 대한 한국 대중의 관심의 열기를 드러낸다. 그리고 한국 대중의 관심에 부응이라도 하듯이, 그는 자신의 자서전을 "韓民族의 一圓으로 忠實하겠다는 鬪志만은 남달리 강한 在日同胞 靑年의 手記"[22]로 읽어달라고 당부하였다.

---

20) 『방망이는 알고 있다』가 출간된 1977년 金丙珪 編著, 『不屈의 韓國人 張勳』(한얼文庫, 1977.)이 출간되었다. 이 『불굴의 한국인 장훈』의 서두에는 일본 신문사와 한국 신문사의 해외 특파원이 장훈과의 인터뷰한 결과를 엮은 것이라고 밝히고 있는데, 『방망이는 알고 있다』의 서사구조 및 서술 내용과 거의 차이를 보이지 않는다. 『방망이를 알고 있다』의 경우 장훈이 저자로 소개되어 있는 반면, 『불굴의 한국인 장훈』은 김병규가 편자로 제시되어 있지만, 기본적으로는 동일한 내용을 다루고 있는 것으로 보인다.

21) 張勳, 「自敍傳을 내면서」, 『방망이는 알고 있다』, 瑞文堂, 1977.

이처럼 그는 자서전의 서문 격에서 스스로를 '한민족의 일원', '재일동포 청년'으로 규정하고 있다. 이는 『방망이는 알고 있다』의 서술 행위의 주체로서 자기의 위상을 드러낸 것이자 발신자와 수신자의 관계망을 예비하는 것으로, 이 자서전의 서사구조 전체를 관통하는 하나의 문법으로 기능한다.

『방망이는 알고 있다』는 서두의 화보와 프로야구선수로서의 성적을 명시한 말미의 부록을 제외하면, 총 8장으로 구성되어 있다. 그런데 이 8장의 내용은 일반적인 자서전에서 확인할 수 있는 출생에서 시작해 유년기 및 청년기, 중년기를 거쳐 말년에 이르기까지의 한 개인의 단선적인 성장 과정을 서사화하는 구조를 취하고 있지 않다. 물론 이 자서전 또한 대체적으로 단선적인 개인사 서술의 양상을 보여주고 있지만, 서술 주체가 현재의 시점에서 자기를 형성하는 데 의미 있다고 여겨지는 사건 중 핵심적인 것을 부각시키기 위한 서사구조를 취하고 있다는 점에서 차이가 있다. 그것은 이 자서전이 프로야구선수로서 입신과 성공의 서사를 펼쳐 보이고 있는 가운데, 민족적 차별과 가난이라는 트라우마적 기억을 극복하고 새로운 자기를 정립하기 위한 글쓰기 전략을 내포하기 때문으로 보인다. 다시 말해 장훈의 이 자서전은 일본 프로야구선수로서 전대미문의 대기록을 달성한 과정을 성공담의 형식으로 보여주고 있지만, 그러한 성공이 의미를 갖는 것은 유년기 이래 장훈에게 각인되었던 '조선인'이라는 신분적 차별과 극심한 가난으로부터 탈각하는 과정에 다름 아니기 때문이다. 이런 점에서 이 자서전에서 장훈의 삶의 추동력은 바로 조선인과 가난이라는 트라우마적 기억에 있다.

때때로 어떤 서사의 시작이 그 끝을 암시한다는 것을 감안한다면, 자

---

22) 위의 책.

서전의 서술에 있어서 그 시작이 갖는 의미는 남다르다고 할 수 있다. 특히, 자기서사로서의 자서전의 글쓰기 전략을 염두에 둔다면, 서사의 시작은 그 자체로 성장의 발단이자 자기 구축의 단초라고 할 수 있다. 그래서 일반적으로 자서전에서는 유년기의 체험과 기억이 제시되고, 그 것이 이후 성장 과정 속에서 어떠한 영향을 끼쳤는지 지속적으로 환기 된다. 이런 점에서 『방망이는 알고 있다』 서사의 첫 부분에 1976년 4월 16일 히로시마와의 4차전을 서술하고 있는 부분은 눈여겨볼 필요가 있 다. 청운의 꿈을 품고 히로시마를 떠나 18년 만에 고향에 돌아와 경기 에 나섰으나 히로시마 팬들의 조롱과 야유를 받았던 정황을 서술한 이 첫 부분에서 장훈은 그러한 냉대의 원인이 자신이 '한국인'이기 때문이 었다고 밝히고 있다. 이어 유년기 히로시마 히지야마(比治山)소학교 재학 중 '조센징'이라는 비하와 차별에 대한 반감과 분노를 느끼고 있던 소 년 장훈이 어머니에게 조선인이 열등한 인종이냐고 묻자, 그의 어머니 가 사람들은 모두 같다며 조선인을 조롱하는 아이들이야말로 천한 것 들이라고 대답하는 장면이 서술된다.

> 싸움질이라면 그래도 견딜 만했다. 그것은 강한 자가 이기게 마련이 므로 이기기 위해서는 강해지기만 하면 됐기 때문이다. 그러나 같은 소 년인데도,
> 「뭐야, 너는, 조센징 아냐! 건방지게 굴지 마. 냄새 나서 못 견디겠어. 저리 가, 저리!」
> 이렇게 마치 개 쫓기듯이 몰리면 어린 자존심에 상처를 입고 자신이 아주 비참하게 느껴지는 것이었다.
> 그래서 나는 어머니에게 물어보지 않을 수가 없었다.
> 『조선인은 그렇게 형편 없는 인종이야?』
> 가만히 듣고 있던 어머니는 잠시 생각하더니 인자하게 타이르듯이

그러나 또렷한 말씨로 대답해 주었다.

『훈(勳)아, 똑똑히 들어라.』

어머니의 목소리에는 이제까지 느껴 보지 못했던 위엄(威嚴)이 있었다.

『사람은 모두 다 똑같애, 조선인을 형편없다고 조롱하는 아이들이야
말로 천(賤)한 것들이다.』

나는 그 말을 듣고 마음이 훤히 밝아지는 것을 느꼈다. 이제까지 풀
곳이 없어 마음속에 축적되기만 했던 분노가 가신 듯이 사라져 버렸다.
나는 그때의 어머니의 말씀이 지금까지고 잊혀지지 않는다.[23]

그리고 이러한 장면 뒤에 장훈은 패전 직후 일본사회에서 한민족의
긍지를 갖고 살아온 어머니를 통해 자신이 분노와 저항의 자세를 갖게
되었다고 밝히고 있다. 히로시마와의 경기에서의 조롱과 야유의 원인인
한국인이라는 신분은 이미 유년기에 그에 대한 인종주의적 차별의 근
거였는데, 장훈은 한민족으로서 분노와 저항의 자세를 가지고 성장해왔
다고 말하고 있는 것이다. 즉, 이 자서전은 서두에서 한국인이라는 민족
적 정체성을 강조하여 한국의 독서대중을 수신자의 위치에 위치시켰을
뿐만 아니라 발화자/서술자로서 자신의 위상을 규정하여 자서전 전편
의 모든 사건들을 민족적 주체에 의한 행위의 결과물로 인식하게 만들
고 있는 것이다.

한국인으로서의 자의식과 일본인에 대한 저항은 그의 자서전의 서사
를 추동시키는 하나의 힘이다. 1957년 나미와상고(浪華商高) 재학 당시 야
구부에 폭력사건이 발생하였는데, 장훈은 직접 폭력에 가담하지는 않았
지만 현장에 있었다는 이유로 징계를 받는다. 그런데 징계를 받은 사람
은 장훈뿐이었고, 더구나 징계의 내용이 야구부 제명이었기 때문에 그
는 그러한 징계가 민족적 차별 때문이었다고 생각한다. 그리고 1958년

---

23) 위의 책, 30~31쪽.

도에이에 입단 후 프로 1년차 신인왕 수상, 프로 2년차 4번 타자와 올스타전 출전, 그리고 프로 3년차에 처음으로 수위 타자가 되는데, 장훈은 한국인이니까 일본인 상대 투수들이 좋은 공을 주지 않았음에도 상대적으로 좋은 공을 준 일본인 타자들과의 대결에서 승리한 것이라고 의미 부여한다. 또한, 1967년 일본인 선수와 수위 타자 경쟁이 치열하던 때 팔꿈치 부상으로 경기에 출전하지 못한 자신에 대한 비방과 힐난이 있었던 것과 이듬해 미국인 선수가 마찬가지 상황에 처했을 때는 아무런 비난이나 혹평이 없었던 것을 대비적으로 서술하면서 자신이 한국인이기 때문에 민족적 차별을 받은 것이라고 서술하였다. 이처럼 이 자서전 곳곳에는 한국인이기 때문에 받은 민족적 차별에 대한 "끓어오르는 듯한 분노와 슬픔"24)을 찾아볼 수 있는데, 이는 한편으로 그의 성장의 동력이 되기도 하였다. 즉, 한국인(조선인)이라는 민족적 차별에 대한 분노와 저항이 프로야구선수로서의 그의 성장을 추동한 셈이다.

　그런데 자서전에서 유년기 어머니의 교육에서부터 프로야구선수로서 성장 과정에 이르기까지 장훈의 자서전에 한국인으로서의 자의식이 지속적으로 강조되고 있다는 점은 고난과 시련을 극복한 그의 개인사를 민족사로 수렴시킬 가능성을 마련한다. 즉, 프로야구선수로서의 그의 성장 과정은 그 자체로 민족적 차별에 대한 저항으로 등치되면서 과거 식민의 경험과 기억을 극복한 민족적 주체의 성장 드라마로 바뀌게 되는 것이다. 또한, 이러한 민족적 주체로의 성장의 계기 중 한국 방문이나 한국인들의 격려가 제시되어 있다. 일본에서 나고 자라 '조국'에 대해 특별한 인식과 감각이 없었던 장훈은 '재일교포 학생 야구단'의 일원으로 한국을 처음 방문한 것을 계기로 민족의식과 조국애를 갖게 되

---

24) 위의 책, 95쪽.

었다고 서술하거나, 1975년 '일본 프로야구 한국인 선발팀'을 구성해 한
국을 방문한 그는 "나는 민족의 영웅으로서 서울 명예 시민의 표창을
받는 등 모국에서는 스포오츠맨으로서의 최고의 대우를 받았다."[25]라고
서술했다. 한편, 1974년 한국 방문 시 자신의 귀화를 만류한 한국인들의
격려를 소개하거나, 1976년 '새싹회' 주최 '가장 훌륭한 어머니'에 자신
의 어머니가 귀화의 유혹을 뿌리치고 '민족의 영웅'으로 장훈을 키운
공로를 인정받아 수상한 것이라고 적었다. 이처럼 장훈은 민족적 주체
로서의 각성과 성장의 동력이 한국/인으로부터 나온 것으로 서술하는
것을 통해 '재일조선인'으로서의 이질감을 민족적 동일성 속에서 봉합
하고 있는 것이다. 나아가 '민족 영웅'이라는 기표를 내세우면서 오히려
한국인을 대표하는 위치에 자신을 놓는 전략을 통해 자기를 구축하고
있었다. 이런 점에서 그의 개인사는 민족주의의 강력한 자장 속에서 민
족사로 수렴될 가능성이 농후하게 된 것이다.

　민족적 주체로서의 각성과 자기 정립의 과정 못지않게 『방망이는 알
고 있다』의 서사에서 주목되는 부분은 원자폭탄의 피폭 체험과 유년기
의 극빈한 삶에 대한 트라우마적 기억이다. 이 트라우마적 기억은 장훈
의 성장 과정 속에서 지속적으로 환기되는데, 그에 대한 치유와 극복의
욕망 또한 잘 드러난다. 1945년 8월 6일 히로시마에 원자폭탄이 투하되
었던 순간 장훈은 무너지는 집 더미 속에서 피투성이가 된 어머니의 보
호를 받아 목숨을 구명한 뒤 안전한 곳으로 도망쳐 다시 어머니와 만나
게 된다. 그리고 그의 형은 히로시마 역에서 폭격을 당해 왼손에 부상
을 입고, 누나 점자가 전신에 화상을 입어 생명이 위태롭게 된다. 하지
만 괴로움 속에서 신음하고 있는 누나를 눈앞에 두고도 치료를 할 수

---

25) 위의 책, 208쪽,

없는 상황에 처한다.

> 「뜨거워, 뜨거워」하면서 몸부림치는 누나……. 살리고는 싶지만 어떻
> 게 할 도리가 없는 어머니와 형. 그리고 옆에서 눈물을 흘리며 지켜보고
> 있는 정자 누나와 나…….26)

이 자서전에는 당시의 정황이 세밀하게 묘사되어 있다. 결국 그의 누
나는 죽음을 맞이하게 되는데, 이 피폭 순간에 대한 트라우마적 기억이
장훈의 원체험으로서의 자기 규정으로 이어진다. 그는 스스로를 '원폭
수첩(原爆手帖)'을 갖고 있는 유일한 야구선수라고 정의하는 한편, "8월의
「번쩍, 쾅-」의 그날이 올 때마다 나는 「뜨거워, 뜨거워」하며 괴로워하
다가 죽어간 누나의 모습을 회상하는 것이다."27)라고 하여 당시의 기억
으로부터 결코 놓여날 수 없는 자로서의 자기 인식을 보여준다. 또한,
이 자서전에서는 원폭 희생자로서도 재일조선인이 차별을 당하고 있는
점을 부각시키고 있는데, 당시 원폭에 의해 희생된 20만 명의 히로시마
인들 중 2만 여명의 한국인들도 포함되어 있었다는 점을 강조한다. 그
런데 1973년 8월 6일에야 비로소 히로시마에 '한국인 피폭자 위령비'가
세워지게 되었지만, 그것이 평화공원 밖이었다는 점에서 장훈은 한국인
들이 죽은 뒤에도 차별을 당하고 있다고 서술했던 것이다. 이처럼 원자
폭탄의 피폭과 그로 인한 누나의 죽음은 유년기 그의 상흔으로 남아 기
억 속에 각인되어 있었다.

그리고 이와 같은 원자폭탄 피폭에 대한 기억은 유년기의 극빈한 삶
에 대한 기억과 연결된다. 이 자서전에는 1940년 히로시마에서 태어나

---

26) 위의 책, 34쪽.
27) 위의 책, 35쪽.

패전 직후 일본사회에서 궁핍한 삶을 연명해가던 가족사에 대한 서술이 소년시절의 회상 부분에 중심을 이루고 있는데, 거기에는 4살 때의 사고에 대한 기억이 가로놓여 있다. 그해 겨울 장훈은 친구들과 놀고 있던 중 갑자기 후진하는 트럭에 부딪혀 장작불 속에 오른손을 짚어 화상을 입게 된다. 그의 어머니가 곧바로 그를 데리고 여러 병원을 찾아갔지만 어느 곳에서도 치료를 해주지 않았는데, 겨우 한 병원에서 수술을 받고, 시간이 흐른 뒤 허벅지의 피부를 이식까지 했지만 그의 오른손 넷째 손가락과 다섯째 손가락이 붙게 된다. 이 사고에 대한 회상에서 장훈은 한국인이라는 민족적 차별과 가난을 이유로 일본의 병원들이 자신의 치료를 거부했다고 여기게 된다. 그리고 자신에 대한 일본인들의 그와 같은 거부를 증오로 승화하는 한편, 그것이 이후 일본인들과의 싸움의 주원인이 되었고, "그들과의 싸움이 하나의 복수의 수단"[28]임을 명확히 했다. 물론, 이러한 가난의 체험은 한편으로 가족애를 부각시키는 방식으로 서술되기도 하는데, 어머니의 헌신과 형의 원조가 현재의 프로야구선수로서 입신한 자신을 만들었다는 점 또한 장훈은 명확히 하고 있다. 그리하여 이 자서전에는 어머니와 형제자매에 대한 고마움이 지속적으로 피력되어 있는데, 전후 일본사회에서의 차별을 극복하는 데 가족의 사랑이 큰 역할을 했음을 강조하고 있다.

이처럼 『방망이는 알고 있다』의 서사는 프로야구선수로서의 자신의 성장 과정을 서술하는 가운데 민족적 주체로서의 자각과 함께 원체험으로서의 원자폭탄 피폭과 가난이라는 트라우마적 기억에 대한 치유에의 욕망이 잘 드러나 있다. 그리고 그러한 민족적 주체의 자각과 트라우마적 기억의 극복은 모두 전후 일본사회에서 '조선인/한국인'으로서

---

28) 위의 책, 42쪽.

의 신분적 차별, 그리고 그러한 차별에 대한 저항의 이야기로 승화된다. 자기서사로서의 자서전/쓰기라는 글쓰기 형식/행위가 새로운 자기를 구축하기 위한 핵심적인 방편이라는 점을 다시 한 번 상기한다면, 이 자서전은 그 자체로 자기 정립의 의지와 욕망을 유감없이 보여주는 것이라고 할 수 있다. 또한, 그러한 자기 정립의 의지가 재일조선인의 그것이라는 점에서 개인사적인 층위를 넘어 민족사의 맥락 속에서 봉합될 가능성 또한 열어두었다. 장훈의 성장담은 차별에 대한 저항으로서의 재일조선인의 역사를 증거하고, 나아가 그것이 한국인으로서의 존재 증명으로 확장될 수 있다는 점에서 의미를 가지게 될 수 있었던 것이다.

2) 자수성가의 서사구조와 승자로서의 자기 정립

1993년에 출간된 장훈의 자서전『일본을 이긴 한국인』은 일본 프로야구선수로서의 성장과정을 서사화하는 데 초점이 맞춰져 있다.[29] 이 자서전은 23년 동안 3,085개의 안타와 7번의 수위타자라는 전인미답의 기록을 갖고 있는 장훈이 어떻게 해서 야구선수가 되고 프로생활 동안 숱한 고난과 역경 속에서도 '타격왕'이 될 수 있었는가를 말하고 있다. 그런 만큼 그것은 단선적 구성을 취하고 있다. 그런데 이 자서전은 현재의 시점에서 과거 프로야구선수 생활을 회상하고, 다시 현재로 돌아오는 형식을 취하고 있다. 출생에서부터 유소년기를 거쳐, 중장년기에 이르기까지 과거-현재의 일반적인 자서전의 시간적 구성과 달리 이『일본을 이긴 한국인』의 시간적 구성은 현재-과거-현재의 형식을 취하고 있는데, 그것은 프로야구선수 생활이라는 과거를 시간적으로 특화하기 위

---

29) 원제는『鬪魂のバット-3000本安打への道』로, 번역자에 의해 제목이 변경되었고, 2007년 개정판이 출간되었다.

한 하나의 전략적 서술이라고 할 수 있다. 즉, 개인의 다채로운 삶의 궤적을 모두 프로야구선수로서의 생활에 수렴시키고 있는 것이다. 그런 만큼 이 책의 서술 시간은 대부분 프로에 입단하여 야구선수로서의 생활과 대기록을 달성한 뒤 은퇴하기까지의 시간에 맞춰져 있다. 물론 그러한 시간은 현재의 시점에서 기억되고 선택된 시간들의 조합이다.

현재-과거-현재의 단선적 순환 구조를 가지고 있다고 하더라도, 역시 이 자서전의 핵심적인 플롯 구조는 과거 프로야구선수 생활에 있고, 그런 만큼 사건의 전개 역시 프로야구선수로서의 행위와 그러한 행위 속에 내재된 욕망을 부각시키는 데 상당 부분을 할애하고 있다. 그리고 그것은 쉽게 짐작할 수 있다시피, 끊임없는 고난과 역경, 시련을 극복하고 성취하는 일련의 과정으로 이루어져 있다. 물론 이는 일반적인 자서전의 플롯 구조와 닮아 있는 것이다. 하지만 장훈이 프로야구선수로 입문하여 은퇴하기까지의 과정은 발전적인 성장의 플롯 구조를 보다 선명하게 보여주고 있을 뿐만 아니라 그러한 플롯 구조는 연쇄하는 고난-극복-성취의 작은 플롯들로 구성되어 있다. 결국, 이 단순하고 선명한 서사구조는 장훈이라고 하는 한 개인이 어떻게 자신에게 닥친 시련을 넘어 성공에 이르렀는가, 그리고 그러한 성공에 이르기 위해 얼마나 강인한 의지와 신념을 지니고 있었는가를 부각시킨다는 점에서 자기 성취담이자 성공에 기초한 자기 정립 과정에 다름 아니다. 또한 그러한 개인의 성공이 일본을 넘어 전 세계 야구사에 기록될 만한 획기적인 사건으로 자리 매김되었다는 점에서 하나의 영웅담이자 자기 영웅화의 내러티브를 보여주는 것이라고 할 수 있다.

이 자수성가의 이야기는 성장의 플롯 구조를 보인다. 그리고 성장의 플롯 구조를 추동하는 동력은 역시 개인의 욕망에 있다. 그렇다면, 장훈의 욕망은 무엇인가? 그는 "나의 프로생활은 피를 말리는 불안의 연속이었다. 그런 불안한 나날에 줄기차게 도전해 온 이유는 '인간다운 생활'을 갖기 위해서다."30)라고 말하고 있다. 프로야구선수로서의 자신의 입지를 다지고 그것을 지속적으로 유지해야 한다는 데 대한 불안감은 어쩌면 운동선수로서 숙명적인 것일지도 모른다. 하지만 여기에서 주목되는 것은 그러한 성취가 '인간다운 생활'을 갖기 위한 것이라는 데 있다. 과연 무엇이 인간다운 것인가? 그리고 장훈의 처지나 상황이 어떤 점에서 인간답지 못한 상태에 놓여 있다고 볼 수 있는가? 장훈은 자서전의 서두에서 스스로 23년 간 힘든 야구를 계속한 이유로 "맛있는 것 많이 먹고 좋은 생활을 하고 싶다는 단순한 욕망 때문이었다."31)고 밝히고 있다. 유년기에 대한 그의 기억은 대부분 가난으로 점철되어 있고, 야구는 바로 그 가난으로부터 벗어날 수 있는 탈출구였던 셈이다. 이 고통스러운 가난의 기억은 트라우마로 남아 이후 그의 전 생애에 걸쳐 지속되는데, 앞서 살펴봤던 것처럼 그 트라우마의 핵심에는 4살 때 오른손이 다친 체험이 놓여 있다. 그의 오른손은 유년기의 가난의 기억이 각인된 신체를 상징적으로 드러낸다. 그래서 그러한 오른손으로 야구선수가 되어 운동을 한다는 것은 고난과 역경을 극복하는 의미뿐만 아니라 바로 유년기의 가난의 기억, 신체에 각인된 트라우마로부터 탈각하는 과정에 다름 아니었던 것이다. 이 『일본을 이긴 한국인』의 서사는 결국 가난으로부터의 해방, 인간 삶의 원초적인 생존 욕망을 달성하는 것이기도 했던 것이다.

그런데 유년기의 가난한 삶은 무엇으로부터 기인하는가? 왜 장훈은

---

30) 장훈 지음, 성일만 옮김, 『일본을 이긴 한국인』, 평단문화사, 1993, 16쪽.
31) 위의 책, 11쪽.

자신의 유년기를 아시아－태평양전쟁기로 회상하고 있는가? 물론 이는 실제 역사적 사건과 자신의 유년기를 중첩시켜 기억하는 것이라고 보아야 할 것이다. 개인은 자신의 개인사를 주조하는 데 있어 언제나 역사적 사건에 기대게 마련이다. 그런데 전쟁의 시공간은 척박한 생존의 조건을 환기하는 동시에 바로 그 생존의 욕망을 강화시킨다. 전쟁과 가난, 그리고 제국의 침략 전쟁 아래 굶주려가는 재일조선인, 가난한 삶의 원인이 재일조선인이라는 자신의 신분에 있었다는 점을 그는 이 자서전에서 은연중에 내비치고 있다.

> 나는 은퇴를 발표한 후 스스로에게 "그동안 참 잘했다"고 칭찬했다. 스스로 자기 자신에게 칭찬하기란 쑥스러운 일이나 나는 불리한 신체 조건과 60, 70년대 극심했던 재일 한국인 차별대우의 벽을 뚫고 그만한 성적을 남긴 내 스스로가 솔직히 대견스러웠다.[32]

물론 이 자서전에는 전후 일본사회에서 억압과 차별의 대상이었던 재일조선인으로서의 자기의 아이덴티티를 정위(定位)해가고 있는 장훈의 목소리보다는 프로야구선수로서 끊임없이 자기를 주조해간, 소위 입신출세를 위해 고군분투하는 장훈의 목소리를 찾기가 쉽다. 하지만 '한국인'이기 때문에 차별의 대상이었다는 점, 그리고 그러한 민족 차별 속에서도 민족의식을 잃지 않았다는 점을 그는 명확히 하고 있다.

앞서 살펴봤던 것처럼, 장훈의 『일본을 이긴 한국인』은 자수성가의 서사구조를 갖는다. 야구선수로서의 자신의 신체－더군다나 유년기에 오른손을 다쳐 야구를 하기에는 치명적인 신체－만을 가지고 의지와 노력을 통해 부와 명성을 획득하고 일본 프로야구사에 기념비적인 인

---

32) 위의 책, 206쪽.

물이 되었다는 것은 확실히 자수성가의 레퍼토리를 보여주는 것이다. 그런데 이 성공담이 단순히 고난과 시련을 극복하거나 도전과 모험의 연속이었다는 것만으로는 성공의 주체를 부각시키지 못한다. 자수성가의 서사구조에서 중요한 것은 자수성가의 과정 그 자체에만 있는 것이 아니라, 누가 그러한 자수성가를 이루었는가에 있다. 특히, 자서전의 경우 한 개인의 일대기가 인물 그 자체를 부각시키는 데 초점이 맞춰져 있다는 점에서, 자수성가의 서사구조 역시 바로 그러한 자수성가를 달성한 인물을 양각하는 데 몰두하기 마련이다. 이런 점에서 자기서사에서 핵심적인 인물은 역시 '나'이다. 그리고 이러한 나를 양각하는 가장 유력한 서사 전략이 성격화(characterization)이다. 인물의 성격화 전략은 여러 가지가 있지만, 가장 손쉬운 방법으로 주동인물과 반동인물 사이의 대립과 갈등을 통한 극적 상황의 설정과 전개가 있다. 특히 강한 민족의식을 지니고 있는 재일조선인으로서의 자기 구축을 염두에 둔다면, 장훈의 자서전에서 주동인물/반동인물의 구도가 재일조선인 장훈/일본인 선수로 나타날 것이라고 짐작할 수 있다. 이 자서전에서 장훈은 야구선수로서의 자신의 삶의 궤적을 승부의 세계로 규정하면서 그 냉혹한 승부의 세계에서 승리자로서 자기를 성격화하고 있다. "프로야구선수로서의 23년은 처절한 싸움의 연속이었다. 나는 항상 전장에 나가는 병사의 심정으로 타석에 들어섰다."[33] 그러니까 이 자서전은 엄혹한 승부의 세계에서 천신만고 끝에 승리한 자의 이야기로, 그러한 승리가 쉽게 달성될 수 없을 뿐만 아니라 누구나 성취할 수 없는 것이라는 점에서 승리 그 자체의 숭고함을 부각시키는 한편, 승리자로서의 자기를 현창하게 한다. 좀 더 적극적으로 말하자면, 냉엄한 승부의 세계에서 승리

---

33) 위의 책, 205쪽.

를 쟁취한 자의 이야기, 이 대중화된 서사구조가 자기 영웅화의 전략적 서술이 되고 있는 것이다.

이런 점에서 장훈의 자서전에서는 승부의 세계에서의 대결과 승리가 반복되어 서술된다. 그런데 장훈이 승부의 대상으로 여긴 핵심적인 인물이 바로 왕정치(王貞治)였다. 이 자서전의 서두에서 장훈은 스스로를 채찍질하면서 연습에 또 연습을 한 계기로 왕정치를 제시하고 있다. 그리고 흥미롭게도 이 자서전 서술의 곳곳에서 왕정치와의 대결의식이 서술되어 있다.

> 일본 프로야구에서는 64년 5월 5일 왕정치를 상대로 히로시마 카프 수비진이 펼친 이른바 '왕시프트'가 이런 수비의 최초 형태로 알려져 있으나 그보다 1년 앞서 '장훈시프트'가 시행됐음을 명백히 밝혀두고 싶다.[34]

> 거인의 동계훈련장에서 가장 나의 관심을 끈 사람은 뭐니뭐니해도 왕정치였다. 고교시절부터 친구이자 라이벌. 일본 최고의 홈런타자와 중거리타자. 홈런이 그의 몫이라면 타율, 안타는 나의 몫으로 '타격 자체'를 놓고 보면 결코 그에게 뒤질 수 없었다.[35]

왜 왕정치를 대결 상대로 설정하는가? 무엇보다 그것은 왕정치가 868개의 홈런으로 세계신기록을 가지고 있는 선수라는 점에서 기인한다. 즉, 왕정치가 기록한 홈런 세계신기록 못지않게 자신이 아시아 최고의 안타 수를 기록한 선수라는 점을 드러낼 수 있다. 라이벌의 실력과 성과를 강조하는 것은 결국 자기 구축을 위한 수단인 것이다. 또한, 왕정치는 일본에 귀화했지만, 자신은 귀화하지 않았다는 것에서 강한 민족

---

34) 위의 책, 108쪽.
35) 위의 책, 168쪽.

의식을 표출할 수도 있다. 앞서 살펴보았던 것처럼 장훈의 자서전에서
민족주의적 의식이 지속적으로 강조되고 있었던 점을 감안한다면, 왕정
치와의 대결 구도 역시 이러한 민족의식을 드러내는 효과적인 서술이
었던 것이다. 이런 점에서 이 자서전에서 왕정치가 등장하는 것은 결코
우연이 아니다. 그것은 대결 구도의 형성을 통한 극적 효과와 자기 주
조의 서술 전략이었던 것이다.

그런데 장훈의 이러한 승리는 민족적 차별을 받는 재일조선인이 그
러한 차별로부터 벗어나는 과정으로 그려지기도 한다. 1975년 12월 요
미우리 자이언츠로 이적한 장훈은 야구선수로서 전성기를 넘긴 35살의
나이에 제 역할을 할 수 있을까에 대한 불안감을 느끼기도 했지만, 이
적 후 전년도 최하위였던 팀을 우승으로 이끄는 데 기여한다. 그리고
그러한 시즌을 보내던 중 자신의 요미우리 이적을 반대하던 미쓰비시
중공업의 고노 회장의 초대를 받아 그로부터 인정을 받고 "마음속으로
"아, 나는 마침내 이겼어."라고 외쳤다."36) 일본 최고의 명문팀인 요미
우리 자이언츠에서의 선수 생활을 동경해왔지만, 재일조선인이라는 민
족적 지위 때문에 결코 쉽게 입단할 수 없었고, 입단해서도 순혈주의에
기초한 민족적 차별을 받을 수밖에 없었다고 여기고 있던 장훈이 자신
의 입단을 반대했던 요미우리 자이언츠 후원회의 거두로부터 인정받았
다는 것을 승리로 표현한 것은 말 그대로 차별의 주체와 대상이 역전되
는 듯한 환상을 맛보게 한 것이었을 것이다. 이 자서전에는 장훈이 야
구선수로서의 고난과 시련을 겪을 때마다 그것이 재일조선인이라는 자
신의 지위 때문이 아닐까라고 의구심을 품는 장면이 곳곳에 제시되어
있다. 이처럼 장훈은 승부의 세계에서 부침을 겪기는 하지만, 결국은 승

---

36) 위의 책, 164쪽.

자의 위치를 점하게 되는 과정을 극명하게 보여준다. 물론 이 승자의 위치는 단순히 프로야구선수로서의 대기록을 달성한 데에만 있지 않다. 그러한 승자의 위치는 한편으로는 재일조선인 2세라는 소여로서의 패자의 위치로부터의 벗어나고자 하는 욕망을 보여주는 것이자, 다른 한편으로는 자기 영웅화의 과정을 보여주는 것이기도 한다.

한 개인이 노년의 어떤 시점에서 자신의 삶을 회고할 때, 그것이 투쟁의 연속이었다고 말하는 것은 어쩌면 지극히 당연한 것일지도 모른다. 삶의 매순간 선택의 기로에 놓인 그가 자신의 선택으로 인해 삶의 부침을 겪으면서 한편으로는 성공하고, 다른 한편으로는 좌절한다는 것은 새삼스러운 것이 아니다. 또한, 그것이 어떤 특별한 성공이 아니라고 하더라도 인간은 대체로 자신의 삶을 패배자의 그것으로 기억하거나 주조하지 않는다. 평범한 일생을 살아온 자라고 하더라도 그의 삶은 언제나 성공한 삶으로 위치 지어져야만 의미를 가질 수 있게 되는 것이다. 그런 점에서 자서전에 자신의 삶을 서술할 때 그것은 성공할 수도 있고, 좌절할 수도 있다는, 어떤 우연성의 산물로 제시되어서는 곤란하다. 결국 현재의 나, '지금-여기'의 자기를 말하기 위해서라도 그것은 어떤 서사적 필연성을 가져야 한다. 그리고 그 필연성이 장훈처럼 어떤 '성공 신화'로 주조될 경우에는 패배자가 아닌 승리자로서의 삶으로 더욱 극적으로 제시될 필요가 있다. 그래야만 그의 자서전을 읽는 독서대중들이 '가난한 재일조선인'으로서 그의 치열한 삶의 궤적을 따라가면서, 그의 삶 자체를 욕망의 대상으로 삼을 수 있게 되는 것이다. 『일본을 이긴 한국인』의 서사구조는 바로 이 자수성가의 이야기를 펼쳐 보이면서 승자로서의 자기를 적극적으로 드러내는 것을 통해 주체성을 정립해간 장훈의 면모를 유감없이 내세우고 있는 것이다.

4. 자기서사로서의 자서전 연구의 방향

미셸 푸코는 "개인이 자기 자신의 수단을 이용하거나, 타인의 도움을 받아 자기 자신의 신체와 영혼·사고·행위·존재방법을 일련의 작전을 통해 효과적으로 조정할 수 있도록 해"[37]주는 것을 '자기의 테크놀로지' 라고 명명한 바 있다. 이 자기의 테크놀로지는 인간이 자기 자신을 이해 하기 위해 사용한 특수한 기술로서의 의미를 갖는데, 그것은 '자기 자신 에 대하여 관심을 가지고 배려하기'라는 의미의 그리스어 epimelēsthai sautou로부터 온 것이다. 그리고 자기 자신에의 배려라는 문화 속에서 핵심적인 것 중 하나가 바로 글쓰기이다. "인간이 자기 자신을 배려하 는 행위는 끊임없이 글쓰는 행위와 결합되었다. 자기란 그것에 대해 무 엇, 글쓰기 행위의 주제 혹은 대상(주체)이었다."[38] 자기 자신에 대해 글 을 쓰는 것이 자기 자신을 배려하는 것이고, 다시 그것이 자기의 테크 놀로지라는 푸코의 논의를 감안한다면, 이 글에서 살펴본 재일조선인 장훈의 자서전 또한 자기 자신에 대해 관심을 가지고 배려하기라는 의 미의 자기의 테크놀로지의 맥락에서 이해할 수 있을 것이다.

나아가 자서전/쓰기라는 글쓰기 형식/행위가 자기 구축의 핵심에 놓 인다는 점을 다시 한 번 상기한다면, '지금-여기'의 시점에서 나를 사 건화하는 것, 나의 행위와 욕망을 언어화하는 것은 나를 드러내는 것이 다. 그리고 이러한 나의 표현은 사건화, 언어화 밖의 나는 존재하지 않 는다는 것, 그러니까 사건화, 언어화의 과정을 통해서만 내가 존재할 수 있다는 것을 역설적으로 말해준다. 이런 점에서 나는 바로 사건화, 언어

---

37) 미셸 푸코 外 지음, 이희원 옮김, 『자기의 테크놀로지』, 東文選, 1997, 36쪽.
38) 위의 책, 52쪽.

화를 통해 통합된 개체로서의 고유성을 획득하게 된다. 그리고 그러한 고유성은 나는 누구인가에 대한 스스로의 응답 결과라고 할 수 있고, 또한 그러한 자기 규정은 자신의 정체성을 재정위하여 미래로 나아가기 위한 자기 기획의 능동적인 실천이라고 할 수 있다. 언어, 사건, 글쓰기 등 자서전을 둘러싼 '나'의 이야기들은 그런 점에서 그 누구도 아닌 자기 자신을 향한 것이다. 하지만 개인은 타자와의 관계 속에서 자기의 위상을 재정립할 수밖에 없고, 자신이 속한 공동체의 어떤 규범과 질서를 내면화하거나 그것에 대해 저항하는 등의 방식으로 자신의 존재를 의미화하기도 한다. 따라서 자기서사로서의 자서전 쓰기가 자기 위상의 재정립 과정이라면, 그것은 타인과의 인정투쟁의 욕망을 펼쳐 보이는 가운데 스스로를 사회 속에서 성장으로 이끄는 것이기도 하다. 자서전/쓰기라는 글의 형식/쓰기는 바로 이 점에서 개인의 주체성 형성의 비의를 보여준다. 이 글에서 대상으로 한 재일조선인 장훈의 자서전 역시 이러한 맥락에서 이해할 수 있는 것이다.

자기서사로서의 자서전에 대한 분석을 통해 재일조선인 장훈의 자기 구축의 회로와 문법에 대해 논의하였는데, 결국 이는 재일조선인 정체성을 묻는 작업으로 연결된다. 이와 관련해 다양한 연구가 진행되어왔지만, 도노무라 마사루의 정리를 참고할 수 있다. 그에 의하면, 재일조선인사 연구는 당대의 정치적 상황과 밀접한 관련을 갖고 전개되어왔는데, 대체로 다음의 세 시기로 구분된다. 제1기는 1950년대부터 1960년대까지로, 이 시기의 연구는 당시 일본인들의 배외주의의 분위기 속에서 독립한 조국과 유대를 확인하고 조선 민족으로서의 긍지를 가지고 살아야 한다는 의식 속에서 일본 제국주의의 억압과 저항에 초점을 맞추었다. 이어 제2기는 1970년대부터 1980년대까지로, 주로 정치사적 관점에서 정책의 실태에 대한 조사와 함께 운동사적 측면에서 민족문화 기관 및 단체의 활동, 그리고 경제사의 범주에서 개인사적인 노동과 생활에 관한 논의가 이어졌다. 이는 제1기의 문제의식을 계승한 것이었는데, 제국 일본의 패전 이후에도 제국주의적 억압이 지속되어왔고, 그에 대한 투쟁이 계속되었음을 밝히는 일련의 작업이었다. 끝으로 제3기는 1990년대 이후로, 일본 제국주의의 억압과 저항이라는 틀을 벗어나 조선인 정주 과정과 그에 따라 형성된 독자적인 재일조선인 사회의 모습에 대해 주로 연구하였는데, 이는 일상생활 차원에서의 동향을 파악하는 것으로 연결되었다. 이러한 조선인들이 일본에서 생활을 확립해갔던 것 그 자체를 평가하는 작업은 그들을 무시하고 배제해온 국민국가로서의 일본을 비판하는 역할을 수행한다는 의미를 갖는 것이었다.[39] 이 글에서 시도한 재일조선인 자서전에 대한 분석은 제3기의 연구 흐름과 그 궤를 같이 하는 것이지만, 기존 관련 연구에서 재일조선인 자서전은 아직 본격적인 논의의 대상이 되지 못했다. 그런 점에서 이 글에서 주목한 자서전이라는 글쓰기 형식/행위에 대한 분석 통해 재일조선인 정체성 연구의 새로운 방향을 모색할 수 있기를 기대해본다.

한편, 재일조선인들의 정체성은 세대별로 차이를 보인다. 패전 이후 일본사회에 남아 '식민지 – 시간'을 살아가야만 했던 재일조선인 1, 2세들은 일본에 대한 저항의식을 강하게 표출하였지만, 3세들은 일본사회의 차별과 배제로 인해 자신들의 권리를 쟁취하고자 하는 인정투쟁의 저항의식을 보였다. 그리고 그러한 저항의식이 희생자로서의 자기 규정으로부터 기인한 것이 아니라는 점에서 앞 세대와 차이를 갖는다. 또한,

---

39) 도노무라 마사루 지음, 신유원·김인덕 옮김, 『재일조선인 사회의 역사학적 연구』, 논형, 2010, 17~24쪽.

그들은 '국가=정체성'이라는 국가중심주의적 사고로부터 일정 부분 벗어나 국가나 민족으로 환원되지 않는 '재일조선인'이라는 정체성을 새롭게 구상하고 있다.[40] 하지만 재일조선인의 정체성에 관한 연구는 대체로 '민족' 개념에 기초해 이루어져왔다. 민족공동체가 지닌 종족적 정체성의 불변성을 강조하는 영속주의 시각에서는 재일조선인을 민족공동체의 구성원과 비(非)구성원 사이의 존재로 보는 반면, 민족 개념이 근대 국민국가의 필요에 의해 만들어진 '상상'이라고 보는 근대주의적 시각에서는 재일조선인을 민족이나 국가와 같은 개념으로 정의되지 않는 존재로 보는 경향이 강했다. 그런데 전자는 식민화와 강제이산이라는 정치적 정체성이 간과되는 반면, 후자는 재일조선인의 민족정체성이 일본민족이라는 타자와의 관계 속에서 형성되고 있다는 점을 간과한 문제점이 있다. 그런 점에서 재일조선인을 '강제 이산된 민족구성원'으로 보는 시각은 여전히 유효하다고 할 수 있다.[41] 하지만 이 경우, 재일조선인의 정체성을 민족이라는 범주 속에서만 인식하고 이해할 수 있다는 점에서 세대, 계층, 젠더, 이동 양상 등에 따른 정체성 분기의 다채로운 양상들을 파악하기 곤란해진다. 자기서사로서의 자서전은 바로 이 '재일조선인들'의 다양하고 이질적인 목소리를 들려준다는 점에서 주목되는 것이다.

이처럼 이 글에서 재일조선인 장훈의 자서전에 주목했던 것은 바로 이 '자서전'이 개인의 자기서사라는 점에서 민족 개념에 기초한 재일조선인 정체성에 대한 탐색이 갖는 기존 연구의 문제점을 극복할 수 있는

---

40) 김종곤, 「'재일'&'조선인'으로서의 정체성과 가치지향성 — 재일 조선인 3세를 중심으로」, 『통일인문학』제59집, 건국대학교 인문학연구원, 2014, 31~57쪽.

41) 김진환, 「재일조선인 정체성 연구 현황과 과제」, 『한민족문화연구』제39집, 한민족문화학회, 2012, 373~404쪽.

하나의 방안을 모색하게 할 수 있다고 판단했기 때문이었다. 다시 말해 민족/주의라는 거대 담론의 틀을 통해 재일조선인의 정체성이나 존재 방식을 규명하려고 할 때 보이지 않게 되는 지점을 미시사적 개인의 자기 기록으로서의 자서전을 통해 드러내고자 했던 것이다. 물론 앞서 살펴봤던 것처럼 장훈의 자서전에는 '한국인', '한민족'으로서의 자기 정립의 욕망이 드러나 있고, 그런 점에서 이 자서전의 독법 또한 민족/주의라는 거대 담론의 틀 속으로 회수되어버릴 가능성이 없지 않다. 하지만 그와 같은 장훈의 민족의식에 기초한 자기 정립의 과정에 유년기의 트라우마적 기억의 극복이나 자수성가의 서사구조 속 승자로서의 자기 위상의 재정립이라는 글쓰기 전략이 개입되어 있었다는 점을 밝히는 것은 재일조선인들의 민족의식 표출의 다양한 회로와 문법을 확인하게 하는 것이기도 하다. 따라서 재일조선인의 자기서사로서의 자서전은 바로 이 지점에서 민족주의적 시각에 의한 그들의 정체성 인식의 한계를 드러내는 글/쓰기라고 할 수 있다. 자기서사로서의 재일조선인 자서전에 대한 폭넓은 검토가 필요한 이유가 바로 여기에 있다.

제4장

재일에스닉 잡지에 나타난 재일조선인의 자기서사

신 승 모

1. 재일사회에서의 '자전 출판붐' 현상과 잡지

재일문예지 『민도(民濤)』의 창간호(1987.11)에는 최근 재일사회에서 일고 있는 '자전 출판붐' 현상에 관한 기사가 게재되어 있다. 이 기사에서는 재일조선인의 전기라든가 자서전, 또는 고인의 회상록과 같은 형태의 출판물이 활발하게 간행되고 있는 현 출판업계의 상황을 전하면서, 이 같은 '자전붐'을 어떻게 이해하면 좋을 것인가 화두를 던지고 있는데, 그 원인을 첫째, 재일한국인·조선인 1세대가 만년을 맞이하면서 이들이 살아있는 동안에 자신의 체험과 생애를 기록해두고 싶다는 심정의 발로로서, 둘째, 이 같은 현상은 기존의 재일문학자들의 작품이 재일 자신들의 생활이나 심정을 충분히 대변해주지 못한다는 불만이나 실망에서 일어난 현상이라고 나름 분석한다.[1] 그러면서 재일사회에서

---

1) 「<民々濤々> 自伝出版ブームだが…」, 『民濤』 創刊号, 民濤社, 1987.11, 169쪽.

의 자전 붐은 앞으로 더욱 확대될 것이라고 전망하고 있는데, 실제로 1980년대 후반부터 1990년대, 2000년대를 거치면서 이 같은 현상은 더욱 확대되면서 현재까지 지속되고 있다.[2]

그런데 1980년대 후반에 이르면 다수의 자서전 단행본 출판만이 아니라, 재일조선인·한국인 주체의 잡지에서도 다양한 형태의 자기서사의 글을 자주 접할 수 있다. 가령 『민도』와 마찬가지로 1987년 11월에 창간되어 1990년대 중반까지 재일한인의 생활과 체험을 전하고 있는 『우리생활(ウリ生活)』(在日同胞の生活を考える會, 연 2회 발행) 지상에는 <내 청춘의 추억(わが青春の想い出)>, <마당(マダン・廣場)>, <수레바퀴 자국에(轍の跡に)>와 같은 고정코너란을 통해 재일조선인의 인생회고, 과거 회상, 추억 등의 글이 매호 게재되어 있다.

이 글에서는 해방 이후 재일조선인·한국인이 주체가 되어 발행한 잡지에 실려 있는 다양한 형태의 자기서사물에 주목하고자 한다. 이는 『민도』의 기사에서도 지적하고 있듯이 기존의 재일문학 텍스트로는 온전히 파악하기 힘든 재일 일반대중의 목소리와 삶, 생활상을 잡지에서의 자기이야기를 통해 동시대적으로 생생하게 파악할 수 있을 것으로 전망하기 때문이다. 특히 잡지가 발행된 각 시기별로 동시대적 환경 속에서 발화된 재일코리안[3]의 자기서사는 여러 가지 직업과 계층, 세대별

---

2) 동국대학교 문화학술원 서사문화연구소가 조사한 바에 따르면, 해방 후 재일조선인·한국인의 자서전, 회고록, 증언, 수기, 기록 등 단행본 형태로 출판된 서적은 1950년대에 1권, 1960년대에 2권, 1970년대에 6권, 1980년대에 17권, 1990년대에 27권, 2000년대에 31권, 2001년부터 2014년까지 12권에 이르고 있다. 즉, 1980년대부터 비약적으로 증가하기 시작하면서 점진적으로 증가 추세에 있음을 알 수 있다.

3) 이 글에서는 한반도에 민족적 유래를 지닌 재일조선인·한국인과 그 후손을 포괄하는 명칭으로서 '재일코리안'을 사용하고자 한다. 또한 이 글에서 '재일'이라는 용어는 1991년 11월 1일에 시행된 일본의 법률 「일본국과의 평화조약에 의거하여 일본국적을 이탈한 자 등의 출입국관리에 관한 특례법(日本國との平和條約に基づき日本の國籍を離脫した者等の出

의 생활감각과 아이덴티티의 다양성을 보여주는 장점이 있고, 이는 기
존의 어느 정도 정형화된 재일조선인상에서 벗어나 재일의 다양한 삶
을 파악할 수 있는 회로가 될 것이다. 하지만 이 같은 연구방법상의 장
점에도 불구하고 지금까지 이 주제에 관한 연구는 한일 양국에서 찾아
볼 수 없다. 최근 한일 양국의 학계에서는 재일조선인 문학의 연구영역
이 기존의 작품 중심에서 재일미디어로까지 확대되고 있는 추세이고, 지
금까지 비교적 주목받지 못했던 재일한인의 에스닉 잡지에 대해서도 관
심을 가지고 그 연구의 범위가 차츰 확장되어 가는 움직임을 보이고 있
다. 이 같은 연구의 흐름 속에서 이 글은 재일에스닉 잡지에 나타난 재
일코리안의 자기서사를 검토함으로서, 기존의 역사, 문학 연구에서 보이
는 재일사회에 대한 집단화와 정형화의 한계를 극복하고, 자기서사의 다
성(多聲)적 특징을 부각시키면서 이 분야에 관한 연구의 다양성에 기여하
고자 한다. 이하에서는 재일에스닉 잡지 속의 자기서사물의 내역을 확인
하면서 시기별로 어떠한 내용과 특징, 경향을 보이고 있는지를 검토하
고, 자기서사의 구체적인 사례를 3편의 글을 통해 논의하고자 한다.

2. 재일에스닉 잡지 속의 자기서사물과 시기별 경향

주지하듯이 해방 이후 재일조선인·한국인이 주체가 되어 발행한 잡지
는 문예지를 중심으로 전개되어 다수가 존재했다. 1945년부터 현재에 이
르기까지 동인지, 각 단체의 기관지, 회보, 회람잡지, 개인잡지 등도 포함

入國管理に關する特例法)」에 의해 특별영주자가 된 사람들과 그 후손을 포괄하는 명칭으
로서 사용한다.

하여 총 150여종의 잡지가 발행된 것으로 파악되는데, 문예잡지뿐만 아니라 재일한인의 생활정보지(『ウリ生活』, 『イオ』 등), 시사지(『Sai』, 『KOREA TODAY』 등), 문화정보지(『K-magazine』, 『센ヌリ』 등), 인권활동(『人權と生活』) 등 잡지의 내용과 성격은 실로 다양한 방면에 이르고 있다. 잡지의 성격이 다양해지는 경향은 특히 1980년대 이후 현저해지는데, 이는 재일 3, 4세대가 성장함에 따라 재일사회 내의 문화 및 담론이 다원화되고, 한국의 연예계, 영화 등 최신 문화에 대한 젊은 세대의 새로운 관심도 반영한 현상으로 이해된다. 이 글이 조사대상으로 삼은 잡지를 가리켜 '재일에스닉 잡지'라고 표현한 것도, 문예지뿐만 아니라 이 같은 다양한 성격의 잡지들을 아우르는 총칭으로서 사용하고자 함이다. 이들 잡지 중 이 글에서는 총 37종 잡지의 목차 및 내용 내역을 확인했으며4), 이 작업을 통해 수기, 회고담, 에세이(수상), 인터뷰(증언), 좌담회 등 다양한 형태의 자기서사물이 잡지에 게재되어 있음을 확인할 수 있었다. 시기별로는 1980년대 후반을 하나의 분기점으로 해서 그 이전에는 주로 재일 1, 2세대의 반생을 돌아보는 회고담이 많았고, 1990년대에는 재일 3, 4세대와 여성들의 발언을 담은 기사가 많다. 다음 표는 이 글이 조사한

4) 이 글에서 목차와 내용을 확인한 잡지의 내역은 다음과 같다. 『民主朝鮮』, 『ヂンダレ』, 『朝鮮文學』, 『白葉』, 『鷄林』, 『문학예술』, 『朝鮮研究月報』, 『高麗會報』, 『靑丘』(中央大學韓國文化研究會), 『韓國時事』, 『靑雲』, 『季刊まだん』, 『海峽』, 『季刊三千里』, 『記錄』, 『韓國問題小パンフシリーズ』, 『月刊ソダン』, 『ソング』, 『韓國問題資料』, 『コリア研究』, 『ウリ生活』, 『民濤』, 『ミレ』, 『季刊靑丘』(靑丘文化社), 『架橋』, 『アジア問題研究所報』, 『セヌリ』, 『セセデ』, 『僑友』, 『人權と生活』, 『안녕!』, 『겨레문학』, 『現代コリア』, 『季刊Sai』, 『コリアン・マイノリティ研究』, 『K-magazine』, 『地に舟をこげ』 이상 37종. 시기별로는 창간호의 발행일자를 기준으로 1945년~50년: 1종, 1951~60년: 6종, 1961~70년: 4종, 1971년~80년: 7종, 1981년~90년: 10종, 1991년~2000년: 8종, 2001년 이후: 1종. 덧붙여 이 글에서는 잡지 입수의 어려움 등으로 인하여 필자가 확보, 확인할 수 있었던 잡지 37종의 내역을 검토하는데 그쳤다. 향후 다른 재일잡지도 지속적으로 조사해서 검토를 계속해나갈 예정인데, 이번 37종의 잡지 내역을 확인하는 작업도 그 대부분의 잡지가 한국 내에서는 찾아볼 수 없는 관계로 입수와 조사에 많은 시간이 필요했음을 밝혀둔다.

잡지에 실려 있는 자기서사물의 내역이다.

〈표 1〉 재일에스닉 잡지 37종에 게재되어 있는 자기서사의 내역

필 자	제 명	잡지명 및 게재호	비고
張斗植	「私の歩いてきた道」(1)~(4)	『鷄林』 1호~4호	자전적 작품
姜魏堂	「私の『朝連』時代」	『鷄林』 2호	회고담
崔鮮 외	<同人零筆>(고정코너)	『白葉』 각호	에세이, 회고담란
宗秋月 외	<隨想>(고정코너)	『まだん』 각호	수상란
崔華國 외	<サロンまだん>(고정코너)	『まだん』 각호	에세이란
禹博子	「私の記憶」	『靑丘』창간호	中央大學韓國文化硏究會 발행의 잡지. 청구문화사가 발행한 『계간 청구』와는 다름.
平林久枝	「私の在日五十年—ある朝鮮人の歩み」	『季刊三千里』 2호	자전
金靖純 외 4명	「われらの靑春時代」	『季刊三千里』 9호	좌담회
金斗錫	「わたしの猪飼野」	『季刊三千里』 16호	에세이
張銀奎	「私の靑春時代」	『季刊三千里』 20호	에세이
朴英鎬	「在日二世として」	『季刊三千里』 20호	에세이
李敬子	「父の在日・私の在日」	『季刊三千里』 24호	에세이
辛基秀	「本名で卒業して十一年」	『季刊三千里』 24호	에세이
高二三	「朝鮮人として一〇年」	『季刊三千里』 35호	에세이
チョ・ヨンスン	「十六歳の日に」	『季刊三千里』 42호	에세이
辛美沙	「『在日』三世として」	『季刊三千里』43호	에세이
郭賢鶴	「朝鮮人教員としての七年間」	『季刊三千里』 44호	에세이
梁容子	「私の『在日』」	『季刊三千里』 46호	에세이
立教大學史學科 山田ゼミナール 편	「生きぬいた証しに ハンセン氏病療養院多摩全生園朝鮮人・韓國人の記録」(1)~(7)	『記録』 90호~96호	도쿄에 위치한 국립요양소 타마젠쇼엔에 수용되어 있는 조선인 한센병 환자들의 증언기록.
朝鮮問題を學ぶ 江東區民の會 편	「枝川の歴史をつくった人々—在日朝鮮人一世の証言から」(1)~(6)	『記録』 110호~ 115호	도쿄 고토구 에다가와 코리아 타운에 거주해온 재일조선인 1세들의 증언기록.
李順子 외	<自由鐘>(고정코너)	『民濤』 각호	에세이란
金玉熙 외 4명	「女性にとっての在日同胞社會」	『民濤』 4호	좌담회

필 자	제 명	잡지명 및 게재호	비고
朴淸子	「こどもたちのまわりには、何が必要なんや」	『民濤』5호	수기
高峻石	「日本天皇制下の私の体驗」	『民濤』7호	수상
申有人	「それでも朝は來る」	『民濤』7호	수상
韓基德	「指紋押捺拒否 在日朝鮮人の自由と統一」	『民濤』7호	수기
成允植 외	<わが青春の想い出>(고정코너)	『ウリ生活』 각호	에세이란
金靜江 외	<マダン・廣場>(고정코너)	『ウリ生活』 각호	에세이란
沈光子 외	<轍の跡に>(고정코너)	『ウリ生活』 각호	회고담란
李學仁	「在日同胞正整策」	『ウリ生活』3호	수필
李福子 외 6명	「女性たちの視点から再び差別を語る」	『ウリ生活』4호	좌담회
柳亞子 외 6명	「イマドキの大學生 在日若者が考えていること」	『ウリ生活』6호	좌담회
朴相五	「ホームシックネス(故郷病)—旅の点景—」	『ウリ生活』7호	수상
姜聖信 외 5명	「TBSラジオスペシャル 私たちの日韓新時代」	『ウリ生活』7호	좌담회
成允植	「旅での想い」	『ウリ生活』9호	수상
金性鶴	「父の沈默」	『ウリ生活』9호	수기
金性鶴	「わが母を語る」	『ウリ生活』11호	수기
成允植	「隨想三題」	『ウリ生活』12호	수상
辛基秀	「「昭和」と大阪城・耳塚」	『季刊青丘』1호	수필
金永子	「女の視点から」	『季刊青丘』 2호	에세이
金香都子 외	<いま在日は>(고정코너)	『季刊青丘』 각호	에세이란
李仁夏	「多元文化の發想から」	『季刊青丘』4호	수필
金佑宣	「天國の門」	『季刊青丘』6호	수필
陳舜臣	「頭かくして」	『季刊青丘』7호	수필
裵重度	「"商店街"と"市場"」	『季刊青丘』8호	수필
金仲基 외	<架け橋>(고정코너)	『季刊青丘』9호	에세이란
鄭承博	「氣まぐれな旅行者」	『季刊青丘』11호	수필
韓萬年	「父と師、そして母」	『季刊青丘』11호	수필
韓晳曦	「不安のなかで」	『季刊青丘』13호	수필
李正子	「水にながせぬ」	『季刊青丘』14호	수필

필 자	제 명	잡지명 및 게재호	비고
金纓	「わたしと日本」	『季刊青丘』16호	수필
楊威理	「韓國一瞥」	『季刊青丘』21호	수필
金達壽 외	「『在日』五〇年を語る」(1)~(4)	『季刊青丘』21호~24호	연속 좌담회
元秀一	「ドラマ「この指とまれ」」	『季刊青丘』22호	수필
金在紋	「日本語に捕らわれた在日」	『季刊青丘』22호	수필
李仁夏 외	「私にとっての八・一五」	『季刊青丘』23호	수기
姜在彦	「八・一五解放の五〇年に想う」	『季刊青丘』23호	수필
文京洙	「メディアのなかの國」	『季刊青丘』25호	수필
安東夏	「今・ド・キの在日」	『セヌリ』5호	에세이
中川純希	「在日三世として、韓・日間の文化交流の橋渡しができたら」	『セヌリ』11호	에세이
梁英姫 외	<きらりと輝く>(고정코너)	『セヌリ』각호	에세이란
飯尾憲士	「抱きつづける幻」	『セヌリ』18호	에세이
金石範	「慌ただしかった歳末」	『セヌリ』19호	에세이
鄭煥麒	「時計にまつわる笑話」	『セヌリ』20호	에세이
李美子 외	「女から視た男たち 女たちのエッセー集」	『セヌリ』22호	에세이집
鷺澤萌 외	「女と男のエッセー集」	『セヌリ』23호	에세이집
鄭煥麒	「忘失」	『セヌリ』25호	에세이
崔碩義	「朝鮮女性の根の深い身世打鈴」	『セヌリ』25호	에세이
吳賢庭	「アボジの東京に來て」	『セヌリ』26호	에세이
鄭煥麒	「敬老バス」	『セヌリ』26호	에세이
朴才暎 외	「女性のエッセー集」	『セヌリ』27호	에세이집
鄭煥麒	「續 お見舞い」	『セヌリ』27호	에세이
李美加 외	<今、何を思う>(고정코너)	『セヌリ』각호	에세이란
鄭煥麒	「人の教訓」	『セヌリ』28호	에세이
李一世	「在日社會はハッピー8K」	『セヌリ』28호	에세이
金萬有	「20世紀を振り返って」	『セヌリ』31호	에세이
鄭煥麒	「教育者の度量」「社會定義」「運と努力」	『セヌリ』31호	에세이
ワン スヨン	「"さよなら"殘して星になった櫻」	『セヌリ』32호	에세이
鄭煥麒	「心に殘る南漢山城への觀光」	『セヌリ』32호	에세이

필자	제 명	잡지명 및 게재호	비고
鄭完朝	「四十五年前の遠い昔」	『セヌリ』33호	에세이
鄭煥麒	「パルチャ(運命)」	『セヌリ』33호	에세이
鄭煥麒	「努力と信用」	『セヌリ』53호	에세이
姜信子	「ここではない場所 いまではない時間」	『セヌリ』53호	에세이
鄭煥麒	「趣味」	『セヌリ』80호	에세이
高史明	「『生きることの意味』とその後」	『コリアン・マイノリティ研究』1호	강연
朴日粉 外	<隨筆>	『人權と生活』각호	수필집
趙鏞復	「七〇年ぶりに歸鄕を訪ね」	『人權と生活』20호	에세이
朴日粉	「久しぶりに共和國を訪れて」	『人權と生活』21호	에세이
申靜子	「朝鮮と日本の友好を願って」	『人權と生活』24호	에세이
金淳花	「TUTTIの活動を通して」	『人權と生活』24호	에세이
玄守道	「在外硏究を振り返って」	『人權と生活』33호	에세이
朴鐘鳴	「民族教育と私—阪神教育鬪爭、ソグムリチュンハッキョ（大阪市立西今里中學校）教員時代を振り返って」	『人權と生活』37호	인터뷰
李恢成 外	<隨想>(고정코너)	『まだん』각호	수상
金智植 外 4명	「世代間の斷絶」	『まだん』2호	좌담회
金嬉老	「獄中から民族へ」	『まだん』2호	수기
金幸二 外 3명	<靑年手記>	『まだん』3호	수기집
朴鐘琴	「「女」と「在日」」	『まだん』6호	수기
金蒼生 外 13명	「なぜ彼女たちは書くのか？ 創作活動をする在日女性へのアンケート」	『地に舟をこげ』3호	앙케트
吳文子 外	<ぱらむぱらむ>(고정코너)	『地に舟をこげ』각호	에세이란
崔松林	「"寂しき中年"の街」	『現代コリア』242호	수필
裵重度 外 5명	「在日韓國・朝鮮人、いま何が問題なのか」	『現代コリア』267호	좌담회
申鉉姬	「14坪の家に住んで」	『現代コリア』273호	수필
朴秀勝	「僕は歌うために生まれてきたんや」	『ミレ』1호	에세이
金英淑 外	<INTERVIEW>(고정코너)	『ミレ』각호	각종 직업에 종사하는 재일 코리안의 인터뷰란

필 자	제 명	잡지명 및 게재호	비고
申哲文	「統一すでに始まった！」「國際平和大行進」關西大學4回生体驗記」	『ミレ』9호	체험기
尹靑眼	「人間らしく自分を見つめて」	『ミレ』10호	에세이
金石出 외	＜Running to the future＞(고정코너)	『ミレ』각호	에세이란
洪淑子	「好きなことを最後まで貫く」	『ミレ』17호	에세이
李月順	「自己出張することが始まり」	『ミレ』20호	에세이
趙正 외	＜夢中人發見＞(고정코너)	『ミレ』각호	에세이란
金久美子	「自分の「存在」をしっかり見つめて」	『ミレ』21호	에세이
高正子	「故鄕への旅」	『ミレ』33호	칼럼
朴慶植	＜隨想＞(고정코너)	『海峽』각호	수상
長澤秀	「サハリン殘溜朝鮮人離散家族の手記」(1)～(4)	『海峽』22호~25호	수기
朴燦鎬	「呼称について」	『架橋』9호	에세이
朴燦鎬	「レクイエム 美空ひばり」	『架橋』10호	에세이
朴燦鎬	「人のつながりとご緣」	『架橋』12호	에세이
郭星求	「GOOD BYE SUMMER」	『架橋』12호	에세이
朴燦鎬	「異境にしみた恨の歌聲」	『架橋』13호	에세이
朴明子	「隨想2篇」	『架橋』13호	에세이
蔡孝	「ソウルまで―「在日」文學の故鄕体驗とともに」	『架橋』14호	기행에세이
朴燦鎬	「そして『西便制』―二十數年ぶりの韓國」	『架橋』14호	기행에세이
朴燦鎬	「"越縣合倂"に憶った事ども」	『架橋』25호	에세이
長璋吉	「＜ソウル遊學記＞ 私の朝鮮語小事典」(1)～(7)	『朝鮮文學』2호~9호	수필
宋益俊	「或る詩友への手紙・芸術への考察」	『ヂンダレ』1호	에세이
コ・ハンス	「或るパルチザンの手記」	『ヂンダレ』5호	수기
李逑三	「『異國記』より」	『ヂンダレ』11호	수상
元永愛	「父のファッショ」	『ヂンダレ』11호	수상
梁正雄	「回想」	『ヂンダレ』17호	회상기

* 고정코너인 경우 그 수가 많아 전부 표에 수록할 수 없어 그 중 필자 한 명만 제시하고 제명에서 고정코너임을 밝혀두었다.

** 비고란에서 에세이, 수필, 수상 등의 구별은 기본적으로 게재된 잡지에서 명기한 장르명이 있는 경우 이를 따랐다.

우선 <표 1>을 통해서도 확인할 수 있듯이, 잡지에 실린 재일코리안의 자기서사에는 기존의 자전, 에세이(수필, 수상), 수기, 회고담(회상록) 등과 같은 전통적인 글쓰기 양식뿐만 아니라, 좌담회, 인터뷰(증언), 강연 등과 같은 구술 기록(채록)도 그 내용에서 자기서사물의 범주에 넣을 수 있는 사례가 있다. 특히 재일조선인 1세의 경우, 초고령에 의한 신체능력·문해력 등의 이유로 글쓰기가 불가능한 경우가 많은 만큼, 구술 채록, 인터뷰 등과 같은 자료 또한 자기서사의 범주로 다루어질 필요가 있다.

<표 1>에서 정리한 자기서사물의 내역을 살펴보면, 먼저 재일 1, 2세대에 의한 자기서사는 남성 지식인의 회고 및 증언의 형태를 띠는 경우가 많다. 그 내용은 주로 식민지와 전쟁, 그리고 전후의 일본사회를 살아오면서 겪은 고난(차별, 탄압, 생활의 어려움)과 조국(한반도)에 대한 향수와 정을 담은 내용이 개인사와 어우러지면서 기술되는 경우가 많다. 이어서 1980년대 후반부터는 여성과 젊은 재일세대의 발화가 증가하면서 좌담회와 같은 자리를 통해 10대, 20대의 젊은 세대들이 생각하는 국적문제, 아이덴티티, 문화, 그리고 여성의 시각에서 바라보는 재일사회의 결혼, 가족, 직업, 일상 등에 대한 내용을 자주 접할 수 있다. 물론 이같은 구분은 각 잡지의 목차와 내용을 통해 파악한 전체적인 경향을 거칠게 정리한 것으로, 같은 시기에 한 잡지 안에서도 세대별 자기서사의 글이 동시에 게재되어 있는 경우도 있다. 가령 앞서 언급한 『우리생활』의 경우, <내 청춘의 추억> 등의 고정코너에서는 주로 재일 1세의 회고담이 실렸지만, 좌담회에서는 재일 젊은 세대들의 가치관과 사고를 조명하는 자리를 다수 기획하고 있다. 『우리생활』 제5호(1989.11)에서는 「귀화동포는 말한다(歸化同胞は語る)」는 제명의 좌담회를 개최하여 일본

으로의 귀화자가 증가하는 추세 속에서 젊은 귀화자 본인의 생각을 듣고, 제6호(1990.5)에서는 「요즘 대학생 -재일의 젊은이가 생각하고 있는 것(イマドキの大學生 在日の若者が考えていること)」이라는 제명의 좌담회를 개최해서 새로운 세대의 사고와 감각을 전하기도 한다.

요컨대 재일 1, 2세대의 자기서사에는 과거 식민 경험과 기억의 전승을 통해 개인적이면서도 조선민족의 집합적 정체성을 구축하는 측면이 두드러지고, 1980년대 후반부터는 재일 3, 4세대와 여성들의 발언을 담은 기사가 많아지면서 재일문화와 담론 형성에서도 다원화된 양상을 보여준다. 특히 각 잡지에서 개최한 좌담회의 경우, 앞서 언급했듯이 젊은 세대와 여성들의 목소리를 들을 수 있는 기획이 많아 주목되는데, 가령 『민도』4호(1988.9)에 실린 좌담회 「여성에게 있어서의 재일동포사회」에서는 조선의 유교사상에 내재한 봉건성과 지금까지 남성중심사회였던 재일사회의 문제점을 자각한 위에서 젊은 재일코리안 여성들의 발언과 고민을 듣고자 기획되었다. "시대, 세대의 변화를 모두 느끼고 있다"는 여성 출석자들의 발언을 통해서도 권위적인 아버지, 남성지배적이던 재일 1, 2세대의 부부관계, 가정환경에서 탈피해서 '가정 내의 민주화'와 평등한 부부관계로 나아가는 재일사회 내 변화의 일단을 볼 수 있는데,[5] 이 같은 다양한 입장을 반영한 재일코리안의 자기이야기를 구체적으로 살핌으로서, 저마다 처한 시대적, 또는 사회적인 상황과의 관련 속에서 영위된 개인의 생활감각과 실감을 생생하게 파악할 수 있는 것이다. 다음 장에서는 잡지에 게재된 자기서사의 사례를 좀 더 구체적으로 살피면서 그 내용적 특징을 파악해보고자 한다.

---

5) 金玉熙 외, 「座談會 女性にとっての在日同胞社會」, 『民濤』4号, 民濤社, 1988.9.

3. 잡지 속에 나타난 자기서사의 사례

이 장에서는 케이스 스터디로서 3편의 자기서사의 내용을 살피면서 잡지에 나타난 재일조선인 자기서사의 일단을 검토하고자 한다. 이 3편 의 자기서사는 『민도』 7호(1989.6)에 게재된 신유인(申有人)의 수상(隨想) 「그 래도 아침은 온다-한 재일조선인의 '쇼와사'-」와, 재일코리안 잡지 『계 간 청구(季刊靑丘)』 제2호(1989.11)에 실린 김영자(金永子)의 에세이 「여자의 시점에서」, 그리고 마지막으로 학술잡지 『코리안·마이너리티 연구(コ リアン·マイノリティ硏究)』 창간호(1998.1)에 실린 작가 고사명의 강연록 「『산 다는 것의 의미』와 그 후」이다. 이 글이 이 3편의 자기서사를 다루는 내적 유기성은 각각의 글이 재일 1, 2세와 여성의 삶과 경험을 이야기 하고 있고, 재일조선인 세대와 젠더, 그리고 구술기록의 사례까지 살펴 볼 수 있다는 데에 있다.

첫 번째로 시인 신유인의 글은 "물릴 정도로 살아온 / '쇼와'의 관(柩) 이 / 오늘 가까스로 어둠속으로 사라지려 한다. / 세계에서 모인 많은 사람들의 / 저마다의 역사에 할퀸 자국을 새기면서…"6)라는 시로 시작 되고 있는데, 1989년 1월 7일 쇼와천황의 죽음으로 종지부를 찍은 쇼와 시대를, 재일조선인으로 살아온 필자 자신의 개인사와 중첩시켜 회고하 고 있다. 1914년 전라남도 곡성군에서 태어나 1920년에 일본으로 건너 온 필자는 자신을 가리켜 "그 대부분을 일본의 '쇼와'에 의해 '만들어진 재일조선인'"(104쪽)이라고 표현하고 있는데, 이 같은 의식에는 필자 자 신이 제국 일본의 전시기에 기노시타 요(木下陽)라는 일본명으로 도호(東

---

6) 申有人, 「隨想 それでも朝は來る―ある在日朝鮮人の「昭和史」―」, 『民濤』7号, 民濤社, 1989. 6, 104쪽. 이하 인용은 괄호 안에 쪽수만 표기함.

宝)영화사의 배우로 활동했던 시절에 대한 회한이 각인되어 있다.

> 쇼와16년, 일본은 제2차 세계대전에 돌입하고, 도호영화도 거기에 맞
> 춰서 많은 전쟁영화를 제작했고, 나도 '황국신민'으로서 그 전쟁영화들
> 에 출연했다. 그 중에 조선총독부 후원의 「망루의 결사대」라는 영화가
> 있다.(105쪽)

영화 「망루의 결사대(望樓の決死隊)」(1943)는 조선과 만주 국경 마을에
있는 국경경비대를 배경으로 만주에서 들어오는 '비적'(항일 게릴라)들의
습격을 일본인 순사와 조선인 순사가 협력해서 격퇴한다는 내용의 영화
로, 일본의 도호영화사와 당시 조선의 영화 제작을 일괄적으로 맡고 있
었던 조선영화제작과의 합작으로 만들어진 영화이다. 영화감독 이마이
다다시(今井正, 1912-1991)와 식민지조선의 영화감독 최인규(崔寅奎, 1911-?)
가 합작으로 만든 이 영화는 전시기의 선전 역할을 맡은 국책영화라고
할 수 있는데,[7] 신유인, 즉 기노시타 요는 이 영화에서 일본의 경비대
에 협력하는 조선인 '김 경관'으로 출현했다. 필자는 압록강 상류의 중
국과 조선의 국경지대에 위치한 '집안(輯安)'이란 곳에서 촬영할 당시를
회상하면서, "일본인의 가면을 쓰고, 전쟁영화를 만들어서 조선인을 사
지로 몰아넣은 나의 추악한 가면"(106쪽)을 가차 없이 단죄한다. 전후 재
일조선인의 자기서사에 나타난 핵심적인 양상 중의 하나는 과거 피식
민 경험과 기억을 극복하려는 탈식민주의적 움직임인데, 신유인의 이
글을 통해서는 제국주의가 강제한 시대적 제약에 농락당할 수밖에 없

---

7) 「망루의 결사대」에 관한 최근연구로는, Naoki Watanabe. *The Colonial and Transnational
Production of Suicide Squad at the Watchtower and Love and the Vow.* Cross-Currents: East
Asian History and Culture Review Vol.2 No.1, RIKS Korea Univ. & IEAS UC Berkeley,
University of Hawai'i Press, 2013이 있다.

었던 한 재일조선인 1세의 무거운 역사적 증언을 들을 수 있다. 필자가 '황국신민'이었던 자신의 행적을 시대의 격류에 휩쓸린 탓으로만 돌리지 않고, "현실생활이 그와 같은 극한상황에 빠지면 빠질수록 인간이 지켜야할 최저한의 삶의 방법도 요구"(106쪽)되는데 그것을 지키지 못한 자신에 대한 통절한 비판을 기술하고 있는 점이 인상 깊다. 전후에는 재일본조선문학예술가동맹(문예동)에서 활동하면서, 1978년부터 시 잡지 『코스모스(コスモス)』의 동인으로 시 창작을 해온 신유인은 쇼와시대가 끝나는 하나의 역사적 결절점에서 자신의 '쇼와사'를 회한의 심경으로 돌아보면서 내일의 새로운 '아침'을 기약한다. 「그래도 아침은 온다」라는 제명에도 드러나듯이, 필자는 이 글을 통해 개인사에 대한 고백과 회한을 거쳐 '쇼와'에 의해 '만들어진' 자신을 극복하고 탈식민화된 정체성을 구축하고 있음을 알 수 있다.

이어서 『계간 청구』 제2호에 실린 김영자의 에세이 「여자의 시점에서」는 사회복지 연구자이자 시코쿠가쿠인(四國學院)대학 교수인 필자가 여성의 시점에서 재일사회에 뿌리 깊은 유교적 전통에 대한 비판을 시도하고 있어 흥미롭다. 특히 '제사'의 사례를 들면서 재일가정에서 일년에 몇 차례 제사가 있을 때마다 여자들은 그 준비에 분주한 반면, 남자들은 만들어주는 요리와 술을 마시면서 정작 절은 기본적으로 남자만 할 수 있는 제사의 법도에 강한 불만을 드러낸다. 또한 필자는 "남편과 결혼한 것이지 남편 부모의 '며느리'가 된 것은 아니"[8]라고 주장하기도 하면서 시댁에 며느리로서의 '역할'을 강요당하는 것에도 의문을 제기하고 재일여성으로서 생활의 여러 국면에서 느끼는 유교주의의 구

---

8) 金永子, 「＜いま在日は＞ 女の視点から」, 『季刊青丘』 第2号, 青丘文化社, 1989.11, 172쪽. 이하 인용은 괄호 안에 쪽수만 표기함.

조적 모순을 지적한다. 요컨대 필자가 주장하고자 하는 바는 재일조선인 차별문제에 대해서 생각할 때, 그 연장선상에 여성차별의 문제도 엄존하며 이를 함께 생각해나가지 않으면 안 된다는 사실이다.

> 다음 세대에 무엇을 어떻게 전할 것인가라고 할 때, 적어도 여성을 억압하는 듯한 '민족적'인 것이 아니라, 여성의 해방과 민족의 해방이 모순되지 않는 '민족적'인 것을 창출해서 전해가고 싶다고 생각합니다. 여성의 시점에서 민족적인 것을 하나씩 점검해가면, 멋있는 것이 탄생하지 않겠습니까.(173쪽)

김영자의 이 글은 조선의 유교사상에 내재한 봉건성과 지금까지 남성중심사회였던 재일사회의 문제점을 자각한 위에서 발언하는 젊은 재일여성의 목소리를 들을 수 있다는 점에서 주목되는데, 이처럼 유교적 사고의 속박에서 탈피한 재일문화의 구축, 여성의 입장에서 재일사회의 가정, 부부관계, 육아교육에 관한 고민과 제언이 잡지 속에 빈번히 등장하기 시작하는 것도 1980년대 후반부터이다. 그리고 이 같은 현상은 재일사회 내에 뿌리 깊은 부당한 유교적 사고의 속박에서 탈피하여, 보다 자유로운 재일의 존재방식을 추구하는 젊은 세대들의 의식과 생활 감각이 점차 발언권을 얻으면서 생겨난 새로운 흐름으로 이해된다. 김영자의 글에서는 "'여자는 나서지 마라', '여자가 대학까지 가도 아무런 도움도 안 된다, 시집가기 힘들다', '남자는 부엌에 들어가는 게 아니다'"(173쪽)와 같은 유교적 사고에 내재한 성차별과 젠더적 역할 분담을 비판하면서, "우리 집에서는 아이들에게도 '여자니까'라든지 '남자답게'라는 구별을 하지 않는 방침으로 키워왔고, 가사도 분담해서 하고 있다"(172쪽)고 말하는데, 부부관계를 비롯해 기존의 젠더적으로 위계화된 가정환경에서 탈피하여 가정과 생활 속에서 평등한 가족관계로 나아가려는 실천도 볼 수 있다.

마지막으로 재일조선인연구회(현 코리안·마이너리티연구회)가 발행하는 학술잡지『코리안·마이너리티 연구』창간호(1998.1)에 실린 작가 고사명의 강연록「『산다는 것의 의미』와 그 후」는 필자가 1974년에 발표한『산다는 것의 의미 어느 소년의 성장(生きることの意味 ある少年のおいたち)』(筑摩書房) 이후에 일어난 아들의 죽음과 이와 관련된 자신의 생활을 이야기하고 있다. 재일조선인 2세 작가인 고사명(高史明, 본명 金天三)은 1971년에 문단에 데뷔한 이후 1974년에 발표한 작품『산다는 것의 의미』로 일본 아동문학자협회상, 산케이 아동출판문화상을 수상하면서 일본사회에 알려졌는데,『산다는 것의 의미』는 1932년에 야마구치현 시모노세키에서 태어난 작가 자신의 성장과정을, 전시기와 일본의 패전 직후의 상황까지를 기록한 자전이다. 작품 내용은 소년 화자의 시점을 통해서 재일조선인 가족의 생활과 학교생활, 일본인과의 교류 등이 담백한 문체로 기술되고 있고, 재일조선인으로서 겪는 갖가지 고난을 이야기하면서도 필자가 일관되게 강조하고 있는 것은 조선인과 일본인이라는 정치적·역사적 굴레를 넘어 사람과 사람 사이에 실천할 수 있는 '상냥함(優しさ)'의 가능성이다. 특히 소학교 5학년 때 만나게 된 담임선생님인 사카이 선생님은 일본인임에도 소년 고사명에게 인간으로서의 상냥함과 용기, 긍지를 진심을 담아 가르쳤고, 이때의 경험은 이후 고사명의 인생관에 큰 영향을 끼치게 된다.

선생님이 보여 준 이런 마음을 통해 제아무리 어두운 시대라고 할지라도, 비록 조선인과 일본인 사이라 할지라도 사람과 사람의 마음은 언제든지 통할 수 있다는 것을 알게 되었습니다. 다시 말해 선생님의 진심 어린 행동으로 나는 인간의 상냥함에 눈을 뜨게 된 것입니다.9)

필자 자신의 실제 경험과 심리가 세세하게 녹아들어있는 만큼 그 기술은 한 재일소년의 성장과정을 생동감 넘치게 전하고 있을 뿐만 아니라, 아버지 김선진의 재일 1세로서의 삶과 자식들에 대한 애정, '조선'을 둘러싼 재일세대 간의 언어, 문화와 사고의 차이, 태평양전쟁 중의 시국과 시대상, 패전 직후의 사회상 등이 개인사와 어우러지면서 생생하게 묘사되고 있다.

한편, 강연록 「『산다는 것의 의미』와 그 후」에서는 고사명과 일본인 아내 오카 유리코(岡百合子) 사이에서 태어난 아들 오카 마사후미(岡眞史)가 중학교 1학년이었던 1975년 7월에 12세의 나이로 자살한 이후, 아들이 남긴 시와 일기장 등을 통해 죽은 아들과 '대화'하면서 그 죽음의 원인을 해명하고 시대적인 문제를 고민해온 20여 년 동안의 삶의 궤적을 이야기하고 있다. "일본과 조선의 가교가 되어주길 바랬던"[10] 아들의 갑작스런 죽음에 충격을 받은 필자는, 초등학교 때까지 밝고 애교가 있으며 장난을 좋아했던 아들이 "왜 죽었는지. 그리고 죽은 후 자신들은 죽은 아들과 어떠한 대화를 계속해왔는지"(9쪽)를 아들이 남긴 시와 일기, 기록을 면밀히 읽으면서 살피고 있는데, 아들의 고뇌에는 필자 자신을 포함한 어른들의 무이해, 수리적 합리성에 기반한 근대문명의 폭력성, 인간의 근대적 지성 속에 깃든 어둠에까지 이어지는 시대적인 문제가 개재해 있음을 밝힌다.

> 요컨대 근대문명을 지탱해온, 어떤 의미에서는 실로 훌륭한 것인 사이언스, 그것은 절대시될 때 어둠이 되는 것이었습니다. 원폭의 출현은

---

9) 이 글에서의 인용은 고사명 지음, 김욱 옮김, 『산다는 것의 의미 어느 재일 조선인 소년의 성장 이야기』, 양철북, 2007, 178쪽.

10) 高史明, 「『生きることの意味』とその後」, 『コリアン・マイノリティ研究』 第1号, 新幹社, 1998.1, 8쪽. 이하 인용은 괄호 안에 쪽수만 표기함.

그 어둠의 상징이겠지요. 좀 더 그걸 세속에서의 일로 말하자면, 이지메 (いじめ-괴롭힘, 따돌림) 문제가 있습니다. 중학생인 오코우치 군이 죽 었을 때, 큰 소동이 일어났습니다. 하지만 이 비극에 대한 어른들의 대 응은 전부 대처요법이지 않았습니까. 이지메가 일어났다, 누군가가 괴롭 힘을 당하고, 누가 괴롭혔는가, 거기에 어떻게 대응하는가, 그런 것밖에 얘기하지 않았습니다. 무엇이 진정한 원인이고, 그 극복에는 무엇이 필 요한가라는 문제는 전혀 제기되지 않았습니다. 즉 대상화의 어둠에까지 내려가려고 하지 않습니다.(25쪽)

고사명은 인간이 인간을 근대문명의 시선으로 대상화해서 바라볼 때 거기에는 필연적으로 차별의 문제가 개재할 수밖에 없고, 합리적 근대 이성에 토대를 둔 자아는 전(全)존재의 평등성이나 인간의 상냥함을 상 실하면서 생명까지도 사물화(私物化)하는 오류를 범하게 되는 구조를, 신 란(親鸞)의 언행록인 『歎異抄』와 같은 불교철학을 참조하면서 철학적, 사 상적으로 해명한다. 앞서 『산다는 것의 의미』를 통해 재일 1세 아버지 의 반생을 애정 어린 시선으로 담아냈던 필자는 어린 아들의 갑작스런 죽음을 대면하면서 그 통절한 심정을 나름의 방식으로 토로하고 있는 것이다. 아들의 사후, 아내와 함께 아들의 유고시집 『나는 열두 살(ぼく は12歳)』(筑摩書房, 1976)을 편찬해서 간행[11]한 고사명은 이후 주로 생명의 소중함을 호소하는 메시지를 담은 에세이 출판과 강연활동을 해왔고, 이 같은 활동을 통해 그가 일관되게 강조한 것은 민족과 인종, 이데올 로기와 내셔널리즘의 질곡을 넘은 '인간의 상냥함'이었다. 즉, 고사명에 게 있어 산다는 것의 의미와 가치는 인간의 상냥함에서 그 가능성을 찾 는 영위였던 것이다.

---

11) 이 유고시집은 1979년에 NHK에서 TV 드라마화되기도 하였다.

4. 결론을 대신하여

재일코리안의 자기서사가 역사·문학·문화적으로 가장 풍성한 재외한인의 기록이라는 점에서 이에 대한 본격적인 연구는 시급하다고 할 수 있다. 하지만 이러한 연구의 중요성과 시급성에도 불구하고 아직 재일코리안의 자기서사에 관한 본격적인 연구는 미진한 편이다. 이에 이 글에서는 1980년대 이후 방대한 자기서사물을 남긴 재일코리안의 글 중에서도 재일에스닉 잡지에 실린 다양한 형태의 자기서사에 주목하여, 잡지 37종에 게재된 자기서사물의 내역을 확인하면서 시기별로 어떤 내용과 특징, 경향을 담고 있는지를 검토했다. 이 작업을 통해 먼저 재일 1, 2세대에 의한 자기서사는 남성 지식인의 회고 및 증언의 형태를 띠는 경우가 많고, 그 내용은 주로 식민지와 전쟁, 그리고 전후의 일본 사회를 살아오면서 겪은 고난과 조국(한반도)에 대한 향수와 정을 담은 내용이 개인사와 어우러지면서 기술되는 사례가 많음을 알 수 있었다. 이어서 1980년대 후반부터는 여성과 젊은 재일세대의 발화가 증가하면서 좌담회와 같은 자리를 통해 10대, 20대의 젊은 세대들이 생각하는 국적문제, 아이덴티티, 문화, 그리고 여성의 시각에서 바라보는 재일사회의 결혼, 가족, 직업, 일상 등에 대한 내용을 자주 접할 수 있었다. 요컨대 재일 1, 2세대의 자기서사에는 과거 식민 경험과 기억의 전승을 통해 개인적이면서도 조선민족의 집합적 정체성을 구축하는 측면이 두드러지고, 1980년대 후반부터는 재일 3, 4세대와 여성들의 발언을 담은 기사가 많아지면서 재일문화와 담론 형성에서도 다원화된 양상을 보여준다.

이어서 이 글에서는 케이스 스터디로서 3편의 자기서사의 내용을 논의하면서 잡지에 나타난 재일조선인 자기서사의 일단을 검토했다. 먼저

시인 신유인의 글 「그래도 아침은 온다 - 한 재일조선인의 '쇼와사'-」는 재일조선인 1세인 필자가 쇼와시대가 끝나는 하나의 역사적 결절점에서 자신의 '쇼와사'를 회한의 심경으로 돌아보면서 내일의 새로운 '아침'을 기약하고 있다. 이 글을 통해서는 '쇼와'라는 시대에 의해 '만들어진' 자신을 극복하고 탈식민화된 자신의 정체성을 재구축하고자 하는 재일 1세의 무거운 역사적 증언을 들을 수 있었다. 사회복지 연구자인 김영자의 에세이 「여자의 시점에서」는 여성의 시점에서 재일사회에 뿌리 깊은 유교적 전통의 폐단을 생활에서의 몇 가지 사례를 들면서 신랄하게 비판하고, 부부관계를 비롯해 기존의 젠더적으로 위계화된 재일의 가정환경에서 탈피하여 가정과 생활 속에서 평등한 가족관계로 나아가려는 실천을 볼 수 있었다. 작가 고사명의 강연록 「『산다는 것의 의미』와 그 후」는 재일조선인 2세인 필자가 아들의 갑작스런 자살 이후, 아들이 남긴 시와 일기, 기록 등을 통해 죽은 아들과 '대화'하면서 고민해온 삶의 의미와 사회적 문제를 토로하면서, 산다는 것의 의미와 가치를 찾고 있다. '인간의 상냥함(優しさ)'을 강조하는 필자의 강연과 관련 저작은 인간의 존재론적인 차원에서의 삶의 보편성과 소중함을 다시금 짚고 있어, 민족, 국적, 이념 등을 넘어 읽힐 수 있는 귀중한 인간의 육성이라고 생각한다.

이상 이 글에서 논의한 내용을 통해서도 각 시기별로 동시대적 환경 속에서 발화된 재일코리안의 자기서사가 다양한 재일의 삶과 세대 간의 차이, 젠더 등과 같은 사항을 보여주는 다성(多聲)적인 텍스트임을 알 수 있다. 향후 이 글에서는 검토하지 못한 재일에스닉 잡지도 폭넓게 입수해서 그 내역을 조사하면서 자기서사의 글쓰기 양식과 잡지라는 미디어 사이의 관계에 대해서 전체적으로 파악하고, 나아가 그 내용을 구체적으로 검토해서 재일코리안 자기서사의 유형화 작업을 해나가고자 한다.

제5장

여성으로서의 생애와 역사
―재일조선인 여성의 자전적 에세이와 구술채록―

이 한 정

1. 『재일조선여성작품집 1945~84』로부터

2014년에 간행된 저널리스트 가와타 후미코의 『할머니의 노래 ― 재일여성의 전중·전후』는 일본에 사는 수십 명의 재일조선인 여성을 취재하여 그들의 삶을 기록하고 있는 책이다. 저자가 말하듯이 이 책에 담긴 할머니들의 목소리는 "일본의 정치, 일본사회의 악영향을 일본인보다도 더 감당하면서 살아온 할머니들의 늠름한 자기자랑이다."[1] 또 같은 해에는 송혜원이 엮은 『재일조선여성작품집 1945~84』 전 2권이 간행되었다.[2] 여기에는 1945년부터 1980년대 초반까지 모국어와 일본어로 재일조선인 여성들이 쓴 신문잡지의 투서, 작문, 일기, 편지, 에세이, 소설, 시 등이 수록되어 있다. 7, 8세의 소녀에서부터 70대의 고령 여성에

---

1) 川田文子, 『ハルモニの唄―在日女性の戰中·戰後』, 岩波書店, 2014, 243쪽.(한국어판은 가와타 후미코, 『몇 번을 지더라도 나는 녹슬지 않아』, 안해룡·김해경 옮김, 바다출판사, 2016.)
2) 宋惠媛編, 『在日朝鮮女性作品集 1945~84』(全二卷), 綠蔭書房, 2014.

이르기까지 무명에 가까운 200여명 남짓의 글을 모았다. 부모, 자식, 남편 등에 대한 애증의 감정, 일본사회에 대한 시선 등의 내용이 다채롭고 풍부하게 담겨있다. 공교롭게도 2014년에 '재일여성'의 '자기서사' 텍스트가 일본의 출판시장에서 부각되었다. 이 글에서는 이러한 재일조선인 여성이 실제로 자기가 살았던 시대와 사회 속에서 "자기 자신에 대해 진술하는 다양한 텍스트들을 '자기서사'로 개념화"하여,[3] 1970년대부터 2015년 현재에 이르기까지 일본에서 출판된 재일조선인 여성의 자기서사 출판 양상을 고찰한다. 자기서사는 '사실'에 입각하여 '사실'을 쓴 이야기이다. 그러나 그 자기서사 텍스트에 기술된 '사실'과 실제 발생한 사실자체는 별개일 수 있다. '자기서사'를 좀 더 명확히 개념화하자면 다음과 같을 것이다.

> 또한 자신과 관련이 있기는 하더라도 '자기자신'에 관한 사실보다 외적세계에 관한 사실에 초점이 맞춰진 진술은 본격적인 자기서사가 아니다. 그런 점에서 단순한 기행문이나 혹은 작자가 견문한 사건에 관한 기록은 자기서사라고 하기 어렵다. 그것은 외부세계에 대한 진술일 따름이다. 또한 자기자신에 관한 사실의 진술보다 자기의 감정이나 정서상태의 표현에 초점이 맞춰진 것도 자기서사는 아니다. 그런 점에서 단순한 서정시도 자기서사가 아니다.
> "자기자신"에 관한 사실이란 "나는 어떤 사람인가?", 나의 인생은 어떤 것인가?"라는 물음에 대한 해답의 성격을 갖는 사실이라고 할 수 있다. 그런 점에서 자기서사는 자신의 일생이나 혹은 특정시점까지의 삶을 전체로서 고찰하고 성찰하며 그 의미를 추구하는 서술이라고 할 수 있다.[4]

---

3) 박혜숙·최경희·박희병, 「한국여성의 자기서사(1)」, 『여성문학연구』 7, 한국여성문학학회, 2002, 324쪽.
4) 박혜숙·최경희·박희병, 위의 논문, 327~328쪽. 밑줄은 인용문에 의함.

여기에서 개념화하는 '자기서사'는 '자서전'만이 아니라, 자기가 누구인지를 자기 자신의 삶―전반 생애 혹은 특정시점, 현재적 삶―속에서 고찰하는 것을 가리킨다. 그러므로 이 글에서 다루는 재일조선인 여성의 자기서사의 대상은 '자기 자신'이 누구인지를 '사실'로 일어났던 일을 전제로 말하는 자전적 에세이, 구술채록, 자전적 성격을 띠는 (사)소설 등 다양한 장르를 포괄한다. 그렇다면 재일조선인 여성의 문학표현은 어느 시기부터 나타났을까.『재일조선인여성문학론』을 집필한 김훈아는 "재일 1세대의 여성들에게는 고난의 역사와 가혹한 생활이라는 몇 겹의 족쇄가 채워져 있었다. 그 족쇄에 의해 그녀들은 스스로의 말로 자기를 표현할 수가 없었고 스스로를 말하지 않은 채 1세대의 시대는 종식을 맞이했던 것이다"라고 말하고, 해방 후 재일조선인 여성에 의한 가장 초기의 작품으로 "1971년에 간행된 '이카이노'에 살았던 2세 시인, 종추월의『종추월시집』(編集工房ノア)"을 꼽고 있다.[5] 문학 작품을 단행본으로 간행한 재일조선인 여성은 종추월이 최초라는 것이다. 그렇다고 그 이전에 재일조선인 여성이 전혀 문학 작품을 쓰지 않았던 것은 아니다.

앞에서 언급한『재일조선여성 작품집 1945~84』를 편집한 송혜원은 2014년에『'재일조선인문학사'를 위하여(「在日朝鮮人文學史」のために)』(岩波書店)를 집필했다. 이 책은 제1장에서 '재일조선인문학사'의 '원류'를 재일조선인 '여성문학'으로 설정했다. 책의 3분의 1에 해당하는 분량을 '여성문학사'에 할애하고 있다.『재일조선여성작품집 1945~84』에 실린 글의 일부를 분석하면서 재일조선인 여성에 의한 재일문학이 1970년대 이전, 즉 해방 직후부터 적지 않게 이루어졌음을 고찰하고 있다. 이와 같이 '여성문학사'를 모두에 배치함으로써『'재일조선인문학사'를 위하여』

---

5) 金壎我,『在日朝鮮人女性文學論』, 作品社, 2004, 29쪽.

는 '재일조선인문학사'란 무엇인가를 되묻고 있는 것이다. 기존의 재일
조선인 문학은 주로 남성 작가 중심으로 말해졌기 때문이다. 기실 1989
년에 이양지가 일본의 저명한 문학상 아쿠타가와상을 수상하기까지 재
일조선인 문학에서 표현자로서의 여성의 존재는 미약했고 거론되는 일
이 매우 드물었다. 『'재일조선인문학사'를 위하여』는 해방 직후 재일조
선인 여성들이 글자를 배우기 시작한 상황을 조망하고 1950년에 들어서
는 민족신문인 『해방신문』에 '남성들에 대한 여성들의 부탁'이라는 투
서란이 마련되어 있는 것 등을 사례로 들면서, 여성들의 자기표현－문
학표현은 일찍부터 신문잡지에서 이루어졌다는 점을 밝혔다. 그 내용은
대략 다음과 같다. 1929년에 미에현에서 태어난 이금옥은 1950년에 종
간된 『민주조선』 종간호에 시를 발표했고, 1953년부터 5년 반 동안 오
사카에서 발행된 시 잡지 『진달래』에는 이정자 등 수 명의 여성들이
시를 게재하고 있었다. 또한 재일조선인 여성에 의해 최초로 쓰인 소설
은 윤영자가 한글로 쓴 6매 남짓의 짧은 단편 「아버지와 나」로 1957년
3월 30일부터 4월 9일까지 『조선신보』에 5회 연재되었다. 1957년에 창
간된 재일조선인 종합잡지 『白葉』의 현상공모에는 안 후키코(安福基子)와
유묘달(庾妙達)이 일본어로 쓴 소설을 응모해 각각 준입선작과 당선작으
로 뽑혔다. 이와 같이 신문잡지에 게재된 재일 조선인 여성에 의한 문학
작품이 일찍이 있었던 것과는 달리, 일본에서 최초로 단행본으로 출판된
재일 조선인 여성의 작품은 1976년에 간행된 성율자의 『이국의 청춘』[6]
이다. 하지만 『이국의 청춘』은 여성에 의한 소설이면서도 소설 속 화자
는 남성이었다.[7] 2세 남성 작가 이회성과 김학영의 작품에 나타난 여성

---

6) 成律子, 『異國の靑春』, 蟠龍社, 1976.
7) 宋惠媛, 『「在日朝鮮人文學史」のために』, 岩波書店, 2014, 47쪽～123쪽.

상은 '미화되는 어머니' 혹은 '희생하는 여자'였는데,[8] 이와 마찬가지로
『이국의 청춘』은 비록 여성이 쓴 소설일지라도 남성의 시점으로 이끌
어지는 이야기였다. 신문잡지가 아닌 단행본 형식으로 일본에서 출판된
여성의 문학표현 혹은 자기표현은 1970년대 이전에는 거의 없었다고 말
할 수 있다.[9]

남성작가 장두식이 1966년이라는 이른 시기에 『어느 재일조선인의
기록』[10]을 단행본으로 출간하여 재일조선인으로서 자신의 생애를 자전
적 형식으로 풀어간 것과는 대조적으로, 재일조선인 여성이 본격적으로
단행본 형태를 통해 '자기' 삶과 생애를 서사화한 예는 1980년대에서야
출현했다. 그리고 앞으로 고찰하듯이 1990년대를 거쳐 2000년대에 접어
들어서는 그 양이 상당수 증가했다.

이 글에서는 이러한 재일조선인 여성의 자기서사가 신문잡지의 수록
이 아닌 단행본 형태로 출판된 양상을 살필 것이다. 자전적 에세이와
'구술채록(聞き書き)'이 신문잡지의 단편적인 글에 그치지 않고 당당하게
완성된 출판물로 세상에 선보인 현상을 분석하면서, 여성들의 '신세타령'
을 재일조선인의 연구에서 어떻게 접근해야 할지 생각해 볼 것이다. 재
일조선인 여성의 자기서사에 관한 연구는 아직 제대로 이루어지지 않았
다.[11] 앞서 소개한 송혜원의 작업이 선구적이라 할 수 있으나 그 시기는

---

8) 이승진, 「재일한국인 문학에 나타난 '여성상'-2·3세 작가들의 작품을 중심으로」, 『일본
  문화연구』 39, 동아시아일본학회, 2011 참고.
9) 1966년에 재일본조선민주여성동맹중앙상임위원회에서 출판한 한글로 된 『재일 조선 여
  성들의 생활수기』는 단행본 형태이긴 하나 북한에서 발포된 남녀평등권법령 20주년 기
  념으로 간행된 것이므로 예외로 한다.(宋惠媛, 앞의 책, 76쪽.)
10) 張斗植, 『ある在日朝鮮人の記録』, 同成社, 1966.
11) 이에 관한 종합적 연구로 기타무라 게이코(北村桂子)의 「자서전을 통한 자이니찌(재일 한
  인)의 정체성에 관한 연구」(서울대학교 국제대학원 석사논문, 2006)와 이헌홍의 「재일한
  인의 생활사와 서사문학」(『한국문학논총』 34, 한국문학회, 2008), 『재일한인의 생활사이야

1970년대까지를 다루고 있으며 신문잡지에 게재된 글에 한한다. 이 글은 이제까지 정리되지 않았던 1970년대 이후에 출판된 재일조선인 여성의 자기서사 텍스트의 전모를 파악하는 단초를 제공하게 될 것이다.

2. 자기 삶을 통한 역사의 상대화

장두식에 이어 1970년대에 들어서서 정승박의 『벌거벗은 포로』,[12] 고사명의 『산다는 것의 의미―어느 재일조선인 소년의 성장 이야기』,[13] 김달수의 『나의 아리랑 노래』,[14] 김태생의 『나의 일본지도』[15] 등 재일조선인 남성 작가의 자전적 작품이 잇달아 출간되었다. 재일조선인 여

━━━━━━

기와 문학』(부산대학교 출판부, 2014)이 있다. 이들 선행연구에서 다루어지고 있는 자전적 에세이와 구술채록 등은 몇몇 여성의 것도 포함하고 있으나 주로 남성에 의한 '자서전'이나 '생활사이야기'를 중심으로 논의를 이끌고 있다. 또한 신승모의 「재일 에스닉 잡지에 나타난 재일조선인의 자기서사」(『일본연구』 62, 한국외국어대학교 일본연구소, 2014)는 재일 에스닉 잡지 37종을 대상으로 잡지에 수록된 '자기서사의 내역'을 밝히며 몇 개의 사례를 제시하고 있다. 재일조선인 남성과 여성의 자기서사를 포괄하고 있다. 송연옥의 「재일조선인 여성의 삶에서 본 일본 구술사 연구 현황」(『구술사연구』 6-2, 한국구술사학회, 2015)은 구술사적 관점에서 재일조선인 여성의 생애를 어떻게 연구해야 할 것인가에 대한 전망을 제시하고 있다.

12) 鄭承博, 『裸の捕虜』, 文藝春秋社, 1973. 1972년에 제15회 농민문학상의 수상작으로 뽑힌 작품으로 작자 자신의 강제노동 체험을 그리고 있는 소설이다.

13) 高史明, 『生きることの意味―ある少年のおいたち』, 筑摩書房, 1975. 이 책은 2007년에 『산다는 것의 의미―어느 재일조선인 소년의 성장이야기』로 한국에서 번역되어 출판되었다.

14) 金達壽, 『わがアリランの歌』, 中央公論社, 1977. 이 작품은 1919년에 태어난 김달수가 고향을 떠나 1930년에 일본에 건너간 후 1945년 일본의 패전까지를 다루고 있다. '이향', '일본 땅', '소학년 3년간', '직업을 찾아서', '분뇨가게 수업', '친구와 함께', '학생이 되어', '처녀작 발표 무렵', '연애를 해서', '경성일보기자시절', '부관연락선'의 장으로 구성되어 청년시절을 일본에서 보낸 김달수의 생애가 재일조선인의 생활사로 기술되고 있다.

15) 金泰生, 『私の日本地図』, 未來社, 1978. 김태생은 1925년에 제주도에서 태어나 1930년에 일본으로 건너갔다. 이 책의 서장에서 김태생은 자신에게 '고향'이란 무엇인가를 되물으면서 일본에서 살아온 날들을 기록하고 있다.

성이 아직 출판물 형태로 자기표현을 구사하지 않았던 시기에 이처럼 남성 작가들은 자기를 이야기하는 가운데 재일조선인의 역사를 그렸던 것이다. 고사명은 책의 서두에서 "우리 아버지는 석탄을 나르는 인부였습니다. 지금부터 40여 년 전 일입니다. 김선진金善辰. 이것이 우리 아버지 이름입니다"라고 말하면서 "내 진짜 이름은 김천삼金天三입니다"라는 말로 자신을 밝히고 조선인들이 어떻게 일본에 정착하게 되었는지를 말하고 있다. 제1장에 해당하는 '강제로 끌려온 조선인들'은 그야말로 재일조선인의 역사를 압축해 보여주고 있다.16) 이어서 그는 '아버지와 형의 품에서' '처음 마주친 바깥세상' '죽으려고 한 아버지' '조선인이라는 의식에 눈을 뜨다' '사카이 선생님과의 만남' '전쟁과 죽음의 결심' '전쟁의 발자국' 등의 장을 이어가면서 재일조선인의 역사와 가족사를 접합시키고 있다. 그야말로 고사명의 '개인사'는 재일조선인의 '역사'인 것이다.

  그러나 재일조선인 여성은 1970년대까지 아직 스스로 자기서사의 출판물을 내고 있지 않았다.17) 그 시작은 1980년에 들어서서 본격적으로 나타난다. 1982년에 출간된 김창생의 『나의 이카이노-재일 2세의 조국과 이국』18)은 재일조선인 여성이 발간한 최초의 자전적 에세이라 할 수 있다.19) 김창생의 책이 출판된 이후 재일조선인 여성이 쓴 자전적

---

16) 고사명, 김욱 옮김, 『산다는 것의 의미-어느 재일조선인 소년의 성장이야기』, 양철북, 2007, 16쪽.

17) 1958년에 출판된 재일조선인 10살 소녀 야스모토 스에코(安本末子)의 일기인 『니안짱(にあんちゃん)』(光文社)은 당시 일본의 독자들 사이에 큰 반향을 불러 일으켜 라디오 드라마와 영화로도 제작되었다. 1959년 일본의 베스트셀러 1위를 차지한 책이다. 아버지가 죽고 나서 49일째 되던 날부터 부모 없이 꿋꿋하게 살아가는 소녀의 이야기로 재일조선인 여성에 의해 최초로 출판된 자전적 에세이라 할 수 있다.

18) 金蒼生, 『わたしの猪飼野―在日二世にとっての祖國と異國』, 風媒社, 1982.

19) 재일조선인 여성의 생애를 다룬 것으로 1981년에 社會思想社에서 출판된 서준식, 서승 형제의 어머니 오기순의 추모집 『朝を見ることなく-徐兄弟の母 吳己順さんの生涯』(吳己順さん追悼文集刊行委員會 編)이 있다.

성격의 에세이와 자서전의 간행은 다음 <표 1>과 같이 지속적으로 이어졌다. 자서전이 "출생(시작)−성장(중간)−죽음(끝)의 유한한 존재로서의 인간 삶의 일대기라는, 단선적 발전의 서사구조 형식"20)을 가지고 있다면 자전적 성격의 에세이는 현재 혹은 특정 시점에서 '나는 어떤 사람인가?'를 자기 가족이나 주변 인물과의 관계 속에서 발생한 '사실'을 전제로 쓰고 있는 글이다. 아래의 표에는 자서전의 형태를 지닌 글도 있으나 모두 '자전적 에세이'로 지칭하겠다.

〈표 1〉 재일조선인 여성이 출간한 자전적 에세이 목록(간행년도 순)

저자	책명[한국어판제목]21)	출판사	간행년도	세대22)	출생년도
金蒼生	わたしの猪飼野−在日二世にとっての祖國と異國	風媒社	1982	2	1951년생
姜春子	律君こっち向いて[이제는 혼자 할 수 있어요]	海聲社	1984	1	1935년생
車榮子	赤とんぼ海をわたれ	教育資料出版會	1985	2	1944년생
金纓	チマ・チョゴリの日本人[치마저고리의 일본인]	草風館	1985	2	1948년생
宗秋月	猪飼野タリョン	思想の科學社	1986	2	1944년생
姜信子	ごく普通の在日韓國人	朝日新聞社	1987	3	1961년생
金香都子	猪飼野 路地裏通りゃんせ	風媒社	1988	2	1945년생
朴慶南	クミヨ(ゆめよ)!−キョンナムさんと語る	未來社	1990	2	1950년생
皇甫任/蒋田直子	十一月のほうせん花−在日オモニの手記	徑書房	1990	1	1921년생
イサンクム	半分のふるさと−私が日本にいたときのこと	福音館書店	1993	2	1930년생
李正子	ふりむけば日本	河出書房新社	1994	2	1947년생
成美子	在日二世の母から在日三世の娘へ	晩聲社	1995	2	1949년생

---

20) 오태영, 「재일조선인 자기 구축의 회로와 문법」, 『한국학연구』 39, 인하대학교 한국학연구소, 2015, 79쪽.

저자	책명[한국어판제목][21]	출판사	간행 년도	세대[22]	출생 년도
柳美里	水辺のゆりかご[물가의 요람]	角川書店	1997	3	1968년생
李青若	在日韓國人三世の胸のうち	草思社	1997	3	1965년생
李淳美	私が韓國へ行った理由	國際通信社	1998	2.5	1970년생
李麗仙	五つの名前	集英社	1999	3	1942년생
張福順	オモニの贈り物	潮出版社	1999	2	1932년생
高英梨	ガラスの塔－ある在日二世の生きてき た世界[유리탑－한 재일 교포 2세가 살아 온 세계]	思想の科學社	2000	2	1922년생
鷺澤萠	私の話	河出書房新社	2002	3.5	1968년생
辛淑玉	鬼哭啾啾－「樂園」に歸還した私の家族 [자이니치 당신은 어느 쪽이냐는 물음에 대하여－재일동포 3세 신숙옥이 말하는 나의 가족 나의 조국]	解放出版社	2003	3	1959년생
ばくきょんみ	いつも鳥が飛んでいる	五柳書院	2004	2	1956년생
安順伊	海をわたった家族－そして、遙かなる 祖國よ	碧天舍	2004	1	1932년생
韓福田	風の通る道	文芸社	2004	2	1929년생
趙榮順	鳳仙花、咲いた	新幹社	2005	2	1955년생
金利惠	風の國 風の舞	水曜社	2005	2	1953년생
梁英姫	ディア・ピョンヤン Dear Pyongyang－ 家族は離れたらアカンのや	アートン	2006	2	1964년생
吳文子	パンソリに想い秘めるとき－ある在日 家族のあゆみ [아버님, 죄송합니다－분단시대, 어느 재 일교포 2세 여성의 반생]	學生社	2007	2	1937년생
崔善愛	父とショパン	影書房	2008	3	1960년생
朴玉姫 山本則子執筆協力	生死海を盡くさん－朴玉姫ハルモニの 在日74年	日本評論社	2010	1	1926년생
金參禮(白神多加刀)	オモニは64歳の高校生－在日コリアン とて生きて	清風堂	2011	2	1939년생
金洪仙	キム・ホンソンという生き方－在日コ リアンとして、障害者として	解放出版社	2012	2	1951년생

저자	책명[한국어판제목)21)	출판사	간행 년도	세대22)	출생 년도
李貞順	天が崩れ落ちても生き殘れる穴はある －二つの祖國と日本に生きて	梨の木舍	2012	2	1942년생
東條美榮子こと 申福心	在日九十年－ある在日女のつぶやき	金優	2014	1	1924년생
柳景子	お父さん、今どこにいますか？－ある 在日韓國人一家・姉弟からのメッセージ	ライティング	2014	2	1953년생
石英花	二つ目の誕生日	文芸社	2014	2	1950년생
李信惠	#鶴橋安寧－アンチ・ヘイト・クロニクル	影書房	2015	2.5	1971년생

이 목록의 저자를 살펴보면 시인 종추월(宗秋月), 소설가 유미리(柳美里)와 사기사와 메구무(鷺澤萠), 사업가이자 여성과 소수자들의 인권을 말하는 저명한 강연자 신숙옥(辛淑玉), 영화감독 양영희(梁英姬) 등 몇 몇을 제외하고는 자전적 에세이를 간행할 당시 대부분의 저자들은 평범한 여성들이었다. 저자의 출생년도는 1920년대부터 1970년대에 걸쳐 있다. 간행연도에서 알 수 있듯이 1980년대 중반에서 1990년대에 사이에 서서히 늘기 시작한 여성들의 자전적 에세이는 2000년에 들어서서 급격하게 증가하고 있다. 1980년대에는 일본에서 저명한 사람의 자서전이 아닌 평범한 사람들이 자기 이야기를 쓴 '지분시(自分史)'23)가 유행했는데, 재일조선인 여성의 자전적 에세이도 이러한 일본사회의 현상 속에서 다수

---

21) '한국어판제목'이란 한국어로 번역된 작품의 제목을 가리킨다.
22) 세대 구분은 출생년도 등에 관계없이 책 제목이나 프로필 등에 기재된 것에 따랐다. 고영리(高英梨)와 같이 1922년생의 저자도 책의 부제에 '2세'라고 쓰고 있어서 2세로 분류했다.
23) '지분시'는 한국어로 번역하자면 '자기 역사' '개인사' '자기 생애사' 정도라고 할 수 있다. '지분시'가 "종래의 자서전과 다른 가장 큰 특징은 필자가 엘리트 지식인이나 유명인이 아니라 서민 바로 대중이라는 점이다. 이 (지분시－인용자) 붐은 1960년대 말에 일본인 작가, 하시모토 요시오(橋本義夫)가 도쿄에서 '서민의 문장 운동'이라고 하는 스스로의 인생을 문장으로 쓰는 것을 제창한 데에서 유래한다."(기타무라 게이코, 앞의 논문, 4쪽.)

가 쓰였을 것이다. 1987년 11월에 창간된 재일조선인 문예지『민도』는 창간호에서 당시에 재일조선인에 의한 '자서전 붐'을 소개하고 있다. 여기에서는 재일조선인의 자서전 출판이 '붐'을 이루는 이유로 오랜 세월을 살아온 재일조선인들이 "살아 있는 동안에 자기의 생애를 기록해 두고 싶다"는 생각에서 발생한 현상으로 보면서, "기존의 재일조선인・한국인 문학자의 작품에 만족하지 못하고 그들의 작품들이 자신들의 생활과 심정을 대변해주지 않는다라는 불만과 실망"에서 기인하는 것은 아닐까라고 말하고 있다.24)

<표 1>에서 보면 1세대에 해당하는 사람은 식민지시대에 조선에서 태어나 일본으로 건너온 강춘자(姜春子)와 송순이(宋順伊), 신복심(申福心)이다. 강춘자에 대해서는 책에서 "한국 경상북도 경산군에서 태어나다. 1938년 도일. 쇼와여자대학 영문과졸업. 강영창과 결혼. 차남 리쓰(律) 탄생. 리쓰 소아자폐증으로 진단받았다. 자폐증 아이와 부모 모임 발족, 간사가 되다……"25)라고 소개되고 있다. 이 책은 1985년에 자유문학사에서『이제는 혼자할 수 있어요』라는 제목으로 국내에서도 출판되었다. 소아자폐증에 걸린 아들의 이야기를 자전적으로 쓰고 있다. 자기를 말하는 자리에 아들의 존재가 절대적인 위치를 차지하고 있다. 8세에 일본으로 건너온 송순이의『바다를 건넌 가족-그리고 머나먼 조국이여』는 고생고생을 하며 일본에서 생활한 부모님의 이야기를 60세가 넘어서 배운 글로 쓰면서 차별과 빈곤에 굴하지 않는 강인한 재일조선인의 모습을 그리고 있다. 여기에서 전개되는 부모의 삶과 자기의 삶은 고스란히 재일조선인의 역사와 맞닿아 있는 것이다. 또 한 명의 1세 여성

---

24) S,「自伝出版ブームだが・…」,『民濤』1, 民濤社, 1987, 169쪽.
25) 姜春子,『律君こっち向いて』, 海聲社, 1984.

심복순의 『재일 90년－어느 재일여성의 중얼거림』은 1924년에 태어나 생후 6개월 만에 일본으로 건너온 재일조선인 여성의 이야기다. 아들 김우(金優)의 권유로 심복순은 '지분시(自分史)'를 쓰고 있다. 책의 후반부는 재일조선인 남성 2세인 아들의 자전적 이야기를 포함하고 있다. 식민지시대에 태어나 일본으로 건너온 1세 어머니와 2세 아들의 자기 역사는 식민지 시대에서부터 현재에 이르기까지 재일조선인 역사와 그대로 겹쳐져 있다. 그리고 1세대는 아니나 식민지시대가 종식할 무렵인 1944년에 태어난 차영자(車榮子)는 특이한 이력을 소유하고 있다. 책에 기재된 그의 프로필을 보면 "만주 신경에서 한국인 아버지와 일본인 어머니 사이에서 태어나다. 부산의 동광초등학교, 사립남성여자중학교 졸업, 부산여자상업고교 중퇴후 1962년 일본으로. 도쿄 세타가야구 신세이(新星)중학교 야간부, 도립 마쓰바라(松原)고교 二部를 거쳐 1973년 도립 네리마(練馬)고등보모(保母)학원 졸업. 현재 기치조지(吉祥寺)의 히로세(ヒロセ)가방가게에서 일한다. 통명 池田榮子"로 적혀 있다.26) 식민지 조선에서 태어나 일본으로 건너오는 재일조선인의 일반적인 루트와 매우 상이하다. 차영자의 자전적 스토리에 대해서 한일역사교육 전문가인 이시와타 노부오(石渡延男)가 다음과 같이 해설을 덧붙이고 있다.

    이 책은 격동하는 역사의 분류(奔流) 속에서 살아남은 여성의 반생을 기록한 것이며, 해외에서의 히키아게(引き揚げ) 기록입니다. 상당수의 만주(현재 중국 동북의 세 성(省))로부터의 히키아게 기록은 그 대다수가 아이의 손을 이끈 어른이 쓴 것이지만, 이 책은 부모에게 손을 이끌린 '아이'가 본 귀국에 이르기까지의 체험 기록입니다. 따라서 많은 히키아게의 기록이 일본에 귀국한 것으로 끝나는 데에 비해 이 책은 절반

---

26) 車榮子, 『赤とんぼ海をわたれ』, 敎育資料出版會, 1985.

이 귀국 후의 생활에 할애되고 있습니다. 즉 '귀국 2세'가 주인공인 점에
첫 번째 특징이 있습니다. 두 번째 특징은 일본과 한국 양쪽 피를 가진
저자가 한국에서 살면서 받은 한국인의 대일관(對日觀)과 일본에 살면
서 받은 대조선·한국관의 양쪽을 복잡한 생각으로 받아들이면서 인간
형성을 만들어가고 있는 점에 있습니다.[27]

차영자의 자기서사는 일본이 전쟁에 패하면서 항복을 선언하자 일본
외지에 나가 있던 일본인들이 본국으로 돌아온 상황을 가리키는 '히키
아게'의 범주에서 해석되고 있다. 아버지가 한국인이기 때문에 분명 재
일조선인 여성이지만 한편으로는 일본인을 어머니로 둔 차영자는 일본
인 '히키아게'에도 해당되는 것이다. 이 책은 '히키아게'라는 외적 세계
를 말하는 것이 아니다. 차영자의 개인적 삶 안에 '히키아게'라는 역사
적 상황이 포함되어 있다.

이렇게 보자면 일본에서 출생한 2세대의 김창생(金蒼生)과 종추월(宗秋
月), 김향도자(金香都子)의 저서는 오사카의 재일조선인 거주지역인 '이카
이노(猪飼野)'가 제목에 공통적으로 들어간 것에서 알 수 있듯이 '이카이
노'의 재일조선인 여성들의 삶과 자기 이야기를 교차시켜 재일조선인
여성으로서의 자기 삶을 그리고 있다. 1951년에 일본 오사카에서 출생
한 김창생은 한 동안 자신의 한국 이름 '창생'이 한국어로 '돼지'를 의
미하는 것으로 착각하고 있었던 사실에서부터 시작해서, 어린 시절의
어머니에 대한 기억 등을 포함해 현재와 과거의 자신을 오가며 자기 삶
과 이카이노에 사는 재일조선인 여성들의 이야기를 쓰고 있다. 자서전
형식으로 일관하는 것이 아니라 자기를 둘러싼 주변 이야기와 과거 회
상 등을 오가는 자유로운 형식의 글이다. 김창생의 책에는 가족과 친구

---

27) 車榮子, 위의 책, 206쪽.

혹은 지인 등이 등장하지만 모두 '자기' 이야기를 중심으로 이 등장인
물의 움직임이 그려져 있다. 예를 들어 자아가 형성되던 사춘기에 어머
니에 대한 반발을 "어머니가 살아온 역사와 고난을 모르지는 않았다.
그렇지만 책 속의 조선인과 눈앞에 있는 어머니가 중첩되지 않아 책을
읽고 눈물을 훌쩍이기는 해도 어머니에 대해서는 차갑게 바라보았다.
어머니가 구사하는 조선어는 지저분하고 조선어 자체가 더러운 것이라
고 생각했다"28)라고 말하는 김창생은, 조선고등학교로 편입해서 조선어
를 배우면서 어머니의 '조선어'에 '애착'을 느끼게 되고, 어머니가 말하
는 '제주도사투리'에서 고향이라는 것을 떠올린다. 그리고 어머니를 겨
우 이해하게 되자 어머니는 병으로 돌아가신다. 자기의 출생과 성장이
어머니를 매개로 해서 말해지고 있다. 어린 김창생이 어머니를 거부한
이유는 어머니가 자주 화를 내고 오빠나 며느리와 말다툼을 하는 광경
을 흔히 목격했기 때문이다. "신경이 곤두서 있는 어머니의 성격은 대
체 어디에 뿌리를 두고 있을까"라고 김창생은 반문하면서 "만약 어머니
가 글을 배웠더라면 어머니의 원념, 어머니의 한은 다른 방향으로 바뀌
었을까"29)라고 생각한다. 글을 몰랐던 어머니의 일본 생활은 글을 아는
사람들에 비해 더 고난이 뒤따랐을 것이고, 그래서 화를 잘 내고 억세
졌을 것이라고 김창생은 이해한다. '어머니'와 '김창생'의 관계는 재일
조선인 여성의 삶이 재일조선인의 삶과 또 다른 자리에 존재하고 있음
을 드러내 준다. 그리고 김창생은 어머니의 '딸'로서 자신을 규정한다.
양영희(梁英姬)와 오문자(吳文子) 등 2세대 재일조선인 여성의 자기서사에
서는 이와 같이 부모세대와 갈등하고, 화해하는 과정을 통해 '자기'를

---

28) 金蒼生, 앞의 책, 36~37쪽.
29) 金蒼生, 위의 책, 41쪽.

새롭게 발견하는 계기가 엿보인다. 반드시 갈등을 내포하지 않더라도 부모는 자기를 비추는 거울과 같은 존재로 등장하며, 가족의 일원으로서 '자신'이 이야기된다.

그에 비해 3세대에 해당하는 강신자(姜信子)는 『매우 평범한 재일한국인』이라는 제목에서 알 수 있듯이 현재의 자기 삶을 가족이나 재일조선인의 '역사'라는 굴레에 두지 않고 그저 '평범한' 인간으로 자기 자신을 직시하는 태도를 보인다. 강신자는 한국 국적을 유지하면서 일본인과 결혼하여 남편의 성을 따라 일본인 성으로 바꾸지 않으면서도 일본인처럼 살려고 하는 것이다. 여기에서 말하는 '평범한 재일한국인'이란 '평범한 일본인'과 다를 바 없는 인간을 말한다. 신숙옥 역시 『자이니치 당신은 어느 쪽이냐는 물음에 대하여 - 재일동포 3세 신숙옥이 말하는 나의 가족 나의 조국』에서 '국가'보다는 '사람'을 말하며, '애국심'보다는 소수자의 '인권'을 더 중시한다. 시대와 역사의 굴레 속에서 농락당한 가족의 이야기를 통해 인간으로서의 '자신'을 강조한다. 이러한 경향은 이청약(李靑若 - 일본식 이름은 'Lee Seijaku')의 『재일한국인 3세의 가슴속』에서도 엿보인다. 재일조선인으로서 한국 국적을 고수하는 아버지에 대해 자신은 일본으로 '귀화'도 망설이지 않고 있다고 당당히 말하는 자기서사다. 이 책은 제1장 '이씨 집안의 전쟁'으로 시작해 제10장 '어디에 돌아가다'로 끝을 맺을 맺고 있다. 여기에서 말하는 '어디'란 '한국'이 아닌 '일본'을 암시하고 있다. 제10장 마지막 절의 제목은 '일족의 역사가 끊어진다?'로 되어 있다. 즉 이씨 집안이 그대로 한국 국적을 가지고 있는 아버지와 여동생, 그리고 귀화를 할지 모르는 어머니와 자기로 나뉠지 모른다는 암시다.[30] 3세는 재일조선인 '역사'를 앞세우기보

---

30) 李靑若, 『在日韓國人三世の胸のうち』, 草思社, 1997, 211~214쪽. 이 책의 띠에는 "'일본에

다는 현재의 일본에서 살아가고 있는 자기 삶을 우선시하는 것이다. 어
찌 보면 자기 외부의 '역사'가 자기 내부의 삶보다 가볍게 다루어지는
것처럼 보인다. 하지만 1965년생인 이청약과 달리 1971년생인 이신혜(李
信惠)의 『#츠루하시 안녕－안티 헤이트 연대기』는 2015년 현재 일본에서
벌어지는 '헤이트 스피치(인종차별)'에 대항하면서 일본사회의 재일조선
인 차별을 주로 다루고 있다. 이 책은 자기를 위협하는 일본사회의 문
제를 적극적으로 드러내 보이면서 '어머니의 인생'에 일부를 할애하고
이를 통해 자기를 말하고 있다. 3세대 여성의 자기서사는 1세대와 달리
전 생애를 되돌아보는 형태를 취하고 있지는 않으나, 자신의 출신과 위
치에 대해 명확한 입장을 드러내 보인다. 여기에는 여성으로서의 가족
과 결혼 등의 이야기도 동반된다. 삶의 기간이나 환경, 시대가 다르므로
1세대와 2세대, 3세대 재일조선인 여성의 자기서사는 자기를 성찰하는
강도에는 약간의 차이를 보이고 있으나, '재일'이라는 조건에서 '자기'
를 말하고 있다는 데에서는 공통점을 지닌다. 그러므로 '재일'을 어떻게
바라보느냐에 앞서 그 '재일'의 삶 속에서 '나란 무엇인가'를 묻는 것이
다. 좀 더 세밀한 분석을 요하나 김달수와 같은 재일조선인 남성들이
거대한 역사의 흐름 속에서 자기를 바라보는 것과는 달리 재일조선인
여성들은 역사를 배경으로 삼기는 하나 보다 더 가족과 주변인물, 생활
자체 안에서 '자신'을 응시하고 있다고 말할 수 있다.

　그러나 한편으로는 여성들의 자전적 에세이에서 절대적 존재로 등장
하는 '가족'을 상대화하는 입장에서 자전적 글쓰기를 추구하는 자도 있
다. 유미리(柳美里)는 『물가의 요람』의 말미 부분에서 "나는 왜 이리도
빨리 자전적 색채가 강한 에세이를 쓴 것일까. 분명히 과거를 매장하고

───────────
　서 태어나 자란 인간이 일본인과 같다'고 해서 뭐가 이상한 건가요"라고 되어 있다.

싶다는 동기가 있었다. 내가 쓴 희곡의 주제는 '가족'이었고, 이후에 쓰기 시작한 소설도 역시 '가족' 이야기에서 벗어날 수 없었다. 요컨대 나는 이 에세이를 씀으로써 나 자신으로부터 멀리 벗어나고 싶었다. 바로이 긴 에세이를 쓴 이유가 거기에 있었다"[31]라고 쓰고 있다. 재일조선인 여성의 자전적 에세이는 '자기'를 말하면서 '자기'를 초월하는 지점을 향하고 있었던 것이다. 그 '자기'라는 것은 '자신'을 둘러싼 외적 환경이라 할 수 있다.

<표 1>에는 포함시키지 않았으나, 1970년대에서 1980년대에 걸쳐 일본에서 발행된 재일조선인 종합잡지 『계간 삼천리』에 게재된 글을 모아 편집한 『수기=재일조선인』에도 윤혜림(尹惠林)의 「1세 따위 정말 싫다」, 강양자(姜洋子)의 「우리 집의 군상」, 이정순(李貞順)의 「우리 집 3대」, 이양지의 「산조(散調)의 율동 속에서」, 박절자(朴節子)의 「지상에서 낙원을 만들자」가 수록되어 있다. 박절자는 "최근에 나는 어머니에 대해서 모국어로 '어머니(オモニ)'라고 부르게 되었다. 그것은 지금까지 고생해 온 어머니에 대한 배려라고 생각해서다. 어머니는 글을 읽지 못하고 쓰지 못한다. 그런 그녀가 일본에서 얼마나 고생했을까. '모순' '차별' 등이 있는 것조차 생각하지 않고 그저 닥쳐오는 운명을 받아들였다"라고 말하면서 어머니의 '운명'을 새기면서 자기 세대에는 '낙원'을 만들기 위해 '자기'(=자신을 둘러싼 '차별' 등)를 넘어서야 한다고 말하고 있다.[32] 여성이 여성인 어머니를 통해 자기를 새롭게 만들어가려는 태도를 엿볼 수 있다.

31) 柳美里, 『水辺のゆりかご』, 角川書店, 1999, 268쪽.
32) 金達壽・姜在彦 共編, 『手記=在日朝鮮人』, 龍溪書舍, 1981, 198쪽. 이 책에는 위에서 열거한 여성의 글 이외에도 김달수의 「나의 문학의 길」, 김태생의 「어느 여성의 생애」, 정귀문의 「고국에 돌아간 숙부」 등의 글이 실려 있다. 이 밖에 함께 수록된 강재언의 「재일조선인 형성사」는 후기에서 김달수가 말하듯이 '재일조선인 생활사의 역사적 배경을 전체적으로 개관한 것'이라 할 수 있다.

3. '재일'만이 아닌 '여성' 자신의 울림

재일조선인 여성의 자전적 에세이는 자기를 둘러싼 외부 세계의 서사보다는 자기 내부 세계, 즉 가족과 나의 이야기가 큰 줄기를 이룬다. 가족은 당연한 말이지만 남성과 여성에 의해 꾸려진다. 그런데 재일조선인의 역사, 가족사를 다룬 작품에서 여성의 존재는 남성과 동등한 위치를 차지하지 못했다. 이는 남성에 의한 기록, 즉 '그들'만의 이야기가 주를 이루었기 때문일 것이다. 재일조선인 여성은 스스로 말하지 못했다. 그 말하지 못한 목소리가 구술을 통해 기록으로 남게 되었다. 그 최초의 시도는 공교롭게도 재일조선인 여성들에 의해서가 아니라 일본인 여성들에 의해 이루어졌다. 1972년에 출간된 『신세타령 – 재일조선여성의 반생』은 재일조선인 여성들의 생활을 기록하려는 모임인 '무궁화회'가 편집한 것이다. 이 책의 편자들은 "우리들이 일본에 사는 조선 여성의 반생을 구술채록(聞き書き)하기 시작해서 수년이 지났다. '무궁화회'가 발족한 것은 마침 '한일조약'이 체결된 해였다"라고 말하면서 이 조약체결에 "많은 재일조선여성들은 '일본정부는 남북통일을 방해하고 있다. 남쪽의 할머니와 북쪽의 자식과 만날 수 있는 날이 멀어졌다'라고 강한 항의의 목소리를 냈다. 그녀들의 목소리는 많은 일본인들의 귀에 거의 닿지 않았다"라고 지적했다. 그 이유는 일본의 저널리즘이 재일조선인 문제를 취급함에 있어서 사람들에게 불쾌감을 줄 정도의 강렬한 정치색만을 강조하여 "반일적 조선인과 같은 이미지"를 생산하고 있었기 때문이다. 이에 무궁화회는 재일조선인과 관련된 "갖가지 사건의 배후에 있으면서 아무 말도 하지 않은 채로 재일조선인을 떠받쳐 온 여성들의 생활을 앎으로써 우리들이 조선 문제에 대한 자세를 추궁하는 실마리를

마련하고자 생각했던 것이 구술채록을 시작한 동기였다"라고 밝히고 있다.[33] 이 책이 출간된 이후 한동안 구술을 바탕으로 한 기록은 눈에 띄지 않았으나, 2002년에 박일분(朴日粉) 편 『살아가고, 사랑하고, 투쟁하고 – 재일조선인 1세들의 이야기』가 간행되었다. 이후 아래의 <표 2>에서 제시하는 것과 같이 재일조선인 여성의 구술채록 출판이 이어졌다.[34]

<표 2> 재일조선인 여성 구술채록 현황(간행년도 순)

순번	편·저자	책명[한국어판제목]	출판사	간행년도	세대	비고
1	むくげの會編	身世打鈴-在日朝鮮女性の半生 シンセターリョン	東都書房	1972	1	여성 12명
2	岩井好子	オモニの歌[어머니의 노래]	筑摩書房	1984	1	여성 1명
3	川田文子	赤瓦の家-朝鮮から來た從軍慰安婦	筑摩書房	1987	1	여성 1명
4	岩井好子	オモニのひとりごと-五十七才の夜間中學生	カラ文化情報センター	1988	1	여성 1명
5	福岡安則·辻山ゆき子	ほんとうの私を求めて-「在日」二世三世の女性たち	新幹社	1991	2,3	여성 12명
6	成律子	オモニの海峽	彩流社	1994	1	여성 1명
7	李乙順(河本富子)桂川潤編	私の歩んだ道-在日·女性·ハンセン病	「私の歩んだ道」を刊行する會	2001(私家版)	1	여성 1명

33) むくげの會編, 『身世打鈴-在日朝鮮女性の半生』, 東都書房, 1972, 212~213쪽.

34) 1999년에 출판된 『百万人の身世打鈴-朝鮮人强制連行·强制勞働の「恨(ハン)」』(「百万人の身世打鈴」編集委員 編, 東方出版)은 식민지시기에 '강제연행' 또는 '강제노동'에 직접 동원되었던 조선인 남녀 109명의 증언집이다. 정해진 주제에 맞춰 실시된 취재를 통한 출판물이어서 '구술채록' 목록에는 포함시키지 않았다. 이 증언집의 청취조사에 참여했던 가야누마 노리코는 「여성의 힘-『증언집 백만인의 신세타령』을 중심으로-」(박성희 역, 『일본학보』9, 경상대학교 일본문화연구소, 2004)에서 "재일 코리안 여자들이 모국에서 교육을 받았던 예는 극히 적고, 많은 여자들은 문맹자였습니다. 우리들이 취재한 할머니들 가운데 글자를 잘 쓸 수 있는 분은 적었습니다. 그녀들은 유교의 엄격한 예절을 배우고, 오로지 여자는 남자를 뒤따라야 하는 것으로 교육받았습니다. 그렇지만 일본에 간 이후로 의지박약한 남자를 대신해 가족을 부양한 것은 여자였습니다"라고 말하면서 학력차별과 성적차별 속에서도 굳굳한 삶을 살았던 여성들의 모습을 전하고 있다.(174쪽)

순번	편·저자	책명[한국어판제목]	출판사	간행년도	세대	비고
8	朴日粉編	生きて、愛して、鬪って－在日朝鮮人一世たちの物語	朝鮮靑年社	2002	1	여성 19명 남성 2명
9	朴日粉編	生涯現役－在日朝鮮人 愛と鬪いの物語	同時代社	2004	1	여성 25명
10	李朋彦	在日一世[재일동포 1세, 기억의 저편]	リトル・モア	2005	1	남성 50명 여성 41명
11	語り▶宋富子 聞き書き▶高秀美	愛するとき奇跡は創られる－在日三代史	三一書房	2007	2	여성 1명
12	小熊英二・姜尙中	在日一世の記憶	集英社	2008	1	남성 35명 여성 17명
13	かわさきのハルモニ・ハラボジと結ぶ2000人ネットワーク生活史聞き書き・編集委員會編	在日コリアン女性20人の軌跡	明石書店	2009[35]	1	여성 20명
14	朴日粉編	いつもお天道さまが守ってくれた－在日ハルモニ・ハラボジの物語	梨の木舍	2011	1	여성 27명 남성 7명

위 표에서 알 수 있듯이 구술을 한 당사자는 거의가 재일조선인 여성
1세들이며 그들이 말할 수 있도록 돕는 쪽은 재일조선인도 있으나 무궁
화회의 멤버를 비롯하여 이와이 요시코(岩井好子)와 가와타 후미코(川田文
子) 등 일본인도 적지 않다. 위 표의 순번 (1)『신세타령－재일여성의 반
생』을 편집한 '무궁화회'는 "각각 다른 일을 가지고 각양각색의 처지"
에 있는 일본인 여성 6명의 모임이다. 모임 이름은 "피었다 지고 다시

---

35) 이 책은 2006년과 2007년에 시행된 가와사키 재일코리안생활문화자료관(川崎在日コリア
ン生活文化資料館)의 '가와사키의 할머니·할아버지와 잇는 2000명 네트워트' 구술사업
의 일부이다. 이 책에 수록된 할머니를 포함해 그 밖의 할머니와 할아버지의 구술채록 육
성은 아래 주소에서 확인할 수 있다. http://www.halmoni-haraboji.net/exhibit/report/
200608 kikigaki/hist022.html

계속 피는 무궁화꽃이 끈기 있는 조선여성을 연상케 하고 꽃의 색깔은
조선여성의 치마저고리의 모습과도 닮아 있다라고 생각해서" 붙여진
것이다. 아래 인용문은 서문에 쓰인 내용으로 무궁화회가 재일조선인
여성의 목소리를 활자화하고자 한 취지를 말하고 있다.

> 우리들이 6년 간 만난 사람들은 재일조선인으로서는 특별히 비참한
> 생활을 하고 있는 사람들은 아니고 아주 보통의 평균적인 사람들이었습
> 니다. 당신의 이웃에 살고 있을지도 모릅니다. 재일조선인의 입장에서
> 보자면 일상다반사의 공통적인 이들의 생활기록은 매스컴에서 크게 다
> 루는 인물, 사건의 저류를 이루는 것으로 누구의 눈에도 귀에도 닿지 않
> 는 것입니다. 우리들은 이것들을 발굴함으로써 우리들 자신이 조선을
> 생각하고 일본을 생각하는 실마리로 삼을 생각에서 시작했으나 지금으
> 로서는 이것을 될 수 있는 한 많은 일본인에게 알릴 의무를 느끼게 되
> 었습니다. 담담하게 말하는 재일여성의 이야기는 평범한 여자의 고생담
> 인가 하면 아무래도 그렇지 않은 선연한 것이 있습니다. 우리들은 이 작
> 업을 그만 둘까라고 생각한 적이 없습니다. 역사의 살아있는 증인이 존
> 재하는 동안에 될 수 있는 한 기록으로 남겨야만 한다고 생각했기 때문
> 입니다.36)

이 책에 수록된 12명의 재일조선인 여성의 이야기는 일본에서의 '고생
담'이다. 각각의 여성들의 구술 내용에 붙은 제목은 '아버지를 일본 여성
에게 빼앗기고', '죽은 네 아이에게 미안해서지', '휴대 미싱 하나로 아이
를 키우고', '일본에서는 거지까지도 흰 쌀 밥을 먹는다' 등이라는 점에
서 알 수 있듯이 가족의 애환 혹은 노동에 시달린 여성들의 이야기다.
그러나 이 여성들의 목소리가 '선연한 것'은 '역사' 속에 놓여 있는 '존재'
라서 이며, 한편으로는 역사의 안으로 용해되지 않고 여성 자신의 이야

---

36) むくげの會 編, 앞의 책, 2쪽.

기로 빛을 발해서다. 여성들의 '고생담'에는 이제까지 재일조선인 남성
의 자기서사에서는 주변부에 놓였던 '여성' 자신의 이야기가 담겨 있다.
이제껏 누구도 주목하지 않았던 사람들의 목소리인 것이다. (2)의 저자
인 이와이 요시코는 오사카에 있는 야간중학교의 선생님이다. 『어머니의
노래』는 1부에 야간중학교에서 글을 배우는 재일조선인 여성의 모습을
담고 있으며, 2부는 야간중학교 학생이었던 재일조선인 여성 현시옥(玄時
玉)의 '지분시'를 수록하고 있다. 이와이 요시코에 의한 구술채록의 기록
이다. (4)『어머니의 혼자말－57세의 야간중학생』도 마찬가지로 이와이
요시코가 만난 이찬연(李贊蓮) 어머니의 생애사다.[37] (3)은 서두에서 언급
한 저널리스트 가와타 후미코가 오키나와에 거주하고 있는 위안부였던
배봉기 할머니를 인터뷰하여 할머니의 삶을 기록한 책이다. 배봉기 할머
니는 조선인 위안부로서 최초의 증언자라고 한다.[38] (5)『진정한 나를 추
구하며－'재일' 2세 3세의 여성들』은 재일한국인에 관해 연구하는 일본
인 학자에 의한 2세와 3세 재일조선인 여성들의 구술을 기록한 것이다.
여기에 등장하는 여성은 1964년생 남설지, 1963년생 종미영자, 1961년생
오미향, 1951생 윤조자, 1949년생 강순자, 1968년생 박양자, 1968년생 김

---

37) 송연옥이 말하듯 1970년대 이후 "가난이나 집안 사정 때문에 야간 중학교에 다니던 청소
   년들이 줄어들고 그 대신에 일본 글을 모르는 재일조선인 1세 어머니들이 야간중학교를
   찾아가게 되었다. 그 후 글을 배우게 된 1세 여성들의 생활사가 현장 일본인 교원들의 손
   에 의해 구술사로서 많이 활자화되었"고(송연옥, 앞의 논문, 210쪽) 이와이 요시코의 작업
   은 그에 따른 것이라 할 수 있다.
38) 「우리가 잊어버린 최초의 위안부 증언자…그 이름, 배봉기」, 『한겨레신문』, 2015.8.8.
   http://www.hani. co.kr/arti/international/japan/703614.html, 가와타 후미코가 배봉기 할머니
   를 인터뷰하여 위안부의 존재를 알린 것처럼, 김찬정(金贊汀)과 방선희(方鮮姬)는 식민지
   시기에 13살의 나이로 일본의 공장에서 여공으로 일한 양명진(梁命珍) 등 수십 명 재일조선
   인 여공들을 인터뷰하여 『바람의 통곡－재일조선인 여공의 생활과 역사(風の慟哭－在日朝
   鮮人女工の生活と歷史)』(田畑書店, 1977)에 담았다. 이 책도 재일조선인의 구술채록이라 할
   수 있으나 많은 부분이 당시의 자료에 의거한 기록이라 <표 2>에는 포함시키지 않았다.

명미, 1949년생 김정미, 1970년생 성순자, 1959년생 김정이, 1953년생 차육자, 1968년생 김양자 전체 12명이다(일부 가명). 이들은 "일본사회 속에서 뚝 떨어져 고립되어 성장하면서 일본인의 차별적 시선, 일본사회의 차별의 벽에 부딪혀 갈등하는 '재일'의 젊은 여성들. 조선학교에 다녀 민족의식을 키우면서도 역시 일본사회 속에서 숨 막히는 삶을 느끼고 있는 여성들. 혹은 한국에 유학하고 민단계의 재일한국청년회에서 활동하면서도 자기는 본국의 한국인도 일본인과도 다른 '재일한국인'이라는 실감을 강하게 갖는 여성"들이다.[39] (6) 『어머니의 해협』은 1920년생의 제주도 출신 이성호 할머니의 구술을 기록한 책이다. '출생'을 시작으로 '어머니의 품에' '일본으로 도항' '여공이 되어' '병으로 쓰러져' '결혼' '다시 일본으로' '의부(義父)가 유치소에' '조국해방' '남편의 체포' '3·1 시위사건' '4·3 항쟁을 시작하다' '경찰에 체포되어' '두 번째의 구류' '남편의 죽음' '새로운 여행' '병마에 쫓기어' '마쓰다케회를 만들어'라는 타이틀로 전체의 이야기가 구성되어 있다. 파란만장한 여성의 일생이 펼쳐져 있는 것이다. (7) 『내가 걸어온 길─재일·여성·한센병』은 1925년에 경상북도에서 태어나 7세에 일본으로 건너가 고된 노동 등으로 고생을 거듭하다 한센병에 걸린 이을순 할머니의 생애를 담고 있다. 이렇듯 구술채록은 전 생애를 담고 있는 자서전의 형식을 취하기도 한다.

(8) 박일분 편의 『살아가고, 사랑하고, 투쟁하고─재일조선인 1세들의 이야기』는 스스로 기록할 수 없었던 '재일조선인 1세'들의 목소리를 재일조선인 여성이 받아 적고 있다. 박일분은 『조선신보』의 문화부 기자로 이 신문에 재일조선인 여성의 구술을 연재했다. 이 책은 신문 연재

---

39) 福岡安則·辻山ゆき子, 『ほんとうの私を求めて─「在日」二世三世の女性たち』, 新幹社, 1991, 174쪽.

물을 묶은 단행본이고, 박일분은 이에 더하여 (9)『생애현역－재일조선인 사랑과 투쟁의 이야기』와 (15)『언제나 하느님이 지켜주셨다－재일 할머니·할아버지 이야기』두 권을 더 출간했다. 『살아가고, 사랑하고, 투쟁하고－재일조선인 1세들의 이야기』의 첫 장을 장식하는 1924년에 전라남도 진도에서 태어난 77세 강복심은 '묵묵히 일하며 가난과 봉건성'과 싸운 이야기를 하고 있다. '남존여비'라는 풍토 속에서 일을 통하여 이러한 '봉건성'을 극복했다는 것이다. 박일분이 편집한 책은 재일조선인총연합회의 기관지 『조선신보』의 기사에서 출발했으므로 북한의 사상을 선전하는 측면도 없지 않으나 일본인 여성이 아닌 재일조선인 여성에 의한 재일조선인 여성의 구술채록이라는 점에서 특기할 만하다. 박일분은 전국을 돌아다니며 100여 명이 훨씬 넘는 재일조선인 여성들의 구술을 채록했다. 박일분이 기록한 여성들의 구술에서는 '여성'의 삶이 재일조선인의 역사, 재일조선인 가족의 틈새에서 이데올로기에 휘말리지 않고 여성 '자신'을 말하고 있는 점도 눈에 띈다. 『살아가고, 사랑하고, 투쟁하고－재일조선인 1세들의 이야기』의 해설을 쓴 역사학자 야마다 쇼지(山田昭次)는 다음과 같이 말하고 있다.

　　재일조선인 여성에 대한 역사를 회고해 보자. 재일조선인 여성에 관한 최초의 저서는 일본인 여성의 모임인 무궁화회 편『신세타령－재일조선인 여성의 반생』(東都書房, 1972)이다. 그러나 이 구술채록의 기록자들은 재일조선인이 받은 민족차별에는 관심을 기울이고 있으나, 성적차별을 받은 재일조선인 여성의 독자적인 사회적 위치와 역할에는 관심을 보이지 않고 있다. 이것은 당시 일본인이 재일조선인에 대해 관심을 두지 않던 시기여서 재일조선인 남성과 함께 재일조선인 여성이 동일하게 받고 있는 민족차별을 일본인에게 이해시키려는 일이 무엇보다도 필요한 과제였던 역사적 단계를 반영하고 있기 때문일 것이다.[40)]

　여기에서 야마다 쇼지는 박일분 편의 구술채록의 최대의 특징은 '민족차별'뿐만 아니라 '성적차별'을 조명하고 있는 점에 있다고 말하고 있다. 앞에서 든 강복심은 자신이 배우지 못한 사람, '무학(無學)'자라는 점을 스스럼없이 말한다. 남성들에 비해 여성들은 배우지 못했다. 어찌 보면 이러한 '성적차별'로 인해 1980년대에 이르기까지 1세 여성에서 자전적 기록은 나오지 못했을 것이다. 구술채록의 대부분은 1세들의 이야기이다. 그에 비해 자전적 에세이는 주로 2세와 3세들이 쓰고 있다. '무학'이라는 것은 배우지 못함으로써 겪는 계급적 차별이다. 재일조선인 여성의 구술채록으로 인해 이들은 비로소 여성 자기 자신이 '재일'만이 아닌 '여성'임을 말할 수 있게 되었다. (10)은 재일조선인 3세 이붕언의 사진집으로 사진과 함께 2~3쪽 내외의 할아버지와 할머니의 구술이 들어 있다. (11)『사랑할 때 기적은 만들어진다』는 1941년에 일본에서 태어난 송부자(宋富子)의 3대에 걸친 가족사가 전개되는 구술채록이다. 1988년에 「신세타령－어머니의 한풀이를 살아간다」라는 1인 연극을 올린 송부자는 도쿄의 재일한국인 거주지역에 고려박물관을 설립한 인물이다. (12)『재일 1세의 기억』은 재일 학자 강상중과 일본인 학자 오쿠마 에이지가 편집한 것으로 일본 각지의 재일조선인 1세를 취재하여 구술채록한 기록이다. 이 작업은 현재 '재일코리언의 목소리를 기록하는 모임'에 의해 재일조선인 2세에 대해서도 진행중이다.[41] (13)『재일코리안 여성 20인의 궤적』은 '가와사키의 할머니·할아버지와 관계를 맺는 2,000명 네트워크 생활사 구술채록 편집위원회'에서 편집한 책으로 재일조선인의 이주 지역 가운데 하나인 가와사키 시민 그룹이 할머니와

40) 朴日粉編,『生きて、愛して、闘って－在日朝鮮人一世たちの物語』, 朝鮮青年社, 2002, 165쪽.
41) http://shinsho.shueisha.co.jp/column/zainichi2/

할아버지에게 글을 가르쳐주면서 그들의 생애를 구술로 듣고 받아 적어 기록한 것이다. 여기에서 구술을 한 할머니는 경상북도 대구 출신의 1912년생 김두래(金斗來), 경상남도 창원출신의 1915년생 손분옥(孫分玉), 강원도 출신의 1917년생 김순녀(金順女), 경상북도 고령출신의 1919년생 이분조(李粉祚), 충청남도 부여 출신의 1920년생 박순이(朴順伊), 경상남도 창녕출신의 1921년생 하덕용(河德龍), 경상북도 성주출신의 1922년생 최두리(崔斗理), 경상남도 울산출신의 1923년생 김복심(金福心), 경상북도 경산출신의 1924년생 이외대(李外戴), 경상남도 진주출신의 1924년생 김복순(金福順), 경상북도 대구출신의 1924년생 김명년(金命年), 경상북도 대구출신의 1925년생 윤을식(尹乙植), 경상남도 거제출신의 1925년생 김문선(金文善), 경상남도 합천출신의 1926년생 서유순(徐類順), 경상남도 김해출신의 1926년생 변을순(卞乙順), 경상북도 안동출신의 1926년생 오금조(吳琴祚), 경상남도 울산출신의 1927년생 박두래(朴斗來), 경상남도 금곡출신의 1929년생 하현필(河炫畢), 경상남도 고성출신의 1929년생 김두포(金斗浦), 경상남도 삼천포출신의 1931년생 김방자(金芳子)다. 이 가운데 서유순 할머니와 김방자 할머니는 정식 출판물은 아니나 2015년 9월에 자기 생애사를 정리한 '지분시'를 펴냈다. 이 두 사람은 가와사키시의 후레아이관에서 20여 년 동안 글을 배우면서 자기 이야기를 작문으로 쓴 것을 책자로 엮었다. 서유순 할머니의 '지분시' 제목은 '여러 가지 일이 있었다. 잘도 살아왔다'이며, 김방자 할머니 책자 제목은 '그 때 그 때를 최선을 다해서 살아왔다'이다.[42] 이들은 "글을 읽고 쓸 수 없는 핸디캡과 빈곤, 중노동…. 역사에 농간 당해, 많은 곤란과 대면해온 할머니들"이

---

42) 두 책자의 원제는 다음과 같다. 「いろいろなことがあった。よくいきてきた。」, 「その時その時を最中で生きてきた」.

다. 14세에 일본으로 건너온 89세의 서유순 할머니는 일본어 히라가나로 "여러 일을 해서 공부할 여유가 없었습니다. 태어난 시기가 나빴다고 생각합니다"라고 자기 책자에 적고 있다. 5세에 일본의 탄광에서 일하는 아버지를 찾아 일본에 온 84세의 김방자 할머니는 저임금의 육체노동에 시달렸다. 그 복잡한 심경을 "가슴 속 깊이 잠재워 두고 있었던 좋지 않은 일을 억지로 생각해 내 이야기하는 것은 괴롭습니다. (중략) 그렇지만 힘을 내 이야기함으로써 여러 사람과 만날 수 있었습니다"라고 쓰고 있다.[43] 불과 30여 쪽에 달하는 작은 책자는 자기 역사를 통해 재일조선인의 역사를 그리고 있다. 그러나 여기에 투영된 역사는 차별과 가난, 고통의 시간이었을지언정 과거 속에 묶여 있는 역사가 아니고 단지 고발을 위한 역사도 아니다. '잘도 살아왔다' 혹은 '최선을 다해서 살아왔다'라고 말하는 재일조선인 여성의 목소리는 지난 역사를 통해 새 역사의 장을 펼치려는 개인의 울림이자 재일조선인 역사의 함성이라 할 수 있다. 이는 1세이든 2세이든 3세이든 '재일' 속에서의 삶을 자기서사로서 회고할 때 들을 수 있는 평범한 '인간'의 '울림'이자 '함성'이 아닐까 생각된다. 이들의 이야기에는 징용, 식민지, 전쟁, 차별 등 외적 환경도 있으나 무엇보다도 부모, 남편, 자식이 중심에 자리하고 있다. 가족이 이들 여성의 삶에 절대적이라는 것을 알 수 있다. 여성들의 자기서사에는 무엇인가를 이룬 업적이거나 공적 활동, 혹은 거대한 시대의 흐름 속에서 부딪히는 역경이 짙게 배어 있지는 않다. 자기는 가족과의 관계 속에서 존재하며 그 안에서 여성 자신의 개별 서사가 펼쳐지고 있다. 남성들의 자기서사가 공적 역사를 주로 기술하고 있다면 여성들은 이제까지 남성들의 표현에서 간과되었던 사적 세계를 기억으로

---

43) http://www.kanaloco.jp/article/121356

하여 역사화의 주체로서 거듭나는 것이다.44)

이와 같이 자전적 에세이와 구술채록은 사적 세계에 빛을 비추는 일종의 '신세타령'이라고 말할 수 있다. '신세타령'이라는 말이 재일조선인 여성의 자기서사에서 곧잘 등장한다. 일반적으로 신세타령은 '자신의 불행한 신세를 넋두리하듯이 늘어놓는 일이나 그런 이야기'를 의미한다. 미국의 안나 R.바라라는 자서전 연구가는 자서전을 쓰는 동기와 이유를 "첫째로 자기연구, 둘째로 자손과 후예를 위해서, 셋째로 종교적인 증언으로, 마지막으로 즐거움을 위해서나 과거를 추억하기 위해서"라고 말했다고 한다.45) 그런데 '자신의 불행'을 한탄조로 늘어놓는 신세타령은 이러한 자서전을 쓰는 동기나 이유와 다소간 거리가 있다. '신세타령'은 '자손과 후예'를 위한 어떤 '증언'일 수 있으나 '자기연구'는 아니다. 자전적 에세이에는 '자기연구'의 요소도 가미되어 있으나 구술채록에는 이러한 색채가 엷다. 구술채록은 상대방에게 '나'를 말하는 주관적 행위이지 '나'를 상대화하는 객관적인 행위가 아니다.46) 그러므로 재일조선인 여성 박화미(朴和美)는 다음과 같이 말한다.

조선반도에는 '여성의 이야기(女語り)'로써 신세타령이라는 하나의 전통문화가 있습니다. 그렇지만 나는 아예 이 신세타령의 입장을 취하

---

44) 남성과 여성의 자기서사 대비는 자칫 '일반화의 오류'를 범할 수 있다. 이를 충분히 인지하고 우선은 여기서 언급하며, 이에 관해서는 앞으로 자료에 대한 상세한 분석을 바탕으로 말해져야 할 것이다.

45) 사에키 쇼이치, 노영희 옮김, 『일본인의 자서전』, 한울, 2015, 40쪽.

46) "생애사를 통해 나타나는 주관성은 자기의 경험을 의미로 만들어가는 과정에서 나타난 바, 그 의미화 과정은 생애적 시간 속에서 경험한 것을 기억해내고 자기 자신한테 또는 다른 사람한테 이야기하는 과정이다. 즉, 의미라는 것은 어떤 사건이 일어나는 순간 주어지는 것이 아니라, 그 사건을 경험할 때 그리고 그 사건에 대해 돌이켜 보거나 이야기할 때 생겨나는 것이다."(유철인, 「생애사와 신세 타령-자료와 텍스트의 문제-」, 『한국문화인류학』 22, 한국문화인류학회, 1990, 303~304쪽.)

고 싶지 않습니다. 왜냐하면 신세타령, 한(恨), 혹은 팔자라는 말의 울림, 그것을 들었을 때에 느껴지는 일종의 위화감을 무시하고 싶지 않기 때문입니다. 이러한 말로서는 아무래도 내가 안고 있는 문제의 전체상을 볼 수 없게 됩니다. 어떤 시대 배경 속에서 신세타령이 의미를 지닌다는 것을 인정합니다만, 그래도 여성의 상황과 현상의 겉모습만이 보이고 일종의 가스가 빠진 장치가 아닌가하는 의문을 불식시키기 어렵습니다. 그러므로 '여성의 이야기'라고는 말하지만 신세타령이라는 수법은 사용하고 싶지 않습니다. 그것에 대한 저항을 우선 표명해 둡니다.[47]

박화미가 '여성의 이야기'를 '신세타령'으로 보는 관점을 거부하는 이유는 '페미니즘' 또는 '여성해방사상'이라는 시점이 '신세타령'이란 말 속에서는 소거되기 쉽기 때문이다. 여성이 사회나 정치, 경제, 문화 관계 속에서 안고 있는 문제를 '신세타령'은 자기의 내적이며 사적인 문제로 수렴시킬 우려가 있다. '신세타령'은 여성의 삶에 나타난 남성중심의 가부장제에서 발생하는 부조리를 직시할 수 없게 만들고, 자기 처지를 '신세'나 '팔자' 한탄으로 받아들이기 쉽게 한다. 하지만 '신세타령'은 앞에 제시한 <표 2>에서 보았듯이 무궁화회라는 일본인 여성에 의한 최초의 재일조선인 여성의 구술채록 출판물 제목에 붙었다. 이 책이 1972년에 출판된 의미는 오히려 그동안 저변에 감추어져 있었던 보통 여성의 목소리를 세상에 내보였다는 데 있다. 재일조선인 여성의 존재는 어떤 시대와 환경 속에서 생성된 특별한 존재이면서도, 일본사람들과 같은 곳에서는 사는 사람들이라는 것을 보여준 것이다.[48] 2006년에

---

47) 申淑玉・曺豐戶・朴和美・鄭暎惠,「「在日」女語り」,『コリアン・マイノリティ研究』4, 在日朝鮮人研究会, 2000, 7쪽.
48) 재일조선인의 구술채록은 최근에 국내에서도 출판되고 있다. 조현미, 이채문, 문정환의『일본 오사카 지역 재일한인의 구술생활사』, 도서출판 책과 세계, 2014가 있다. 이 책은 13명의 재일조선인의 구술채록을 담고 있는데, 그 가운데 5명의 여성이 포함되어 있다. 이 책

창간되어 2012년에 7호로 종간된 재일여성문예지 『땅에서 배를 저어라 (地に舟をこげ)』49)는 '상・땅에서 배를 저어라(賞・地に舟をこげ)'를 마련해 응모작 가운데 수상작을 냈다. 그 첫 번째 수상작이 1956년생으로 재일 2세인 강영자(康玲子)의 『나에게는 야마다 선생님이 있었다』50)라는 작품 이었다. 작가가 '재일' 출신의 고뇌를 거듭한 고등학교 시절에 체험한 이 야기를 바탕으로 쓴 자전적 형식의 소설이다. 이 작품의 '선평'에서 일본 인 여성 논픽션 작가 사와치 히사에(澤地久枝)는 "고립되면서 재일의 역사 를 배우고 자기의 존재확인을 하는 과정에서 초래된 것. 『나에게 야마다 선생님이 있었다』. 이 '나에게'에 담겨 있는 의미의 깊이를 생각한다. 강 영자 씨의 할머니들은 제주도 출신. 배울 날이 없던 처지에서 늠름하게 살았다. 재일은 3세, 4세가 되어 지금은 차별받아 꺾일 이유 등이 전혀 없다. 체험은 써서 남기지 않으면 이윽고 사라진다. 기록된 체험은 개인 의 세계를 넘어 확장되어 '역사'가 된다"라고 말했다.51) 재일조선인 여성 의 자기서사는 분명 '신세타령'이라는 형식으로 유통되며 다른 세계와

은 경북대학교 SSK 다문화와 디아스포라 연구단의 '재외한인 구술생애사 총서 시리즈' 의 한 권인데, 이 총서시리즈에는 『일본 가나가와 지역 재일한인의 생활사』도 있다. '구 술채록'은 자전적 에세이와 달리 말하는 사람과 듣는 사람의 상호 작용에 따라 이루어진 다. 재일조선인의 구술채록이 일본인에 의해 이루어지는가, 재일조선인에 의해 이루어지 는가, 본국 한국인에 의해 이루어지는가에 따라 그 행위와 생산된 출판물(즉 텍스트) 사 이에는 파동이 생길 것이다. 이 점을 시야에 두고 구술채록을 파악할 필요가 있으며, 이 에 관해서는 추후 논의를 다시 전개할 예정이다.

49) 이 잡지의 발간에 대하여 윤건차는 최근에 간행된 『'재일'의 정신사』에서 "재일여성의 문 학표현에 커다란 의미를 지닌다. 민족과 분단 등 무거운 주제가 많았던 재일문학이나 이 제까지 좀처럼 표면에 나오지 않았던 재일여성의 시점에서 '재일'의 생활, 그리고 일본사 회의 모습을 새롭게 응시하려고 하는 것이다"라고 말하고 있다.(尹健次, 『「在日」の精神社 3 アイデンティティの搖らぎ』, 岩波書店, 2015, 185쪽.)

50) 이 작품은 수상작으로 작품에 게재된 후 2008년에 『私には淺田先生がいた』(三一書房)로 간행되었다.

51) 澤地久枝, 「「歷史」を作る仕事」, 『地に舟をこげ 在日女性文學』 2号, 在日女性文芸協會, 2007. 11, 73~74쪽.

소통하는 가운데 의미를 확장해간다. 사와치 히사에 역시 이 작품을 '신세타령'의 측면에서 받아들였을 것이다. 그리고 '신세타령'은 '재일'이라는 특수 상황을 벗어나 일본 독자에게도 고생담과 그것을 딛고 일어서는 인간의 극복 스토리가 된다. 이는 오세종이 지적하듯이 피식민자만이 경험한 '머저리티가 경험할 수 없을 특수한 경험'을 통해 쓰이는 피식민자의 자전적 텍스트가 지니는 머저리티 사회에 보내는 '비평성'52)을 약화시키거나 퇴색시킬 수도 있다. 이러한 우려를 고려하면서 재일조선인 여성의 자기서사가 지니는 의미는 재고될 필요가 있다.

　과연 남성중심의 가부장제, 유교적 잔재를 탈피하지 못하고 있는 재일사회에 대한 저항인가, 아니면 재일조선인 남성이 보여주었던 재일조선인 역사의 거대담론과는 다른 일본사회에서 여성이 받았던 차별을 일본사회의 여성들과 함께 공유할 수 있는 계기를 만들어 주는가. 그리고 재일조선인 여성이 머저리티 일본사회와 공통항을 지니는 자기서사를 연출할 때, 이들 여성만의 '재일'을 어떻게 바라보아야 할 것인가. 이제부터 재일조선인 여성의 자기서사가 지니는 의미는 여러 각도에서 조명되어야 할 것이다. 여기에 새롭게 역사성과 비평성을 부여할 수도 있을 것이다. 이는 이 글에서 미처 다루지 못했던 이양지나 유미리 등이 생산한 재일조선인 여성에 의한 자전적 소설, 그리고 『땅에서 배를 저어라』에 실린 다수의 여성문학들도 포괄해서 고찰되어야 할 사항이다.

---

52) 오세종, 「김시종의 시와 '자서전'」, 『한국학연구』 39, 인하대학교 한국학연구소, 2014, 29~30쪽.

제 2 부

문학과 영화 속
재일조선인의 '자기' 표상들

제1장

사소설 문법으로 읽는 재일조선인문학
―이회성과 이양지 작품을 중심으로―

우메자와 아유미

1. 재일조선인문학과 사소설

이 글의 주제는 '사소설의 문법으로 읽는 재일조선인문학'이다. '재일조선인문학'이 사소설 형식을 취하기 쉽다는 사실은 자주 지적되어 왔다. 2004년에 간행된『좌담회 쇼와문학사(座談會昭和文學史)』제5권에 수록되어 있는, 이노우에 히사시(井上ひさし), 고모리 요이치(小森陽一), 김석범(金石範), 박유하(朴裕河)가 참석한 좌담회「재일조선인문학 일본어문학과 일본문학」에서 발언한 다음 내용을 일례로 들 수 있다.

이 좌담회에서 박유하는 김학영(金泳鶴)을 예로 들어 "'재일문학'이라는 장르 자체가 어떤 의미에서 아이덴티티의 문제가 되어 버려, 재일작가들이 '나'라는 문제에 집착할 수밖에 없었던 것은 필연적이었다고 생각합니다"라고 지적했고, 고모리 요이치는 박유하의 발언을 이어받아 "'재일조선인문학'이 지닌 특이성 때문에, 사소설의 형태를 취할 수밖에 없었다는 뜻이군요"라고 말했다.[1] 그렇다면 왜 아이덴티티 문제를 많이 다루는 '재일조선인문학'이 사소설 형식을 취하기 쉬운 것인가.

필자는 일본의 사소설에서 시작하여 작자 자신이 작중에 등장하는 소설 전체에까지 범위를 넓혀 연구 대상으로 삼아 왔다. 그 연구 과정에는 사소설과 일반 소설, 그리고 자서전과 일기의 차이점은 무엇인가라는 문제, 그리고 작자가 '나'를 쓴다는 의미와 같은 사소설이 지닌 특징에 관한 연구도 포함되어 있다. 이 글에서는 이러한 사소설이라는 문학 형식의 특징에 중점을 두고 '재일조선인문학'에 나타난 사소설에 대하여 고찰을 시도하고자 한다.

덧붙여 두면, 이 글을 집필하는 과정에서, 필자는 '재일조선인문학'이란 분야에 대한 지식이 부족했기 때문에 각주에서 제시한 바와 같이 일본에서 간행된 문헌들을 주로 참고했음을 밝혀둔다. 특히 2006년 벤세이(勉誠)출판사가 간행한 『<재일>문학전집』(전 18권)[2]과 앞서 언급한 좌담회 「재일조선인문학 일본어문학과 일본문학」,[3] 그리고 우키바 마사치카(浮葉正親)의 논문 「재일조선인문학의 연구 동향과 디아스포라 개념」[4]이라는 세 개의 자료를 주요하게 참고하였다. 이들 연구 모두에서 많은 시사점을 얻을 수 있었다. 이 글에서 다룰 이회성과 이양지의 텍스트 또한 『<재일>문학전집』에 수록된 작품을 대상으로 삼고 있다.

1) 井上ひさし, 小森陽一, 金石範, 朴裕河, 「在日朝鮮人文學 日本語文學と日本文學」, 井上ひさし, 小森陽一 編著, 『座談會昭和文學史』第5卷, 2004, 集英社.

2) 『<在日>文學全集』全18卷, 勉誠出版, 2006.

3) 井上ひさし, 小森陽一, 金石範, 朴裕河, 위의 책.

4) 浮葉正親, 「在日朝鮮人文學の研究動向とディアスポラ概念」, 『名古屋大學 日本語・日本文化論集』20号, 2013. 03.

2. 사소설이란 무엇인가

1) 사소설의 정의와 평가

우선 사소설이란 무엇인가. 『일본국어대사전(日本國語大辭典)』에 따르면 "작자 자신을 주인공으로 하여 작자의 신변에 일어난 경험과 심경 등을 쓴 소설"로,[5] 일본에서는 1907년 메이지 말기 다야마 가타이(田山花袋)의 『이불(蒲団)』로 시작해, 다이쇼기부터 쇼와 전기에 걸쳐 전성기를 맞았고, 현대에는 니시무라 겐타(西村賢太)에까지 이어져 온 소설 형식 내지는 기법이다. 이처럼 사소설은 일본 근대문학의 이른 시기에 존재했고, 지금까지 이어내려 온 소설 형식이다. 하지만 그 평가는 좋지 않았다. 일본에서 사소설을 어떻게 평가해 왔는가에 대해서는 현월(玄月)과 김창생(金蒼生) 작품이 수록된 『<재일>문학전집』 10권 중 다치바나 료(立花涼)의 해설이 그 요점을 명확하게 정리해 놓았다.[6]

주지하다시피 '사소설'은 역사적 산물이다. 이는 1920년대 무렵부터 일본 '문단'에 나타난 형식으로, 허구성을 배제한 작가의 신변잡기를 보여주기 위한 대용품이라고 일단 말할 수 있을 것이다. 허구성과 사회성을 아울러 상실한 이 양식은, 이들 요소와 바꾸어 정련된 문체라는 대가를 얻었으나, 정신의 성장과 함께 다루어야 할 주제를 상실하거나, 주제화를 위해 생활을 파탄시키거나, 어느 쪽이든 '사소설의 이율배반'(히라노 겐)이라는 사태를 초래했다는, 도저히 제대로 평가할 가치가 없다는 것이 통설이다.

---

5) 『日本國語大辭典』第2版, 小學館, 2002.
6) 立花涼, 「解說 方法としての小說」(『<在日>文學全集 玄月・金蒼生』第10卷, 勉誠出版所收, 2006.

위의 인용에서 알 수 있듯이 허구성과 사회성을 상실한 사소설은 일본에서 오랫동안 일반 소설보다 낮게 평가받아 왔다. 그러나 다음 절에서 언급하겠지만, 사소설은 주인공과 화자, 시점 인물이 '소설가 본인'으로 한정된다는 점이 가장 큰 특징으로 일반 소설과 비교하면 허구성이 약하긴 하나, 자서전과 비교하면 허구를 넓게 사용할 수 있다는 점이 특징이다. 또한 사소설 형식의 '재일조선인문학'에 대해 말하자면, 사회성 또한 유지될 수 있다는 이점이 있다.

2) 사소설, 소설, 자전의 차이

앞 절에서 봐 온 바와 같이, 사소설은 어떤 의미에서 독특한 문학 형식이다. 그 특징을 살펴보기 위해 니시카와 유코(西川祐子)의 『일기를 쓴다는 것, 국민교육장치와 그 일탈』[7]을 참조하여, 소설과 자서전 등의 인접 장르와 사소설의 차이를 간략하게 설명하고자 한다.

니시카와는 그의 저서에서 일기, 자서전, 전기, 역사, 사소설, 소설의 여섯 장르를, 저자, 화자, 시점, 주인공, 독자, 서술인칭, 시제, 서사의 일관성, 서사의 허구성, 상품화 가능성이라는 열 개의 항목으로 나누어 비교 검토하고 있다. 니시카와는 위의 저서에서 이 분류를 분류표로 정리해 놓았는데, 그 내용을 바탕으로 소설, 사소설, 자서전의 차이를 정리하면 다음과 같다.

우선 소설과 사소설은 저자, 독자, 시제, 서사의 일관성, 서사의 허구성, 상품화 가능성의 6개 항목에서 일치하고 있다. 화자, 시점, 주인공, 서술 인칭의 네 가지 항목에서는 두 장르가 일치하지 않고 있는데, '주요 등장인물'인 주인공을 '소설가 본인'에 한정시키지 않는 소설은 '소

---

7) 西川祐子, 『日記をつづるということ 國民敎育裝置とその逸脱』, 吉川弘文館, 2009.

설가 내지는 등장인물'을 화자로 삼으며, 시점은 '신의 시점' 외, 여러 시점'이고, 서술 인칭은 주로 '3인칭 서술'이다. 한편 주인공이 '소설가 본인'인 것이 특징인 사소설은 '소설가=주요 등장인물'을 화자로 하며, 시점 또한 동일하고, 서술 인칭은 '1인칭 서술 또는 3인칭 서술'이다. 또한 일본 소설의 '3인칭 서술'에 대해서는 3인칭이기는 하나 '한정 시점'이라고 할 수 있는, 즉 3인칭으로 보이지만 실제 그 3인칭이 제시하는 한 인물의 시점에서 벗어나지 않는, 더 없이 1인칭에 가까운 경우가 많다는 사실을 이미 선행연구들이 지적하고 있다.[8] 사소설은 특히 이와 같은 형태가 많다. 소설과 사소설의 커다란 차이를 정리하면, 소설이 화자, 시점, 주인공, 서술 인칭에서 자유로운데 비해, 사소설은 이들 모두가 기본적으로 '소설가 본인'에 한정된다는 점이다.

다음으로 사소설과 자서전에서 일치하는 항목은 겨우 서사의 일관성과 상품화 가능성이 '있다'는 것뿐이다. 한편 차이점을 살펴보면 자서전에서 저자, 화자, 시점, 주인공 모두가 '본인'인데 비해, 사소설에서는 이 네 항목이 각각 '소설가', '소설가=주요 등장인물', '소설가=주요 등장인물', '소설가 본인'이 되는데, 그 차이를 정리하면 화자인 '본인'이 반드시 '소설가'에 한정되지 않는 것이 자서전이며, '본인'='소설가'인 것이 사소설이다. 그러나 다른 한편으로는 자서전과 사소설이 상당히 유사하다는 것을 알 수 있다. 독자라는 항목을 살펴보면, 자서전이 '본인의 지인, 일반 독자', 사소설이 '일반 독자'로 분류되지만, 독자라는 측면에서 보면 사소설 역시 자서전과 마찬가지로 '본인의 지인, 일반 독자'라는 두 층이 존재하고 있다.

---

8) 土方洋一, 『物語のレッスン 讀むための準備体操』, 青簡社, 2010. ; イルメラ・日地谷=キルシュネライト, 三島憲一他 譯, 『私小說 自己暴露の儀式』, 平凡社, 1992.

한편 자서전과 사소설의 커다란 차이점으로 시제와 서사의 허구성을 들 수 있다. 시제에 대해서는 자서전이 '과거'이고 사소설이 '과거 또는 현재'로, 자서전이 서술 지점에서 과거를 되돌아보는 것에 비해, 사소설 은 체험하는 현재를 중요시한다는 현재성에 그 특징이 있다. 서사의 허 구성에 관해서는, 자서전이 '없는 것이 원칙이지만, 있다'이고, 사소설은 '있다'로 엄밀하게 보면 양쪽 모두 허구성을 지니나, 사소설 쪽이 조금 더 강하다고 할 수 있다. 이를 정리하면 자서전과 사소설은 모두 본인 (사소설의 경우는 작가 본인)이, 저자, 화자, 시점 인물, 주인공이라는 측면에 서 공통점이 있지만, 허구성의 유무와, 체험했던 과거를 해결하는 것인 가 아니면 체험하는 현재를 그리는 것인가의 문제에서 차이점을 보인 다고 할 수 있다.

3) 사소설의 문법

소설과 자서전의 차이를 살펴본 지점에서, 이 글의 분석의 핵심에 해 당하는 사소설의 문법에 대해 확인해 보겠다. 특히 모리 오가이(森鷗外) 의 『무희(舞姬)』에서 보이는 수기 형식에 주목한 고모리 요이치(小森陽一) 의 연구를 참조하여 논의를 진행하고자 한다.[9] 고모리는 '회상적 수기 형식'에서는 '수기를 쓰는 자기'와 '수기에 쓰이는 자기'라는 '자기의식 의 이중화'가 일어나게 되고, '그 차이의 틈새에서 회상적 수기의 의미' 가 떠오른다고 지적한다. 고모리의 연구는 수기를 상정한 것이지만, '쓰 는 자기'와 '씌어지는 자기'라는 이중화가 일어난다는 점은 아마도 사소 설과 자서전에 공통된다고 할 수 있다. 앞 절에서 소개 한 니시카와의 연구를 참고한다면, 수기와 사소설의 차이는 대상으로 삼고 있는 자기

---

9) 小森陽一, 「結末からの物語-「舞姬」における一人称」, 『文体としての物語』, 筑摩書房, 1988.

가 '소설가'에 한정되는가 그렇지 않은가의 여부이다. 나아가, 고모리는
다음과 같이 서술한다.

　자기의식의 이중화는 동시에 작품세계의 시간축과 공간축을 이중화
시킨다. 그것은 한편으로 씌어지는 대상이 되는 자기(과거의 자기)와 함
께 쓰는 과정에서 흐르는 시간과 살아 있는 공간이며, 다른 한편으로는
쓰기 주체인 자기(현재의 자기)와 함께 흐르는 시간과 쓰고 있는 공간이
다. 게다가 씌어지는 대상인 자기와 쓰는 자기 모두가 결코 일정불변의
존재가 아니다. 회상하는 과거의 시공간 속에서 그것은 변용된다. 동시
에 이렇게 대상화된 과거의 자기상을 눈앞에 두면서 쓰는 시점의 자기
가 변용되는 경우도 발생한다. 그리고 과거에 변용된 자기는 쓰는 시점
의 자기 안에 이른바 기억으로서 받아들인 자기이며, 또한 씌어지고 있
는 자기 안에, 쓰는 시점에서 변용된 자기의식이 투영된다는 매우 복잡
한 중첩-역중첩 구조를 띤 다층적 자아를 구성한다.
　그런 의미에서 수기를 작성하는 행위는 다층화된 자기상의 상호 침
투적 대화라 할 수 있는 구조를 가지고 있다. 그리고 다른 층위의 자기
들 사이에서 벌어지는 대화적 행위로서의 수기 집필은 그때까지(씌어진
시점에서는 말할 것도 없고, 쓰기 시작한 단계에서도) 의식화되지 않았
던 또 하나의 자기상을 창출하는 것이다.

　고모리의 주장의 요점은 수기에서는 '쓰는 자기'와 '씌어지는 자기',
'층위가 다른 자기들' 사이에 '대화적 행위'가 발생하며, 최종적으로 의
식화되지 않았던 '자기상'이 창출된다는 사실이다. 사소설에서도 또한
이러한 '다층적 자아'에 의한 '대화적 행위', 그리고 그에 의한 '자기상'
의 변화라는 점에 중요한 의미가 있다고 생각된다. 위의 인용에 '다층
적 자아'라는 표현이 있는데, 특히 사소설에서 자기의 층위는 매우 복
잡하다. 다음 장에서 살펴 볼 것인데, 예를 들어 '씌어지는 자기'는 회상
의 형태로 삽입됨으로써, 다양한 시간 그리고 그때그때의 자기로 여러

층위에서 중첩되는 것이 가능하기 때문이다.10)

이 글에서는 이러한 사소설의 구조를 '문법'으로 포착해, 이회성과 이양지 작품을 검토해 보겠다.

3. 사소설 문법으로 읽는 재일조선인문학

1) 이회성 「다시 두 번째 길」, 「죽은 자와 산 자의 도시」

첫 사례로 이회성을 고찰 대상으로 삼아 「다시 두 번째 길(またふたたびの道)」과 「죽은 자와 산 자의 도시(死者と生者の市)」 두 작품을 검토한다. 우선, 2장의 마지막 절에서 살펴 본 사소설의 문법(구조)을 통해 『다시 두 번째 길』을 독해하여, 이를 분석의 기점으로 삼으려 한다.

『다시 두 번째 길』은 1969년 6월 제12회 『군상(群像)』 신인문학상을 수상한 이회성의 문단 데뷔작이다. 신인상에 응모했던 당시 『조가(趙家)의 우울』이라는 제목이었던 것에서 알 수 있듯이, 작가의 가족을 모델로 한 작품이며, 주인공 철오(哲午)는 작자와 매우 가깝게 설정되어 있다. 시점은 때로 아내 쪽으로 바뀌는 등 불규칙하기도 하나, 기본적으로 철오의 시점에서 진행되는 3인칭 '한정 시점'에 가까운 형식을 취하고 있다.

작품은 임산부 대학원생인 아내와 아들과 함께 사는 철오가, 죽은 부친의 3주기를 앞에 두고 양어머니가 재혼한 가족과 조선에 돌아가려 한다는 것을 알게 된 후, 갈등하는 이야기로 시작된다. 철오는 양어머니 개인의 행복을 바라면서도, 집을 버리려 한다는 사실을 도무지 받아들

---

10) 이 부분은 梅澤亞由美, 『私小說の技法 「私」語りの百年史』, 勉誠出版, 2012를 참고하였음.

일 수 없어, 재혼식에도 참석하지 않게 된다. 하지만 결국 주인공 철오가 니가타(新潟)에서 출항하는 양어머니를 만나기 위해 아내와 아들과 함께 출발하는 장면에서 소설은 끝을 맺는다. 여기서 사소설의 문법(구조)을 근거로 철오의 변화를 분석해 보도록 하겠다.

먼저 철오는 '자랑스러운 조선인'이 되고 싶다고 생각한다. 이러한 철오의 의식은 다음과 같이 묘사된다.

> 그렇지만, 철오는 '조선인'으로서 자긍심조차 품지 못하고 있다. 도대체 왜 자신은 반쪽바리(반일본인)일 수밖에 없는가.
> 어떻게 해서든 자랑스러운 조선인이 되고 싶다고 생각하는 것이었다. 자신이 반쪽바리로 있는 이상 우시마쓰(丑松)처럼 어딘가로 사라져 버려야 할 것 같은 생각이 들었기 때문이다.

철오는 '자랑스러운 조선인'이고 싶다는 이상을 가진 한편, 자신은 '반쪽바리'일 뿐이라는 현실에 직면하고 있다. 그런 철오에게 조선적 '집'을 붕괴시키는 양어머니의 행위는 용서할 수 없다. 그 후 철오는 양어머니가 집에 온 후부터 지금까지의 20년 세월을 되돌아보게 된다. 『다시 두 번째 길』은 3장으로 구성되어 있는데, 기본적으로는 세 개의 층의 시간과 철오 자신이 그려진다. 1장에서 양어머니의 재혼 소식을 들은 철오는 아버지와 양어머니가 결혼했을 무렵인 어린 시절 사할린에서의 생활과, 그곳에서 조선으로 돌아갈 생각에 조부모와 양어머니가 데려왔던 의붓딸을 버려두고 홋카이도로 향했을 때의 일을 회상한다. 2장에서는 조국으로 귀국하지 못한 채 아버지가 돌아가신 일과 양어머니가 재혼하고 싶다고 말했던 때의 일이 회상되고, 3장에서는 소설 안의 현재 시간으로 돌아와, 형의 편지와 아내의 의견을 듣고 철오가 변화하는 모습이 그려진다. 여기서 철오의 기분을 직접적으로 바꾼 것은 아내 안희(安熙)의 말이라고 생각된다. 작품의 마지막 부분에서 안희는 실제 재혼이야기가 나오기 전에는 남편이 양어머니의 재혼을 권했다는 것을 지적하며, 다음과 같이 덧붙인다.

어머니의 행복을 바라지만 조(趙) 씨 집을 위해서라면 희생되어도 어쩔 수 없다고 생각하는 거 아닌가요?

그런 집의 의식만으로 실제로 사람의 삶을 속박해도 되는 걸까요?

집도 중요하지만 개인의 행복 또한 소중한 것이다. 작품 마지막에 역으로 나온 철오의 모습은 '화나 있는 것처럼' 묘사되었고, 그 바로 전의 발언을 보아도 그가 완전히 납득하지 못했음을 알 수 있다. 그러나 철오는 양어머니의 재혼식에 참석조차 하지 않았던 모습으로부터 발전했고, 소설의 결말부에 이르러 변화했다고 볼 수 있다. 그는 아내의 말이 자신의 마음을 울리게 될 때까지, 위와 같은 회상을 통해 두 층위의 과거 자신과 대화하는 작업이 필요했던 것이다.

이처럼 소설의 주인공인 철오는 주로 아버지의 재혼, 양어머니의 재혼이라는 두 개의 시간과 마주하는 것을 통해 변화를 맞이한다. 또한 작가에게 초점을 맞추면, 작자에게 소설 속 철오의 현재, 즉 소설의 결말인 철오의 결의 또한 과거의 시간이라고 할 수 있다. 작가는 소설 안의 현재에 동행하면서도, 실제로는 세 개의 시간 축을 살고 있는 것이다. 또한 소설 속 철오의 회상은 실제로 체험했을 때의 일인가, 아니면 집필했을 때의 일인가? 독자로서는 판단 불가능하다. 아마도 소설을 쓰고 있는 작가는 세 개의 소설 속 시간에 더불어, 집필하는 자기의 시간

이라는 네 개의 시간을 자유롭게 왕복함으로써 소설을 완성시켰다고
생각된다.

지금까지 살펴온 것처럼, 사소설에는 다층적인 시간과 '다층적인 자
아'를 그리는 것으로, 주인공과 '소설가 본인'이 변화하는 문법=구조가
존재한다. 나아가 여기에서 사소설 형식의 '재일'문학의 사회성에 대한
문제도 언급하고 싶지만, 논지의 혼동을 피하기 위해 각주에 표기하니,
참조하기 바란다.11)

다음으로 지금까지 고찰한 사소설의 문법(구조)을 전제로 이회성이 아
이덴티티의 문제에 대해서, 어떻게 자기 나름의 길을 찾아내었는가를
확인해 보겠다. 철오가 떠안고 있었던 '자랑스러운 조선인'이라는 이상
과 '반쪽바리'일 수밖에 없다는 현실에 대해, 작가의 결론을 확인할 수
있는 것은 27년 후 씌어진 「죽은 자와 산 자의 도시」라는 작품에서이
다. 1996년 5월 『문학계(文學界)』에 발표된 이 작품은 그 전년도인 1995
년에 작가가 한민족대회에 참가하기 위해 서울을 방문한 체험을 배경

---

11) 3-1)에 인용한 철오의 대사에 나오는 우시마쓰는 시마자키 도손(島崎藤村)의 『파계(破戒)』
의 주인공이다. 작품에서 철오가 중학교 2학년 무렵 『파계』를 읽었을 때를 회상하는 장
면이 나온다. 철오는 우시마쓰가 피차별 부락민이라는 사실을 고백하는 장면에 공감하면
서도 텍사스에 간다고 결의하는 결말에 대해서는 비판적이다.

　일본 근대문학사에서는 나카무라 미쓰오(中村光夫)의 『풍속소설론(風俗小說論)』(1950)이
후, 1906년에 허구성과 사회성을 가진 서구소설에 가까운 시마자키 도손의 『파계』가 발
표되었음에도 불구하고, 그 이듬해 자신의 신변에 대해 적나라하게 고백한 다야마 가타
이(田山花袋)의 『이불(蒲団)』이 발표되어 독자들에게 준 충격에 의해, 일본근대문학이 허
구성과 사회성 모두에서 부족한 사소설로 왜곡되었다는 것이 정설이다. 『다시 두 번째
길』에서는, 『파계』이후 잃어버린 소설의 사회성이 사소설 형식 속에서 답습되었을 뿐 아
니라, 그것을 뛰어 넘으려는 의지를 볼 수 있다. 이런 모습들은 일본의 사소설에서는 찾
아볼 수 없는 요소이다. (일본에서도 프롤레타리아문학과 전향문학을 고려 대상으로 삼
으면 다른 견해가 있을 수 있다.) 사소설 형식의 '재일'조선인문학은, 작가 개인(個人)의
문제가 역사적 문제와 직접적으로 연결되어 있기 때문에, 일본의 사소설에서는 보기 어
려운 개인성과 사회성의 문제가 한 작품에 공존 가능하다는 이점이 있다.

으로 하고 있다.

작가인 문석(文錫)은 국적문제 때문에 이미 두 번의 기회를 놓쳤지만, 세 번째 기회에 23년 만의 한국 방문을 허용 받는다. 하지만 '무국적자'로서의 존재방식을 긍정하고 있는 문석은 한국에서 요주의 인물이다. 그러한 문석이 국적 문제에 대한 나름대로의 길을 찾게 되는 것이 이 작품이다. 작품은 '소설가 본인'의 경력과 중첩되는 문석을 주인공으로 하고, 시점 또한 문석에 고정된 3인칭 '한정 시점'의 형식을 갖추고 있어 「다시 두 번째 길」보다 더욱 사소설적 성격을 띠고 있다.

문석은 2주간 서울에서 체재하기로 되어 있어, 그 시간이 소설 속에서 현재 시간으로 설정되어 있는데, 문석은 서울에 머무는 동안 삼촌과 신세를 지게 된 사람, 취재 기자 등 실로 많은 이들과 만나 많은 일들을 회상하게 된다. 이 작품의 시간 축 또한 「다시 두 번째 길」에 비해 훨씬 복잡하게 설정되어 있다. 회상에는, 제목에서도 알 수 있듯이 많은 죽은 자들에 대한 기억이 포함되어 있고, 현재의 시간과 과거의 시간 속에 상당수의 인물들이 등장하게 된다. 문석 또한 다층적인 시간과 '다층적인 자아'를 자유롭게 오가며, 작가 역시 문석의 현재 시간에 동행하면서 다층적인 시간을 살고 있다. 그 결과 도출된 결론을 요약하면 다음과 같다.

북한산에 오른 문석은 한 문예기자와 나눈 대화를 회상한다. "당신에게 '조국'은 영원 불변한 것일까요?"라고 질문 받은 문석은 '재일'로서의 감명'에 대해 말하고는, 자신이 무국적의 '망명자'인 것에 대해 되묻는다. 그리고 아이누인, 러시아인, 일본인과 다양한 민족의 피를 이은 조카들을 떠올리며, 자신의 민족관이 열리게 된 것을 느낀다. 그리고 다음과 같은 생각에 이르게 된다.

어떤 국적을 가졌다 해도, 인간이란 다중성을 지닌 존재이며, 그렇다
면 어떤 삶의 방식을 선택할 것인가야말로 인간으로서 마지막 문제인
것이었다.

자신은 어디에도 소속되지 않고, 또한 소속된 인간인 것이었다. 민족
에 소속되면서 그것을 뛰어 넘는 세계를 추구하는 존재였다.

이후 이회성은 한국 국적을 취득한다. 그것은 이러한 체험과 회상을
거쳐 나온 결과인 것이다. '자랑스러운 조선인'이 되고 싶다고 생각하면
서도 '반쪽바리'에 지나지 않는다고 자기를 인식하는, 이른바 이상과 현
실의 괴리에서 고통 받았던 작가는 사소설을 쓰고, '다층적 자아'와 마
주함으로써, '재일'로서의 자신에게 의미를 부여하고, 한국 국적 취득이
라는 길을 선택한 것이다.

2) 이양지 『나비타령』, 『유희』

두 번째 사례로, 이회성보다 스무 살 아래인 이양지의 「나비타령(ナ
ビ・タリョン)」과 「유희(由熙)」란 작품을 살펴보도록 하겠다. 이양지는 『나
비타령』이라는 거의 사소설이라고 말해도 무방한 작품에서 출발하여,
그 후 『유희』와 같이 자기 자신을 투영하면서도 허구성이 강한 작품을
쓰는 것을 통해, 자기 나름의 삶의 방식에 도달했다. 그 길은 이회성과
마찬가지로, '조선인'이고 싶다는 이상과 '재일'이라는 현실 사이에서
고민하고, '재일'이라는 상황을 받아들여 가는 과정이라고 할 수 있다.
여기에서는 사소설의 문법(구조)을 전제로 주인공과 '소설가 본인'의 변
화를 간단히 확인해 보겠다. 그리고 『유희』를 예로 들어 자서전과 비교
할 때 커다란 차이를 보이는 허구성의 문제에 특히 주목하여 고찰해 보
겠다. 이양지는 부모의 귀화와 함께 아홉 살 때 일본 국적을 취득했지

만, 귀화를 통해 '재일'이라는 고민이 사라진 것은 아니었다.

우선 『나비타령』에 대해 살펴보겠다. 이 작품은 1982년 11월잡지『군상』에 발표된 작품으로 이양지의 문단 데뷔작이다. '소설가 본인'의 경력과 중첩되는 '나'=아이코를 주인공으로, '나'의 시점에서 진행하는 1인칭 형식의 사소설이다. 작품의 전반은 일본, 후반은 서울을 무대로, 회상을 섞어가며 일본에서의 '나'와 한국에서의 '나'를 이야기해 간다. '나'는 '조선인'이라는 사실 때문에 일본에서 자신이 있을 장소가 없음을 느끼고, 서울로 유학을 온다. '나'는 서울에 살며 가야금과 살풀이를 배우고 있지만, 결국 일본에도 한국에도 갈 곳 없는 자신을 자각한다는 내용이다. 그런 '나'의 의식은 다음과 같이 서술된다.

> '일본'에서도 겁내고 '우리나라'에서도 겁나서 당혹하고 있는 나는 도대체 어디로 가면 마음 편하게 가야금을 타고 노래를 부를 수 있을까. 한편으로는 우리나라에 다가가고 싶다. 우리말을 훌륭하게 사용하고 싶다는 생각이 드는가 하면, 재일동포라는 기묘한 자존심이 머리를 들고 흉내 낸다, 가까워진다, 잘한다는 것이 강제로 막다른 골목으로 밀려든 것 같아 이쪽은 언제나 불리하다. 처음부터 아무것도 없다는 입장이 화가 난다.
>
> 어디로 가나 비거주자ー일그러진 알몸을 이끌고 부유하는 생물로 존재하는 것 외엔 별 수 없는 것일까. 나는 한숨 섞인 숨을 내쉬면서 몸을 뒤척였다.

결국 일본에도 한국에도 있을 곳이 없다. 『나비타령』이라는 사소설에서 자기와의 대화를 통해 '나'와 작가가 발견한 것은 이와 같은 인식이었다.

그리고 이양지 스스로가 아이덴티티의 문제에 대해 자기 나름의 길

을 발견한 작품이 『유희』이다. 1988년 11월 『군상』에 발표된 이 작품은
이듬해 제 100회 아쿠타가와 상을 수상하였고, 같은 해 고단샤(講談社)와
삼신각에서 각각 일본판과 한국판 단행본이 출판되었다. 그리고 이양지
가 1992년 37세라는 젊은 나이로 세상을 떴기 때문에 『유희』는 완성작
으로서는 작가의 유작이라고도 할 수 있다. 작품은 한국인인 '나'를 화
자로 하며, 시점 또한 '나'를 따라가는 1인칭 소설이다. 하지만 이양지
가 투영된 '재일' 유학생 유희는 오로지 회상 속에서만 등장한다는 점
에서, 사소설이라고 하기에는 허구성이 강한 작품이라고 할 수 있다.

　유희가 일본으로 귀국한 그 날, '나'는 유희가 하숙했던 지난 반 년
간을 되돌아본다. 유희가 '한국인'이 될 수 있도록 노력했던 '나'는 배신
당했다는 기분을 버리지 못한 채, 그 이유에 대한 생각을 멈출 수 없는
것이다. '나'는 함께 사는 숙모와 대화를 거듭하면서 다양한 유희의 모
습과 말을 기억해낸다. 그리고 결국 "숙모, 유희는 괜찮아요. 언젠가 남
편과 아이를 데리고 여기에 올 수도 있어요"라고 생각하게 된다.

　이 작품은 그야말로 회상소설로, 한국인인 '나'와 숙모가 '재일'인 유
희가 왜 한국을 떠나야만 했을까를 묻고, 작가 자신이 제3자의 시점을
빌려 과거의 자신에 가까운 인물을 되돌아보는 소설이라고 봐도 좋다.
또한 소설 안에서 유희에 대해 회상하는 것은 오로지 한국인인 '나'와
숙모뿐이지만, 이 작품은 일본어로 씌어 일본의 문예지에 발표된 것으
로, 한국인과 일본인을 향한 '재일'작가의 메시지로도 읽힐 수 있다.

　작품은 '재일'인 유희가 한국에서 도망쳐 버렸다는, 부정적으로 해석
될 수 있는 결말에서 시작되지만, 위에서 인용한 '나'의 말에서 엿볼 수
있듯이 거기에는 희망 또한 남아있다. 작품 안에서 유희의 한국에 대한
위화감은 오로지 언어 문제로 제시되는데, 한국을 떠나는 유희는 "언니

와 아주머니의 한국어를 좋아해요 …(중략)… 이렇게 한국어를 구사하는 사람들이 있다는 것을 알았다는 사실만으로도 이 나라에 머물러 온 보람이 있습니다. 저는 이 집에 있었습니다. 이 나라가 아닌 이 집에"라고 말하고 있다. 유희의 귀국은 자신이 좋아하는 한국어를 사용하는 사람들과, 자신이 있을 곳을 찾아냈기 때문이었다. 숙모 또한 고통 받는 유희를 보면서 "조금만 참으면, 지금의 괴로운 마음을 극복하면 이제 괜찮을 거야. 일본도 한국도 다르지 않아. 사람이 어떻게 살아가고 있고, 자신이 어떻게 살아갈 것인가를 찾아내는 게 중요해. 응시할 수 있을 때까지, 조금만 더 참으면 돼, 항상 유희를 응원했"다고 회상한다. 유희 또한 일본, 한국과 같은 문제를 넘어 설 수 있는 데까지 와 있었던 것이다.

이양지 자신은 「내게 있어서 모국과 일본」에서 「유희」라는 작품에 대해 적극적인 의미를 부여하고 있다.12) 우선 작가는 "유희는 반드시 다시 본국으로 돌아올 것으로 나는 믿고 있습니다. 유희를 돌봐 준 언니와 아주머니도 그렇게 생각하고 있을 것이고, 무엇보다 『유희』를 쓴 저 자신이 계속해서 모국에 머물고 있기 때문에, 실감하며 그렇게 믿을 수 있다고 할 수 있습니다"라고, 유희가 한국으로 돌아올 것을 시사하고 있다. 나아가 이 작품에 대해 다음과 같이 언급한다.

'이렇게 살고 있는 나' 내지는 '저렇게 되어야 하는 나'. 이러한 실제와 희망의 틈새에 끼여 있던 저와 모국의 만남에 대한 하나의 단계적인 마무리로, 나아가서는 새로운 중심선이 설정되기를 기원하고, 그것을 추구하기 위해 『유희』는 씌어진 것입니다.

---

12) 李良枝, 「私にとっての母國と日本」, 『韓日文化講座』 15, 1990. 10. ; 安宇植譯, 後, 『李良枝 全集』 講談社, 1993.

모국어와 모어의 갈등. 일본과 한국이라는 두 나라 사이에서의 갈등 등. 결국 모든 것이 궁극적으로는 현실을 있는 그대로의 모습으로 받아들이고 허용하는 용기와 힘 같은, 인간 존재의 근본적인 문제와 결부된 것이었음에 틀림없습니다.

『유희』라는 작품을 통해 이양지는『나비타령』의 결말에서 봉착했던 과제에 대해 나름대로의 해결책을 찾아내었다고 봐도 좋을 것이다. 그것은 현실을 '있는 그대로의 모습'으로 받아들이는 것, 즉 '재일'로서의 자신을 인정하는 것이었다. 물론 허구성이 강한『유희』는 사소설이 아니라는 의견도 있을 것이다. 하지만 여기서 중요한 것은 작가가 사소설에서 출발해, 지금까지 보아 온 것처럼 자기와의 대화를 거듭함으로써 허구의 정도를 강화해 갔다는 사실이다. 그 변천을 고려했을 때, 이양지의 작품은 사소설 비판자의 입장에서 보면 단순히 사소설을 뛰어 넘은 작품이고, 사소설 옹호자의 입장에서 보면 사소설을 더욱 발전시킨 작품이라고 볼 수 있을 것이다. 어느 쪽이든 자서전에 비해 허구를 적극적으로 도입하기 쉽다는 점이 사소설의 커다란 특징이라고 말할 수 있을 것이다.

4. '재일'작가와 '사소설'을 쓴다는 것

지금까지 살펴본 바와 같이, '조선인'이고 싶다는 이상과 '재일'이라고 밖에 말할 수 없는 현실, 그 틈새에서 고민해 온 이회성와 이양지는 모두 '재일'이라는 현실을 받아들이고, 자신이 어떻게 살아가는가라는 자각에 도달했다. 두 '재일' 작가가 이 같은 지점에 도달하는 데 있어,

사소설이라는 형식(방법)을 통한 '다층적 자아'와의 대화, 그리고 그를 통한 '자기상'의 변화가 커다란 도움이 되었다고 생각한다. 또한 첫 작품에서 자기 나름의 길을 발견하게 된 작품이 출현하기까지, 이회성은 27년, 이양지는 6년의 시간을 필요로 했다. 그 세월 사이에 두 작가 모두 사소설을 포함한 많은 작품을 썼다. 작가들은 '다층적 자아'와의 대화를 몇 번이고 반복하는 것을 통해 조금씩 변화를 맞이한 것으로 보인다.

물론 두 작가의 변화는 '재일조선인'을 둘러싼 상황 자체의 변화로부터 크게 영향을 받았기 때문일 것이며, 그에 대한 검증 없이 이 이상의 것은 논의할 수 없다. 또한 두 작가가 내린 결론에 대한 찬반도 있을 것이다. 하지만 허구를 섞어 자기를 검증해 가는 사소설이라는 문학 형식이 두 '재일' 작가에게 커다란 의미를 가지고 있었다는 사실은 언급할 수 있을 것이다. 나아가 '재일조선인문학'이라는 관점에서 말하면, 두 작가가 도달한 지점이 이상이 아닌 현실의 수용, 바꾸어 말하면 자기 존재의 수용이라고도 할 수 있다는 사실은, '다층적 자아'와 마주함으로써 새로운 '나'를 창출하는 '사소설'이라는 문학 형식이 가지는 문법(구조)이 자기 수용과 긍정에 연결되는 경향을 가지고 있음을 지적할 수 있을 것이다. 두 작가에게 소설, 특히 사소설을 쓴다는 것은 살아가는 데 있어 커다란 양식이 되었다고 할 수 있을지도 모른다.

(번역 : 이승진)

제2장

김시종의 시와 '자서전'
―『조선과 일본을 살아가다―제주도에서 이카이노로』를 중심으로―

오 세 종

1. 자서전에 관한 일반적인 언급

'자서전(autobiography)', 즉 auto-bio-graphy(자기의-삶을-쓴다)는, 일설로는 낭만주의적인 자기 개념의 확립에 동반하여 만들어진 말이라고 여겨진다. 거기에는 근대적인 자기개념의 확립이 전제되어 있을 것이고, 또한 씌어져야 할 대상으로서의 '자기', 그것을 쓰는 '자기', 그리고 미래에 있어서도 통합적인 '자기'라는 식으로 과거-현재-미래에서의 '자기'를 둘러싼 변증법적 운동 또한 '자서전'에 의해 작동된다.

다른 한편으로 포스트모던적인 사상과 철학에서는, 단순화하자면 씌어지는 자기와 쓰는 자기는 분열된 채, 최종적으로 통합되지 않는다는 점이 거듭 논의되어 왔다. 그것은 헤겔로 대표되는 변증법이 자기를 '국민'으로 통합하도록 작용하는 것에 대한 저항이거나, 그 변증법의 운동에서 누락되는 '자기'를 새삼 다시 파악하기 위해서이다.

그렇다 하더라도 통합적으로 자기를 표상하는 자서전이든, 분열된 상태임을 이야기하는 '자서전'이든, 어느 쪽이든 스스로 자신을 이야기하는 것이 일반적인 의미에서의 '자서전'일 것이다.

또 한편으로 자서전에서는 자기를 둘러싼 인간관계나 환경도 주요한 구성요소가 된다. 씌어지는 대상('나')은 어떠한 시대를 살았는가, 어떠한 사람들과 어떤 관계를 맺었는가, 그러한 자기를 둘러싼 여러 요소와 공간·시간 등이, 문학자의 자서전이라면 자신의 문학작품에 어떠한 영향을 미쳤는가 등과 결부되면서 그려진다. 상세한 논의는 일단 차지하고, 자서전이 때때로 그려내는 시대나 환경은 '자기'를 명확하게 만드는 역할을 한다. 이때 자서전의 필자 및 이야기되는 자기를 둘러싼 환경에 대한 지식이 독자와 공유되고 있을수록, 씌어 있는 것에 대한 읽기의 곤란함이 줄어들어 바로 이해되고, 경우에 따라서는 정다움이라는 감정도 불러일으키면서 독자는 스스로를 작가에게 중첩시켜간다.

그런 의미에서 자서전은 개인적인 것이면서 공동성(共同性)도 담지한 에크리튀르이다. 하지만 자서전의 공동성의 측면에 대해서는 그다지 의식되지 않은 채 쓰이고, 또 읽히는 경향을 지닌다고 여겨진다. 그것은 자서전이 누구에게 읽혀지는가를 암묵적으로 상정한 위에서 시대 등을 그리며, 그 때문에 상세하지 않고 단편적으로만 기술하고, 때로 생략하고, 결국은 말하지 않아도 알 수 있는 것이라는 것을 전제로 이야기를 진행해가기 때문이다. 공동성은 그러한 "말하지 않아도 안다"라는 생략 속에 자리 잡고 있다. 덧붙여 말하면 자서전의 필자가 무슨 말로 쓰는가를 문제 삼는 경우는 거의 없다. 스스로 습득한 모어를 당연한 듯이 사용해서 쓰기 때문이고, 그 점에 있어서도 자서전은 언어적 공동체를 부지불식간에 전제로 해서 시작하며, 그 언어가 껴안는 자신을 포함한 공동체적 기억의 모습을, 자기를 기술함으로써 불러일으킨다.

그와 같은 메이져리티적 자서전에 대해서, '마이너리티'라 불리는 사람들이 쓰는 자서전은 위에서 말한 자서전의 일반적인 특징에서 종종 일탈한다. 가령 식민지적인 수탈에 의해 경제·정치·문화·역사와 함께 자기가 파괴될 때(예를 들면 친일파나 황국신민이 되는 등), 식민지시기의 '자기'와 식민지 해방 후의 '자기'는 필자의 안에서 심각한 분열 상황에 놓인다. 그때 씌어지는 자기와 쓰는 자기는 분열된 채임과 동시에, 과거-현재-미래 중에 어떤 자기를 자기라 부를 수 있는 것인가 하는 근원적인 물음을 자기 자신에게 제기하게 된다.

또한 피식민자의 자전적 텍스트는 '자기'를 둘러싼 '환경'을 자명한 것으로서 전제할 수 없고, 자신의 바깥쪽에 있던 환경이나 메이져리티가 경험할 수 없는 특수한 경험(가령 창씨개명 등)을 계속 참조시킨다. 그것은 마이너리티의 자서전이 메이져리티와 설령 같은 시대·환경을 살았다 하더라도 다른 관점을 지닐 수밖에 없기 때문이며, 또 그것은 공유가 곤란한 특이한 경험이 되기 때문이다. 그 의미에서 마이너리티의 자서전은 지식의 공유가 한정적이고, 많은 독자와의 사이에 단절을 가져오는 것이다. 피식민자의 자전적 텍스트를 특수한 것으로 보이게 하고, 읽기가 곤란해지는 이유가 그것이다.

읽기의 곤란함에 관해서 덧붙이자면, 마이너리티의 자서전은 언어적인 문제도 안고 있다. 즉 자신의 모국어와는 다른 모어를 사용해서 씌어지는 경우가 있고, 그 타자의 언어가 지닌 특유의 어휘나 정형표현 등이 만드는 구속력에 저항하면서 '자기'나 '환경'이 쓰이는 것도 마이너리티의 자서전을 읽기 어렵게 만드는 요인이 된다. 또 타자의 언어에 너무 동화해버리면, 전달해야 할 의도한 것이 이해되지 못하고, 안이하게 대충 읽혀지게 되는 경우도 일어난다. 자서전은 아니지만, 김소운 편역 『조선시집(朝鮮詩集)』을 그러한 예로서 들 수 있을 것이다.

또한 지식의 공유가 곤란한 상황이나 언어적인 문제는 콜로니얼한 상황이 종결된 후에도 지속된다. 그 때문에 피지배자들은 식민지 지배가 끝난 후조차도 자기 자신에게 그리고 자신이 살아가는 환경의 억압이 계속 지속되는 상황 속에서 자기 이야기를 시도하지 않을 수 없게 된다. 마이너리티의 자서전이란 '자서전'이라는 것에 대한 비평성을 내포하며, 포스트콜로니얼한 상황이 현출하는 자리이기도 한 것이다.

이와 같은 자서전에 관한 일반적인(잘 알려진) 논의를 파악한 상태에서 김시종의 '자서전'에 대해서 살펴보고자 한다.

2. 김시종의 시적 방법 – 김석범과의 비교를 통해서

김시종의 '자전'적 에세이나 '자전'적인 시 중에도 '나'에 관한 이야기, '나'와 '나'의 분열이나 접합에 관한 이야기, '나'와 역사적 환경에 관한 이야기, '나'와 '우리들'의 분리와 재회에 관해서 이야기되는 작품은 당연히 있다. 그의 시에서 분열을 보이는 시구로서는 다음과 같은 것을 예로 들 수가 있을 것이다.

　　우선 맑게 개인 아침의
　　8시 15분.
　　가랑이도 드러난
　　배낭.
　　완전히 성글어 버린

여름이다.
그 여름이 그늘진다.
내 상반신으로 그늘진다.
어떻게 슬쩍 엿본 아침이
정오여서
밤과 낮이
마침내 낮의 양지에
고정되어 버렸다.
(「그림자로 그늘지다」 일부분, 『이카이노시집(猪飼野詩集)』)

일본열도의
종단의 깊이에
뒷걸음질하기 일쑤인
나와
그 깊이에
쏙 들어가 있는
그 녀석과의
거리를
이제야말로
자족하고 있다
자기의 저변에 관해서
다시 파악하자.   (『니이가타(新潟)』 일부분)

첫 번째 인용에 있는 '8시 15분'은 조선이 일본의 식민지 지배에서
해방된 8월 15일의 은유이기도 하다. 하지만 그 날 라디오에서 흘러나
온 '옥음방송'은 일본 시간으로 정오여서 '황국소년'이었던 김시종은 오
전은 '천황의 적자'로서, 오후는 '해방민족'으로서, 의식 그리고 신체적
인 분열을 경험하게 된다. 그와 같은 자기분열에 계절('여름')이 겹쳐짐
으로써, '그늘지다'는 말은 시간, 시대, 계절의 이면, 그리고 그 속에서의

자신의 부조화를 나타내도록 중층화되어 있다. 두 번째 인용은 간략하게 말하면 조선민주주의인민공화국으로 돌아가려는, 자신의 분신이기도 한 '그 녀석'과, 일본과 한반도의 틈새에서 머무는 '나' 사이의 분열, 갈등, 회복의 결의를 묘사한 장면이다. 그와 같은 분열의 경험은 '재일'이라는 특이한 입장 때문에 지배/피지배, 일본/조선, 남/북과 같은 지리적 구조적인 요인에 의해서 발생되고 있고, 이 시인의 많은 작품 속에서 찾아볼 수가 있다. 김시종의 에세이집 『'재일'의 사이에서』라는 타이틀 자체가 실로 분열이 일어나는 장소를 가리키고 있다.

하지만 김시종의 경우, 그 '자전'적 텍스트는 그것이 에세이든 시 작품이든 '자전'적임은 틀림없다 하더라도, 자기 자신을 그려낸다는 것과는 다른 의도가 작용하고 있는 듯이 보인다. 자신의 과거를 돌아보고, 지금의 자신과 과거의 자신과의 동일성을 확립하려는 의도도 없는 것은 아니다. 하지만 스스로를 이야기하는 것은 자기를, 타자를, 역사적 사건을, 그 사건이 일어난 장소를 되찾기 위함이고, 그 때문에 자신에 관한 일도 포함해 비판적으로 이야기해야 할 것을 이야기한다는 방법이 기본적으로 취해지고 있다. 즉 김시종에게 있어서 '자서전'이란 스스로를 단지 이야기하는 것에 중점이 놓여 있다기보다, 식민지 지배나 권력에 의해서 빼앗기고, 가시화되지 못하고 있는 사건이나 사람들을 되찾기 위한 것이라고 할 수 있다. 일반적인 자서전이라기보다는 이를 가지고도 그려내기 곤란한 역사적 경험의 공유를 수행하려는 것이 김시종의 '자서전'이다.

그와 같은 전기에 대해 사고하기 위해서 우선은 김시종의 시 창작 방법을, 김석범과 비교하는 형태로 간단하게나마 살펴보고자 한다. 다음에 인용하는 김시종의 발언은 김석범의 작품에 대해서 기술한 것이기

는 하지만, 적절하게 바꿔 읽으면 김시종 자신의 시에 대해서 기술한
것이기도 하다.

> 사실이라는 것은 개인에게 있어서 압도하는 것이긴 해도, 그것은 구
> 면체의 한 점의 얼룩과 같은 것이라고 생각한다. 바로 위에서는 그 얼룩
> 이 클로즈업되어서 전부인 것 같지만, 각도를 벗어나면 보이지 않는 것
> 이기도 하다. 때문에 사실이 진실로서 존재하기 위해서는 그 사실이 상
> 상력 속에서 재생산되지 않으면 안 된다. 그것이 객체화된 사실, 즉 문
> 학이다.[1]

김석범의 경우, '사실'을 '진실'로서 존재시키기 위해서 철저하게 '허
구'라는 방법을 채용했다. 김석범 작품에서의 허구라는 방법은 언어적
(일본어적)인 문제에서 구상된 것이다. 일본어라는 '침략자'의 언어를 사
용하면서, '조선적인 것'을 표현하는 일이 가능한 것인가, 가능하다면
어떻게 '조선적인 것'을 일본어로 표현할 수 있는가와 같은 문제로부터
허구라는 방법이 도출되었다. 김석범의 대답은 '적성언어'인 일본어를
사용했다 하더라도 '조선적인 것'을 표현할 수는 있다는 것이었다. 김석
범의 언어론적·문학론적인 논의에 의하자면, 묘사되는 '조선적인 것'
은 언어 표현의 의미내용적 측면(시니피에)에 속하는 것이고, 시니피에는
시니피앙에 대해서 일정 정도 자립적이고 보편적인 성질을 지닌다. 그
리고 허구 또한 언어 표현에서 의미내용에 속하는 것이므로 보편적인
측면을 지닌다. 즉 김석범은 시니피에를, 언어를 교체했다 하더라도 지
속될 수 있는 것으로서 이해하고 있고, 허구적 세계도 그 시니피에의
영역에 속하므로 언어의 구속력을 넘은 '보편'적 세계로서 존재할 수

---

1) 金石範·金時鐘, 『增補なぜ書きつづけてきたか なぜ沈默してきたか－濟州島四·三事件
の記憶と文學』, 平凡社, 2015, 168쪽.

있다. 일본어를 사용했다 하더라도 '조선적인 것'이 표현 가능하다고 여겨진 것은 그와 같은 보편성이 일본어에 의해서도 지향될 수 있다고 간주했기 때문이다. 이러한 의미에서 김석범에게 있어 허구란 언어적이거나 경험적이거나 하는 개별성을 넘어서, 보편을 향해 상승하려는 방법이다.2) 김시종이 말하는 "상상력 속에서 재생산되지 않으면 안 된다. 그것이 객체화된 사실, 즉 문학"이란 표현은 실로 그와 같은 보편으로 향하는 방법으로서의 허구를 가리키고 있다. 김석범 문학 방법론의 핵심을 찌르는 지적이다.

위에서 논의한 김석범 문학에 대한 평가를, 김시종의 시 혹은 시적 방법에 적용하기 위해서는 약간의 변환이 필요하다. 김시종의 경우, 방법으로서의 '허구'가 시 창작의 방법으로서 전면적으로 내세워지는 경우는 없다. 굳이 '상상력'과 결부시켜서 말하자면, 김시종에게 있어서 '상상력'이란 언어적·경험적인 구속을 넘어서 보편으로 향하기 위해 구사된다기보다 일본적인 서정 표현('노예의 운율')에 저항하고, 그 너머에서 파악되어야 할 대상을 포착하려는 힘이다. 그렇게 파악하면 김시종 시의 진상에 보다 접근할 수 있다고 여겨진다. 즉 언어적 개별성을 넘는 것이 아니라, 그 안쪽으로 들어가 언어와의 격투 너머에서 파악해야 할 대상을 포착해가는 것, 굳이 말하자면 그것이 김시종의 '상상력'일 터이다. 앞의 인용에 있던 한 구절을 "사실이 진실로서 존재하기 위해서는 그 사실이 일본적 서정에 대한 저항 속에서 재생산되지 않으면 안 된다."로 바꿔 읽으면, 김시종의 '문학'에 다가가게 될 것이다.3) 김석

---

2) 이 관점에서 '사소설'도 방법적으로 거절된다. 그것은 경험적으로도, 언어적으로도 개별성에 머물기 때문이다. "내가 바라는 것은 사소설적이 아닌 바의, 가능한 한 완벽에 가까운 허구, 구축물과 같은 공간을 가질 수 있는 허구"(「私にとっての虛構」, 『民族·ことば·文學』, 創樹社, 1976, 26쪽)이다.

범과의 비교 하에 도식적으로 말하면, 언어를 초월하는 것이 아니라 언어 속으로 들어가 언어가 보지 못하게 만들고 있는 것을 끄집어내려 한다는 점에서 김시종의 문학은 하강적이다.

앞의 인용에 있었던 "객체화된 사실"을 김시종의 시에 결부시켜 해석함으로써 이 하강에 대해서 좀 더 구체적으로 논의하고자 한다. 첫째로 김시종에게 있어서 '객체화'는 언어에의 내재에 기반한 저항과 세트이기 때문에, 대상을 있는 그대로 묘사하는 것과는 다르다. 그는 오히려 대상을 있는 그대로 묘사한다고 할 때의 '있는 그대로'란 무엇인가를 언어적으로 묻는다. 환언하자면 대상을 묘사할 때에 사용되는 언어 하나하나를 되묻는 일이 김시종에게 있어서의 '객체화'가 된다.

이와 관련해서 두 번째로 언어에 대한 저항, 언어를 되묻는 앞에서 '객체화'된 대상이 묘사된다고 하더라도, 그 대상은 또한 다른 의미에서 '있는 그대로'라고는 한정할 수 없다. 대상은 항상 '해석'의 레벨에 있기 때문이다. 이것에 관련된 것을 좀 더 설명하고자 한다. 김시종은 문자로 씌어진 것뿐만 아니라, 개개인의 삶 그 자체가 '시'라고 말한다. 김시종이 종종 사용하는 '시를 살아간다'라는 표현도 그와 같은 '시'를 파악하는 방식에서 나온 독자적인 표현이다.

> 문학이라는 것은 씌어진 것이지요. 특히 소설의 경우 씌어지지 않은 소설은 존재하지 않는 셈이지요. 하지만 시는 씌어지지 않더라도 존재한다고 저는 신념으로서 믿고 있습니다. 때문에 사람에게 있어 시는 거의 모든 만인이 똑같이 가지고 있는 것입니다. 스스로 각자가 지니고 있습니다. 한평생 평교원으로 지내는 사람도 있거니와, 주방에서 조리하면서 식칼을 쥐고 한평생 지내는 사람도 있고, 선로 인부로 지내는 사람도

---

3) 김석범은 그와 같은 일본어에 대한 저항을 '의지의 힘'이 만드는 '논리성'이라 말하고 있다.

있고 말이죠. 그 삶을 보내고 있는 방식이, 자신이 생애를 거기에서 열
중하고 있는, 걸으면서 살고 있는 사람에게는 이미 그 사람의 시를 가지
고 있습니다. 사람은 각자 자신의 것이 이미 시라고 생각하고 있어요.[4]

김시종에게 있어서 '시'란 자신의 주위에 무수히 존재하는 여러 '삶',
여러 '살아가는 모습'을 말한다. '삶'이 '시'로 여겨지는 것은 '삶'이 언어
적인 '있는 그대로'에 저항하는 단독성을 띠고 있기 때문이다. 그처럼
'삶'이나 '살아가는 모습'이 '시'이고, 그리고 그것이 "연좌 데모를 하고
있는 아저씨"라는 '이름'으로 나타내지는 것이라면, '삶'이란 '이름'으로
보여지는 것이다. 조금 비유적으로 말하면, '삶'을 나타내는 '이름'은 한
작품의 저자'명'과 같은 것이다. 가령 '카프카', '도스토예프스키', '루쉰'과
같이. 역사 속에서 살아가고, 그 자신이 역사인 개개의 '삶'이 있고, 그것
을 나타내는 '이름'도 또한 역사나 특정한 환경 속에 있는 이상, '삶'을 '객
체화'해서 파악하려는 것은 언제나 넓은 역사적 시야로부터의 '해석'을 요
구 받는다. 역사적 시야 전체를 통째로 담을 수 없고, 또 '이름'이 '삶'을
통째로 보여줄 수는 없는 이상, '객체화된 사실'은 언제나 결여를 껴안는
다. 때문에 대상의 '객체화'는 '해석'적인 것이 되지 않을 수 없다.

요컨대 김시종의 하강이란 그와 같은 일본어에 대한 저항, 그리고
'해석'에 의해서 대상을 형상화하는 일이다. 그리고 그것이 그에게 있어
서 '객체화'된 '사실'이다.[5]

지금까지 기술해온 내용을 김시종의 표현을 사용해서 환언하자면,
'일본어에 대한 보복'이 될 것이다. '일본어에 대한 보복'이란 다양한 언

---

4) 김시종의 발언. http://h-kishi.sakura.ne.jp/kokoro-323.htm(2015. 10. 15 검색)
5) 덧붙여 김석범이 '사소설'을, 스스로가 방법으로 삼는 '허구'를 축으로 거절한 것과 같이,
   김시종 또한 다른 각도에서, 즉 '있는 그대로'를 거부한다는 관점에서 '사소설'을 거부하는
   것이다.

어적 전략을 의미하고 있는데, 일본어를 사용해서 일본어를 되묻고, '있
는 그대로'를 되묻는 일이기도 하기 때문이다. 거기에 더해 이 글에서
중요한 점은 그것이 단순히 일본어와 서로 부딪히기만 할 뿐인 행위가
아니라, 최종적으로는 지식이나 경험의 공유를 도모하고자 하는 것이라
는 사실이다.

> 나에 관한 한, 일본어로 밑천이 없어지지 않는 한 절대로 일본어를
> 버릴 생각은 없습니다. 그것은 곧 일본인에 대한 복수인 셈이고, 복수라
> 는 것은 적대관계를 말하는 것이 아니라, 민족적 경험을 일본어라는 광
> 장에서 서로 나누고 싶다는 의미에서의 복수입니다.[6]

즉 김시종이 누차 말하는 '일본어에 대한 보복'이란 역사적 경험을
공유하려는 시도라는 점에서, 이미 기술한 전기적 방법과 밀접한 것이
다. 그 의미에서 김시종의 '자전'적인 시나 에세이는 일반적인 자서전이
암묵리에 상정해버리는 공동성을 비판적으로 되묻고, 새로운 공동성을
지향하는 텍스트라고 바꿔 말할 수도 있다.

3. 자전적 텍스트 『조선과 일본을 살아가다 — 제주도에서 이카 이노로』에 대해서

지금까지 논의해온 관점에서 김시종의 자전적 텍스트 『조선과 일본
을 살아가다 — 제주도에서 이카이노로』(岩波新書, 2015)를 읽으면, 몇 가지

---

6) 金時鐘·鄭仁他, 「在日朝鮮人と文學—詩誌「チンダレ」「カリオン」他—」, 犬飼·福中 編, 『座
談 關西戰後詩史 大阪篇』, ポエトリー·センター, 1975, 120쪽.

관점에서 이 또한 '자전'적 저술인가라는 의문을 느끼게 하는 내용을 발견할 수 있다. 몇 가지 관점이란 첫째로 '자전'적이기는 하지만, '전'해져야 할 '자'신이란 무엇인가가 상술한 바와 같이 일본어에 대한 저항을 통해서, 그리고 '해석'을 통해서 비판적으로 묘사되기 때문이다. 에세이이기 때문에 시 창작에서 나타나는 정도의 강도로 일본어에 대한 저항이 보이는 것은 아니다. 그렇다 하더라도 저서의 곳곳에서 안이한 표현으로 흐르지 않으려 하는 필자의 의지를 읽어낼 수 있다. 둘째로 김시종의 이 책에는 많은 타자가 등장한다. 물론 타자는 어느 자서전에나 등장한다. 하지만 김시종의 텍스트에서 다른 등장인물들은 그 자신에 대해서 이야기하기 위해 증인으로 내세워진다기보다 등장하는 저마다의 인물의 '삶'='시'가 때로 명확하게, 때로 암시되면서 기록되고 있다(등장인물 중에는 '4·3'이라는 너무나 큰 사건 때문에 이름조차 밝힐 수 없는 사람도 있다). '자전'이기도 하고, '타전'적이기도 한 텍스트라고 할 수 있는 것이다.

즉, 이 책은 '자전'적 에세이라는 체제를 취하면서, 김시종 독자적인 하강적 시도를 통해서, 바꿔 말하면 개개의 '삶'을 "상상력 속에서 재생산"하고 "객체화된 사실"로서 제시하고 있는 것으로 간주될 수 있다. 김시종 시의 원천을 제시하고, 시에의 통로를 보여주고 있다는 점에서 이 책은 '일본어에 대한 보복'을 실천하는 한 가지 사례이다.

전부는 아니지만, 아래에 일람화한 것이 『조선과 일본을 살아가다—제주도에서 이카이노로』의 등장인물들이다.

    (1) 김시종의 어머니
    (2) 식민지시기에 김시종이 다녔던 소학교의 우(寓) 선생님
    (3) 김시종의 아버지(~1958)
    (4) 김용섭(소학교 시절의 시 동인)

(5) 김종옥(소학교 시절의 시 동인)

(6) 이행만(소학교 시절의 시 동인)

(7) 백준혁(목포상업학교 3학년의 학생 리더적 존재. 조선공산당의 학생당원. 후에 산악 부대원이 된다. 김시종을 인민위원회의 청년문화부에 소속시키고, 교원양성소의 촉탁이 될 것을 권한다.)

(8) 최현(농촌에서의 계몽 활동에 동행한 교사)

(9) '사회주의자'(황국소년이었던 김시종에게 있어서도 정의롭고 고난의 사도로서 비친 사람들.)

(10) 건국준비위원회 대표·여운형

(11) 남조선노동당 서기장·박헌영

(12) '조병옥'

(13) 제주 4·3 때에 저항하는 사람들 측의 동조자가 된, 이름도 없는 전화교환수 여성.

(14) 도립병원원장·문종혁(김시종이 병원에서 활동할 수 있도록 도왔다.)

(15) 문 소년(김시종이 제주 4·3 때에 잠복하고 있을 때 조력한 보조원.)

(16) 황 서방(제주 4·3 때에 살해당한 지도원)

(17) 김도중(제주 4·3 때에 살해당한 독서회의 간사)

(18) 김달삼(산악부대 사령관)／김익렬(조선경비대 제9연대 중좌)

(19) 딘 미군정 장관

(20) 송영창 연대장(박진경 대좌의 초토 작전을 이어받는다.)

(21) 강정우(제주 주청酒精공사의 발전발동기를 폭파하려다 실패하고, 공개 처형된다.)

(22) 고남표(제주 4·3 때에 학살된 김시종의 사촌 남편)

(23) 서원옥(제주경찰의 경찰관. 김시종이 제주에서 살해당할 뻔한 것을 구해준다. 후에 일본으로 탈출.)

(24) '가네이 씨'(일본에 밀항한 지 얼마 안 된 김시종을 '이카이노'까지 데려간다.)

(25) '우산 수선 아저씨'(제주에서도 이카이노에서도 우산 수선을 했던 노인)

(26) 오사카에서 만난 시인 오노 도자부로(小野十三郎)

(27) 한학수(나카니시조선소학교 교장, 북으로 지명 귀국되어져 숙청.)
(28) '오사카 조선인문화협회'의 조선지식인들(김석범, 강재언, 오재양,
　　 고승효, 김종명)
(29) 임화
(30) 백우승(잡지 『청동(靑銅)』 창간에 관여하고 북으로 귀국한 자)
(31) 『진달래』 동인(홍윤표, 박실, 송익준, 이술삼, 정인, 양석일, 고향천)

　이러한 사람들의 '삶'은 몇 가지 사건과의 관련 속에서 묘사된다. 이
속의 사람들은 다른 에세이나 시 작품에 등장한 경우도 있으며 반복적
이다. 또 한편으로는 처음으로 이야기된 사람, 즉 지금까지 언급되는 경
우는 있어도 그다지 기술되지 않았던 사람이, 그 사람의 숨결이 느껴질
정도로 상세하게 묘사되고 등장한다. 가령 김시종의 어머니(1)가 이 정
도로 상세하게 언급된 것은 처음이지 아닐까 싶다. 이 점은 에드워드
사이드가 자전적 작품 『먼 장소의 기억자서전』에서 어머니를 이야기하
는 것과 유사하다.
　지면 관계상 모든 등장인물을 거론할 수는 없지만, 이 글에서 중요한
몇 명을 언급하고자 한다.
　이들 등장인물 중에는 그 '삶'이 이 시인이 표현할 수 있는 범위 안
에서만 묘사되지 않는 인물이 있다. 그 중 한 사람이 소학교 시절의 시
동인인 김용섭(4)이다. 그는 김시종에게 시란 무엇인가를 가르친 존재
이기 때문이다. 그는 김시종 시의 근원에 위치하고 있다.
　다음 인용은 김용섭과의 대화이다. 소학교 5학년 무렵, 바닷가에서
목에 새끼줄이 묶인 채 떠도는 강아지를 보고서 김시종은 줄곧 신경이
쓰여 밤에도 잠들지 못한다.

개가 커지면서 그 끈이 죄인 채라면 어떻게 하지. 마치 자신의 목이
죄어져 가는 듯이 마음이 욱신거렸습니다. 그것을 김 군에게 답답해서
견딜 수 없다고 얘기했더니, 그는 내 손을 잡고서 "미쓰하라(이것이 나
의 일본명이었습니다)! 그것이 시다! 너의 시는 그것이야"라고 깨우
쳐 주었습니다. 돌이켜 생각해보니 나의 시는 그때, 하나의 방향이 정해
지는 기준이 심어졌던 것 같습니다.[7]

김용섭은 그 '삶'이 언어를 통해서 파악되는 존재임과 동시에, '삶'이
란 '시'라는 사실을 김시종에게 가르친 인물이라고 할 수 있다. 즉 그는
파악되어야 할 존재임과 동시에 대상을 파악하는 방법을 가르친 존재
이기도 했다.[8]

또 서로 시를 써서 보여주는 사이는 아니었지만, 급우였던 김종옥[5]
이나 이행만[6]도, 정형화된 언어 표현을 의도하지 않고 '배신하'듯이 행
동하는 인물로서 등장하고, 시에서의 리얼리티란 무엇인가를 몸소 전달
한 인물이다.

식민지 조선의 소학교에서 '국어' 시간에 화병에 꽂힌 수선화를 보고
하이쿠를 짓는 시간이 있었다. 김종옥은 그 시간에 "수선화 꽃을 꽂아
넣을 때마다 물이 오른다"라는 '하이쿠'를 지어 급우들로부터 웃음을
산다. 김시종도 그의 '하이쿠'를 듣고서 웃은 한 사람이었다. 그가 하이
쿠의 전통과 하이쿠적인 미를 내면화하고 있었기 때문이었다. 하지만
그 '하이쿠'는 김종옥이 전통적인 하이쿠의 작법이나 아름다운 하이쿠

---

7) 金時鐘, 『朝鮮と日本に生きる』, 岩波書店, 2015, 42~43쪽.
8) 그의 가르침은 가령 「정책발표회」라는 시로서 결실을 맺고 있다. 이 시의 배경을 우선은
   차치한다면, 택시에 치인 개가 체현하고 있는 것이 바로 김용섭의 가르침일 것이다.
   나는 합승을 하고서 / 공산당의 정책발표회에 서둘러 가고 있었는데 / 노면 전차 선로에
   엎드려 누워 / 목만 쳐들고 있던 / 무표정한 개의 얼굴이 // 아무리 달려도 / 검은 피
   사체가 되어서 / 불타는 듯한 석양 한가운데에 가로놓여 있었다.(「政策發表會」 일부분, 『日
   本風土記』)

란 무엇인가에 대해서 몰랐기 때문에 지을 수 있었던 것이고, 서투르기는 해도 하이쿠를 짓게 하기 위해서라는 이유만으로 잘려서 화병에 꽂히는 수선화의 아픔을 생생하게 전달하는 '시'가 되었다. 이행만에 대해서도 유사한 에피소드가 소개되어 있는데, 요컨대 그들은 김시종이 말하는 바의 '시'는 '삶'임을 김시종 자신에게 '체험'시킨 인물들이다. 그처럼 몸소 '시'란 무엇인가를 전하는, 그와 같은 인물들이 다수 등장한다.9)

『조선과 일본을 살아가다』에서는 김용섭이나 김종옥과 같은 사람들의 '삶'을, 스스로 배운 것을 실천하려는 듯이 '시'로서 묘사해내고 있는데, 이들 등장인물이 묘사되는 것을 바라보면, 김시종이 독자에게 전달하려는 사람들은 빛나는 삶을 살지 못하고, 학대 받고, 학살당하고, 그 때문에 세상에 알려지지 못하는 '삶', 바꿔 말하면 역사로부터 누락되어 버리는 '삶'을 산 사람들임을 알 수 있다. 역사의 이면을 살아간 사람들에게 주로 초점이 맞춰져 있는 것이다. 다른 한편으로 '조병옥'과 같은 권력 측의 인물, '딘'과 같은 미군 장교에 대한 언급도 『조선과 일본을 살아가다』에서는 제대로 이루어지고 있다. 그들은 이른바 '분단', '반공', '냉전'이고, 또 '국가', '제도', '역사'를 만드는 측에 있는 사람들이자 역사의 주무대를 산 사람이다.

김시종이 묘사하려는 가시화되지 못한 사람들과 '조병옥'과의 관계를 도식적으로 말하면, 겉／안, 빛／어둠이라는 대비가 된다.10) 이 이항대

---

9) 더 나아가서 아마도 직접적으로 만난 적은 없겠지만, 임화나 이육사 등 식민지시기의 문학자에 대한 언급 또한, '김시종'이란 누구인가, '황국소년'이란 누구인가를 나타내는 것들이다.(김소운과 함께 김시종 자신이 번역한 『조선시집』에 대한 참조를 요함. 그로부터 이 시인이 어떠한 일본어를 내면화했던가를 알 수 있다.)

10) 빛과 어둠이라는 관계 하에 파악해야 할 대상을 전달하려는 자세는 첫 번째 시집 『지평선(地平線)』에서 이미 읽을 수 있다.
늘 갈 수 없는 곳에 지평이 있는 것이 아니다. ／ 너가 서 있는 그 지점이 지평이다. ／ 실로 지평이다. ／ 멀리 그림자를 늘여서 ／ 기운 석양에는 작별을 고하지 않으면 안 된

립은 이분법적인 구분을 하기 위해서 사용된다기보다, 대비 속에서 '시'를 '살'아간 사람들을 표현한다는 것으로 어둠 측에서 빛 쪽으로 '삶'을 회복시키고, 새겨져야 할 '이름'을 문학을 통해서 되찾기 위함이다. 학대 받은 사람들, 살해당한 사람들의 '삶'을, 빛 쪽에서 이야기하고 있는 역사(국정교과서!)의 안쪽에서 '시'로서 건져 올리는 작업이 시도되고 있는 것이다. 그러한 의미에서 '삶'을 '시'로서 그려내는 김시종의 '자전'적 시도는 단순히 자기나 타자를 묘사해내는 것이 아니라, 문학적 투쟁이기도 하다. 가령 「숨다」의 다음 구절은 실로 김시종의 문학적인 투쟁을 써넣은 것이다.

> 널리 퍼져는 있어도
> 빛은 어둠의 표피에서만 춤춘다 (「숨다」)

여기에 더해 어둠 측에 있는 사람들에게 입각해서 특정한 역사적 사건(4·3)에 대한 인식이나 이야기 방법이 비판적으로 다시 파악될 때, 역사적 사건 그 자체, 그리고 그것이 일어난 장소 또한 되찾는 대상이 된다. 구체적으로 그것은 "70%가 좌익의 동조자"라거나 "90%가 좌익"이라거나, "북과 제휴"한 "빨갱이 섬" 등이라고 '빛' 쪽이 간주한 '제주'라는 '이름'을 '어둠' 쪽에서 다시 읽는 작업 혹은 '투쟁', '폭동', '의거', '봉기', '사태', '사건'··· 등으로 다양하게 불린 '4·3'을 어둠 쪽에 입각해서 다시 명명하는 일이다. 그와 같은 다시 읽기, 명명의 작업이 사람들의 '삶'의 표현과 함께 의도되고 있는 것이다. 이것은 시 작품에 있어서 이미 실천되고 있으며, 하나의 예로서 다음 시구를 들 수 있겠다.

다. // 새로운 밤이 기다리고 있다.(「自序」 일부분, 『地平線』)

광주는
와자하게 떠드는
빛의
어둠이다.   (「뼈(骨)」, 『광주시편(光州詩片)』)

이 점에 있어서 '자전'적이자 '타전'적인 김시종의 '자전'은 '역사'와
역사적 사건이 일어난 '장소'를 되찾기 위한 에크리튀르이기도 하다.

이 글의 서두에 일반적인 자서전과 마이너리티의 자서전의 차이를
'자기', '환경', '공유되는／되지 않는 지식', '언어'의 관점에서 기술해
두었다. 그 관점에서 김시종의 '자서전'을 정리하자면, 그것은 '자기'를
중심에 두고 보충적으로 '환경'을 배치하는 것이 아니라, 자기 자신을
포함한 한 사람 한 사람의 윤곽을 명확하게 하면서 그 사람들을 그／그
녀들이 살아간 장소나 역사와 결부시키면서 묘사해내는 것이다. 따라서
자기나 타자를 묘사하는 일은 동시에 같은 비중으로 살아간 장소나 시
대를 묘사하는 작업이기도 하다. 김시종의 '자서전'에서, 전해지는 '자
기'는 '환경' 속에 위치 지어지면서, 또한 '환경'은 사람들의 '삶'과 함께
현상하면서 상즉(相卽)적으로 나타나는 것이다.

앞에서 설명했듯이 김시종에게 있어서 '사실'이란 '해석'을 통해서
'객체화'된 것이었다. 그렇다면 '환경'도 '있는 그대로' 묘사되는 것이
아니라, 해석적으로 '객체화'된 것이 된다. 알랭 바디우에 따르면 존재
란 순수하게 다수적 무정형이어서 그대로는 사고의 대상이 될 수 없다.
그 때문에 존재를 사고하기 위해서는 그 다수성 무정형성을 '다(多)'와
'일(一)'화 해서 제시할 필요가 있다고 말한다.11) 그와 같이 '일'화 된 존
재의 모양을 바디우는 '상황'이라 부른다. 사고 불가능한 존재를 사고

---

11) アラン・バディウ, 黑田昭信他 譯, 『哲學宣言』, 藤原書店, 2004.

가능하게 하기 위해서 가지고 온 '다'는 일시적인 것이며 가상적이기 때문이다. 김시종에게 있어서의 '환경'도 '해석', '객체화'라는 관점에서 말하자면, 바디우를 따라 '상황'이라 부르는 편이 적절할 것이다. 하지만 그것은 편의적으로 가상된 '환경'을 제시하려는 것이 아니라, '사실'로서의 역사나, '사실'로서의 사람들의 '삶'에 육박해가기 위해 제시되어가는 '상황'이다.

김시종의 '자서전'이란 부각시켜야 할 '삶'의 '이름'의, '이름'이 북적거리는 '장소'의, 그리고 그와 같은 '장소'의 '역사'를 되찾는 문학적 투쟁이다.[12]

마지막으로 남아 있는 과제를 언급해두고자 한다. 김시종의 『조선과 일본을 살아가다』에 등장하는 사람으로서 '오노 도자부로'(26)가 있다. 일본으로 건너온 후 김시종의 시 방법에 결정적인 영향을 미친 시인이다. 김시종이 영향을 받은 오노 도자부로의 『시론(詩論)』의 한 구절을 아래에 인용한다.

> 인간이 그 인생의 어느 시기에 있어서 자기의 사상을 갱신시키는 의미를 지니는, 토지라든가 풍경이라든가 하는 것과 해후하게 된 것은 선망할 만하다. (오노 도자부로, 『시론』)

오노의 시적 방법이란 도시 속에 있는 폐허가 된 공장처럼, 어느 장소 안에 존재하는 이질적인 지점에서 그 장소의 중심을 바라본다는 것이다. 폐허로부터 도시를 바라보면 무엇이 보일 것인가, 오노는 그와 같

---

12) "저는 4·3사건에 관련이 있는 사람이 되지 않을 수 없게 되어서 부모를 버리고, 고향을 버리고, 일본으로 떠내려와서 재일조선인이 되어버린 사람입니다. 남길 무언가가 있어서 '회상기'를 쓰는가 하고, 새삼스레 기분은 역시 개운치 않은 저입니다." iii쪽.

은 방법을 사용해서 시 창작을 했다.

오노가 말하는 "자기의 사상을 갱신시키는 의미를 지니는, 토지"란 김시종에게 있어서는 '이카이노'였을 터이다. 제주에서 일본으로 도망쳐온 김시종에게 있어서 그곳은 일본 속에 있는 또 하나의 조선이었을 것이기 때문이다. 거기에 더해 김시종이 오노의 방법을 비판적으로 계승하고 있는 점에서 보자면, 이카이노란 일본뿐만 아니라 제주를 보기 위한 장소이기도 했을 것이라 생각된다.

이 지점에서 남겨진 과제를 두 가지로 나누어 언급해두고 싶다. 하나는 김시종이 일본으로 건너온 후, 오노로부터 영향을 받는 과정에서 이 글에서 논의한 '자전'적 사고 혹은 방법이 어떻게 형성되었는가. 1953년에 김시종이 중심이 되어 창간한 잡지『진달래』에서 이미 오노의 영향이 보이는데, 그것과 '자서전'의 관계에 대해서 검토하는 것은 김시종의 시적 방법의 형성 과정에 보다 천착하기 위한 과제가 될 것이다.

다른 하나는 김시종의『조선과 일본을 살아가다』의 부제와 관련된다. 부제는 '제주도에서 이카이노로'라고 되어 있다. 이것은 단순히 김시종의 이동의 경험을 나타낼 뿐만 아니라, 오노와 김시종의 영향관계에서 보자면 이카이노에서 제주도를 바라본다는 그의 시적 방법을 가리키는 것이기도 하다. 김시종의 시집에서 직접적으로 4·3이 표현되어 있는 것은『니이가타(新潟)』(1970)이고, 간접적으로 표현되고 있는 것은『광주시편(光州詩片)』(1983)이다. 이 사이에 끼인 것이『이카이노시집(猪飼野詩集)』(1978)이다. 그『이카이노시집』의 관점에서 두 시집을 다시 읽는 작업은 그의 자전적 에크리튀르가 지니고 있는 사상적 의의란 무엇인가, 그리고 그가 일본에서 일본어로 시 창작을 하는 것의 의미란 무엇인가를 생각하는 데 있어서 남겨진 과제가 될 것이다. 이 과제란 지금까지의 이

글의 맥락에서 보자면 시가 되찾아야 할 장소가 하나가 아니라 복수라
는 것, 그리고 그 장소와 장소들이 서로를 비추는 관계에 있다는 사실
을 밝히는 작업이 될 것이다.

(번역 : 신승모)

제3장

가족 로망스에 나타난 여성의 자기 기획과 장소 상실
―재일조선인 유미리의 가족 이야기를 중심으로―

오 태 영

1. 자기 기획으로서의 글쓰기의 수행성

이 글은 재일조선인 작가 유미리의 초기 소설을 대상으로 글쓰기라는 수행적 행위에 나타난 자기 기획의 의미에 대해 고찰하는 것을 목적으로 한다. 특히 소설의 서사 형식이 가족 로망스라는 점에 주목해 재일조선인 여성의 자기 기획으로서의 글쓰기 전략이 갖는 의미에 대해 살펴보고자 한다. 또한, 서사화 과정에서 플롯 구성의 핵심적인 장치로 제시된 공간(과 장소)의 의미에 대해서도 파악하고자 한다. 이는 유미리의 소설을 자기서사(self-narratives)의 관점에서 읽는 동시에 그러한 자기서사의 글쓰기 과정을 자기 기획(self-identification)의 언어적 실천 행위로 바라보는 것을 전제로 한다. 다시 말해 유미리의 소설을 자기 기획의 글쓰기 전략 속에서 이루어진 자기서사로 읽고자 하는 것이다.

그런데 서사란 무엇인가 이해하기 위해서는 무엇보다 서술자가 어떤

입장에서 무엇을 말하고 있는가에 주목하지 않을 수 없다. 서술자가 없
는 이야기는 존재할 수 없고, 사건의 연쇄를 나름대로 선택하여 구성하
거나 해석된 설명(diegesis)을 삽입하는 등 서술자가 서사를 특별하게 만
든다는 점[1]에 동의할 수 있다면, 서술자가 어떠한 입장과 태도를 가지
고 서술 대상을 서술하고 있는가가 서사를 이해하는 핵심에 놓인다. 그
런가 하면 역으로 서술 대상의 서사화 과정을 탐색하는 것을 통해 서술
자의 입장과 태도를 확인할 수도 있다. 이러한 점에 착안해 이 글에서
는 유미리의 초기 작품의 서사가 대체로 '가족 이야기'라는 점에 주목
하고자 한다. 즉, 자기 구축의 방편으로써 가족 이야기를 서술하는 것의
의미와 함께, 가족 이야기의 서사 분석을 통해 가족에 대한 그녀의 인
식과 태도를 파악하고자 하는 것이다. 그리하여 가족 이야기를 서사화
하는 것을 통해 자기를 정립하려고 한 유미리의 자기 구축의 욕망을 추
적할 수 있을 것이다.

　물론 가족 이야기는 도처에 산재해 있다. 가족이 개인의 영역인 동시
에 인간 사회를 구성하는 모든 것의 근간을 이룬다는 믿음에서부터, 가
족을 옹호하거나 강화하려는 가족 중심주의(familism)나 가족은 어떠해야
한다는 가족 이데올로기(familialism)가 광범위하게 퍼져 있는 것만 떠올
려 봐도 가족 이야기는 곳곳에서 발견할 수 있다. 한편, 가족 이야기는
가족의 파탄을 증거하거나, 가족의 해체의 필요성을 역설하는 한편, 전
통적인 의미의 가족과는 형태를 달리하는 새로운 가족의 출현을 기대
하기도 한다. 결국 누가 어떠한 입장에서 가족에 대해 말하고 있는가가
중요해지는 셈인데, 그런 점에서 가족 중심주의보다는 가족 이데올로기
에 시선을 둘 필요가 있다. "가족 이데올로기는 남편과 아내라는 협소

---

1) 신형기, 『시대의 이야기, 이야기의 시대: 이야기로 읽는 한국 현대사』, 삼인, 2015, 13~14쪽.

한 의미의 가족 단위의 문제가 아니라 이 사회 전체와 개인의 삶, 그리고 정체성을 구성하는 상상적 구조와 정치적 구조의 토대"[2]라는 점에서 개인의 존재 방식과 밀접하게 관련되어 있기 때문이다.

가족 이야기에 주목한다면, 익히 알려진 프로이트의 가족 로망스와 관련된 논의를 참고할 수 있다. 그에 의하면, 아이들은 성장하면서 자신들이 낮게 평가한 부모에게서 벗어나기 위해 사회적 지위가 높은 사람들이 진짜 자기 부모라는 상상을 하는 한편, 자신이 입양아이거나 의붓자식이라고 생각한다. 이러한 생각은 한편으로 부모를 고귀한 신분의 사람으로 바꾸는 상상으로 이어지기도 한다. 이와 같은 비성적(非性的)인 가족 로망스의 상상은 성 과정을 알게 된 아이에 의해 성적인 단계로 변형되는데, 어머니를 은밀히 부정을 저지르는 상황으로 몰려는 욕구를 발동하거나, 형제자매들을 서자로 만들어 제거함으로써 영웅이자 주인공인 자신은 합법성을 얻으려고 한다. 하지만 이는 모두 부모, 특히 비천한 아버지를 제거하려고 하는 것이 아니라, "가장 고상하고 힘센 사람이 바로 아버지이며, 가장 아름답고 여성다운 사람이 어머니"[3]라는 점을 말하기 위한 것으로 부모의 위상을 높이고자 하는 욕망의 발현이다. 이런 점에서 가족 로망스는 상상적 봉합 과정 속에서 가족 중심주의의 입장을 드러내기도 한다.

근대적 개인의 성장과 발전을 서사화하고 있는 문학에서 가족 이야기를 찾는 것은 어려운 일이 아니다. 재일조선인 문학에서도 가족 이야기는 서사의 중심에 놓인다. 재일조선인 작가를 세대별로 나눠 가족의 의미와 그 변모 과정을 밝힌 장사선과 지명현에 의하면, 김달수와 김사

---

2) 권명아, 『가족이야기는 어떻게 만들어지는가』, 책세상, 2000, 120쪽.
3) 지그문트 프로이트 지음, 김정일 옮김, 「가족 로맨스」, 『지그문트 프로이트 전집 9: 성욕에 관한 세 편의 에세이』, 도서출판 열린책들, 1996, 60쪽.

량 등 재일 1세대 작가들의 작품에 나타난 가족은 그 자체로 독립된 단위가 아니라 민족이나 국가를 형성하는 기초 집단으로 형상화된다. 여기에서는 남북한의 이념 대립과 갈등, 일본의 민족적 차별에 대한 저항, 그리고 유교적 가족주의에 의해 민족과 조국에서 분리될 수 없는 가족을 주로 다룬다. 그리고 이회성, 김학영 등 2세대 작가들의 작품에 나타난 가족은 민족이나 충효 또는 전통적 가족 관념으로부터 벗어나는데, 가부장적 권위의식을 지니고 있는 비정하고 폭력적인 아버지에 대한 비판과 함께 자식에 대한 강한 교육열을 보이는 어머니의 희생과 헌신이 강조된다. 또한, 현월과 양석일 등 3세대 작가들의 작품에 나타난 가족은 불화나 해체 정도의 수준에서 머무르는 것이 아니라, 복구 불가능한 파멸의 상태로 드러난다. 이는 인간성의 회복 불가능으로 이어지기도 한다.4)

유미리 문학에서의 가족 이야기는 가족의 해체와 인간성 파괴라는 점에서 재일조선인 3세대 작가들의 가족 이야기의 특징을 일정 부분 공유하고 있다. 하지만 유미리의 가족 이야기가 가족 해체와 인간성 파괴라는 사회적 현상을 재현하는 데 몰두하고 있다고 판단하는 것은 섣부르다. 왜냐하면 재일조선인 작가들을 세대별로 구분하고, 그에 따라 그들의 가족 이야기의 특징을 단계별로 도출하는 것은 또 다른 의미에서 재일조선인 문학의 역사를 내러티브화하는 과정이기 때문이다. 결국 그러한 가족 이야기의 역사화 작업은 "김석범, 김시종, 이회성 등의 '정통'과는 주제나 감성, 스텐스, 수법 등에서 이질적인 양상을 보이며, 게다가 당시 유행하던 일본문학에 동화되지 않는 색채를 띠고 있었"5)던 유

---

4) 장사선·지명현, 「재일 한민족 소설에 나타난 가족의 의미 연구」, 『한국현대문학연구』 제23집, 한국현대문학회, 2007, 563~599쪽. 재일조선인 작가의 세대 구분은 해당 논자의 구분을 따랐다.

미리를 비롯한 이른바 '신세대 작가' 문학의 특징적인 양상을 해명하는 데 제한적이기 때문이다. 때때로 가족 이야기는 재일조선인의 민족 이야기로 손쉽게 환유될 위험이 있는 것이다.

따라서 보다 중요한 것은 유미리의 가족 이야기를 앞선 세대 재일조선인 작가의 가족 이야기와의 연속(또는 단절)의 선상에서 이해보기보다는 그것 자체의 서사성을 규명하는 데 있다. 유미리의 가족 이야기가 3세대 재일조선인 작가들의 문학과 마찬가지로 가족의 해체와 인간성 파괴를 말하고 있다고 하더라도, 여기에서 주목해야 할 것은 서술의 내용 그 자체가 아니라 서술자가 그러한 서술 전략을 통해 어떻게 자기를 기획해가고 있는가에 있다. 즉, '무엇'을 말하고 있는가보다 중요한 것은 '왜' 그것을 말하고 있는가에 있는 것이다. 이 글에서는 유미리의 가족 이야기 중 「풀하우스」와 「가족 시네마」를 가족 로망스의 관점에서 분석하는 것을 통해 가족에 대한 유미리의 입장과 시선을 살펴볼 것이다. 그리고 그러한 가족 이야기의 서사 구조의 핵심에 놓인 플롯 추동의 공간으로서 '집'의 의미에 대해 탐색할 것이다. 이를 통해 그녀의 가족 이야기의 서술 행위를 자기 구축의 수행적 과정으로 이해한 뒤, 재일조선인 여성의 자기 기획에 내재된 욕망의 의미에 대해 살펴볼 수 있을 것이다.

2. 해체 이후의 가족과 개인의 연기술

유미리의 「풀하우스」와 「가족 시네마」에서 가족은 이미 '해체된 상태'이다. 다시 말해 이들 두 소설은 가족의 해체 '과정'을 서사화하고

---

5) 尹健次, 『「在日」の精神史3: アイデンチイチイの搖らぎ』, 岩波書店, 2015, 180쪽.

있는 것이 아니라, 해체 '이후' 가족에 관해 서술하고 있다는 점에서 공통점을 갖는다. 따라서 가족 로망스의 차원에서 가족 해체 이전의 상태로 돌아갈 것을 희구하거나, 해체 이후의 새로운 가족의 형태를 모색하는 것을 서사화하고 있다고 짐작할 수 있다. 하지만 이들 두 소설은 해체 이후 가족 구성원들의 삶을 서술하는 데 집중하고 있다. 가족이 해체 이전의 상태로 돌아가기를 바라는 아버지와 달리, 어머니를 비롯한 자식들은 다시금 가족으로 묶이는 것을 원하지 않는다. 그들은 가족 구성원으로서의 자기를 구축해가기는커녕 반(反)가족주의적인 태도를 가지고 자신의 삶을 기획하는 개인들이다. 더 이상 그들에게 가족을 통한 자기 구축의 가능성은 마련되어 있지 않은 것처럼 보인다.

물론 이 두 소설에는 가족 해체의 경위가 드러나 있다. 가족 해체의 직접적인 원인은 아버지의 폭력과 어머니의 불륜으로 인한 부부 간의 불화라고 할 수 있다. 아버지는 자신의 폭력을 부인하고, 어머니는 자신의 부정을 말하지 않는다. 이들 부부의 자녀들은 묵묵히 부모의 불화를 견뎠을 뿐이다.6) 가족 구성원들 간의 소통은 단절되어 있고, 애정은 결핍되어 있다. 그런데 아버지의 폭력과 어머니의 부정이 어디에서 온 것인지 명확하지 않다. 그리고 아버지의 폭력이 어머니를 내쫓은 것인지, 어머니의 부정이 아버지의 폭력으로 이어진 것인지는 중요하지 않다. 자식의 입장에서 소통 불가능한 부모 앞에 좌절하는 것 또한 문제시되지 않는다. 그들은 가족이라는 혈연 집단의 울타리 안에서 안정을 느끼고 있기는커녕 각자 자신의 삶을 살아갈 뿐이다. 그런데 해체 이후에도 가족은 그 형태를 유지하고 있다. 부모의 불화와 부모-자식 간의 소통

---

6) "아버지의 폭력에도, 어머니의 성적 방종이 초래한 치욕에도, 우리는 그럭저럭 견디어 왔다. 비굴한 정도로 순순히 받아들였다고 해도 좋다."(유미리 지음, 김난주 옮김, 「가족 시네마」, 『가족 시네마』, 고려원, 1997, 106쪽.)

의 부재가 가족이라는 이름으로 그들을 명명하는 것을 불가능하게 하지만, 그럼에도 그들은 가족 구성원으로서의 어떤 동질감을 지니고 있다. 해서 가족의 해체 이후에도 그들은 가족으로서 행동하고 있다.

가족 로망스가 가족주의의 욕망을 드러내고 있다는 점을 감안했을 때, 유미리의 소설은 가족주의의 반대편에 있는 것처럼 읽힐 수 있다. 무엇보다 유미리의 소설은 가족의 복원을 강조하고 있지 않기 때문이다. 하지만 가족이 다시금 한 집에서 살기를 바라 집을 짓고, 우편함에 가족 모두의 이름을 적는 「풀하우스」의 아버지의 행위나 어머니의 불륜으로 인해 가족이 해체되었다는 것을 말하고 있는 플롯[7]을 통해 유미리의 소설 또한 가족 로망스로 이해할 수도 있다. 가족 해체의 원인을 제공한 아버지나 어머니의 욕망에 대한 냉소와 멸시가 결국 가족 해체 이전으로 돌아갈 것을 욕망하는 서술자의 입장으로 읽힐 수 있기 때문이다. 따라서 아버지의 회복에 대한 욕망이나 어머니의 불륜의 플롯을 통해 가족 로망스의 여부를 묻는 것보다 주목해야 할 것은 가족 이야기를 말하고 있는 서술자의 가족에 대한 인식과 태도에 있다. 다시 한 번 강조하지만 누가 가족에 대해 말하고 있는가가 중요한 것이다.

그런 점에서 유미리의 가족 이야기의 서술자인 딸의 목소리에 주목할 필요가 있다. 「풀하우스」에서 서술자는 어머니가 집을 나간 이후 6년 동안 아버지의 집과 다른 남자와 동거하는 어머니의 집을 왕래하였고, 그 뒤 10년 동안은 부모와 함께 살지 않았다. 그리하여 아버지가 "붕괴한 가족의 유대를 다시 한 번 되이으려고 집을 지은 것이겠지만

7) "불륜의 플롯은 '가족은 해체되었다'는 소문을 무성하게 만드는 요인이 되며 이를 통해 가족 해체에 대한 근거 없는 위기감을 형성하는 것이다. 따라서 불륜의 플롯은 표면적으로는 가족 이데올로기를 비판하는 듯하지만 실제로는 가족 이데올로기를 재생산하는 주요한 요인이 되는 것이다."(권명아, 앞의 책, 119~120쪽.)

내 안에서는 가족은 벌써 끝나 버렸다.”8)라고 선언한다. 이미 오래 전 가족의 파탄을 수리한 그녀에게 가족을 회복하려는 아버지의 행위는 무의미한 것이다. 이는 아버지가 지은 집이 제 기능을 하지 못하고 있는 것을 통해서도 단적으로 드러난다. 유대감에 기초한 가족 구성원들 간의 결속이 없는 한 한 집에 모인다고 해서 가족이 완성되는 것은 아닌 것이다.

그렇다면 서술자의 이러한 인식과 감정을 어떻게 이해할 수 있을까. 가족의 파탄을 수리한 딸이 해체된 가족을 다시금 결합하려는 아버지에 대한 저항으로 「풀하우스」의 서사를 읽을 수 있다면, 역설적으로 그것은 가족 로망스의 욕망을 보여준다. 다시 말해 가족 해체의 고통을 체험한 그녀가 다시금 그러한 고통을 맛보지 않겠다는 것은 결국 해체 이전의 가족에 대한 희구로 읽힐 수 있기 때문이다. 그러니까 「풀하우스」에서 딸의 아버지에 대한 냉소적인 시선은 폭력적이고 비정한 아버지에 대한 비판이 아닌 보다 나은 아버지에 대한 바람으로 읽힐 수도 있다. 흥미롭게도 아버지와 다른 가족들을 연결시키고 있는 사람이 바로 서술자인 딸이기 때문이다. 이러한 점에서 「풀하우스」에서 서술자의 가족에 대한 인식과 태도는 모두 가족의 해체를 극복하고자 하는 서술자의 욕망의 발현으로 읽을 수 있다.

그런데 과연 유미리는 가족 이야기를 통해 가족 로망스의 욕망을 드러내고 있는가. 이에 대한 답을 찾기 위해 「가족 시네마」로 시선을 돌려보자. 제목이 상징적으로 드러내듯, 이 소설은 해체 이후의 가족 구성원들이 영화 촬영을 계기로 다시금 모여 가족의 역할을 연기하는 상황을 서술하고 있는 블랙 코미디이다. 무명에 가까운 영화배우인 여동생

---

8) 유미리 지음, 곽해선 옮김, 「풀하우스」, 『풀하우스』, 고려원, 1997, 56쪽.

을 주인공으로 삼아 그녀의 가족을 대상으로 다큐멘터리도 아니고 픽
션도 아닌 형식의 영화를 찍기 위해 가족들은 20년 만에 다시 모인다.
가족이 다시 함께 살기를 희망하는 아버지와 달리 남편의 집을 담보로
대출을 받기 위해 딸을 회유하려고 하는 어머니, 그리고 "가족이란 족
쇄에서 해방되었다고 생각하고 있었는데, 불과 며칠 사이에 나는 다시
걸려들고 말았다."[9]고 생각하는 서술자 등 카메라 밖에서 그들은 그저
자신의 욕망에 충실한 개인들일 뿐이다. 하지만 영화 촬영이 진행되면
서 그들은 가족의 모습을 연기한다. 물론 감독의 연출이 일정 부분 개
입하지만 다큐멘터리와 픽션 그 어느 것도 아닌 영화 속에서 그러한 연
기는 실제와 겹친다. 해서 부모의 연기를 보면서 서술자는 리얼한 응수
같기도 하고 작위적인 것 같기도 하다고 느낀다. 물론 연기의 여부보다
중요한 것은 그것이 진부하다는 서술자의 감각에 있다.[10] 연기이든 실
제든 부모의 행위는 서술자에게 진부한 것으로 다가오는데, 진부하다는
것은 새롭지 않다는 것, 즉 변하지 않는다는 것을 나타낸다. 따라서 가
족의 회복은 불가능하다. 해체 이전의 상태로 가족을 되돌린다고 해서,
그러한 가족이 해체되기 이전의 갈등을 극복하고 균열을 해소할 수 있
는 것은 아니기 때문이다.

한편, 서술자는 가족을 연기하면서 해체 이후의 가족이 이전으로 돌
아갈 수 없다는 점을 인식하고 있을 뿐만 아니라, 실제의 가족과 연기
된 가족이 다르지 않다고 생각한다. 이는 영화를 만들기 위해 가족들이

---

9) 유미리 지음, 김난주 옮김, 앞의 글, 74쪽.
10) "두 사람이 주고받는 대화가 시나리오에 씌어 있는 대사인지, 아니면 애드 리브인지, 나
　는 분간이 안 갔다. 가타야마가 시나리오를 썼다면, 각자의 주장을 취재하여 대사화하였
　을 것이다. 리얼한 응수로 들리기도 하고 작위적인 점도 있지만, 어느 쪽이든 진부한 대
　사임에는 틀림이 없다."(위의 글, 36쪽).

모여 '가족-됨'을 연기하고 있는 것에 대한 거부감의 발로일 뿐만 아
니라, 애초에 가족은 연기에 의해 구성된다는 것을 드러낸다. 그러니까
결혼이라는 제도, 출산과 육아, 가사와 교육이라는 부모의 역할 분담,
부모-자식 간의 육친애를 중심으로 한 감정의 교환, 효 사상을 축으로
하는 문화적 관습 등이 가족을 가족답게 만드는 것이 아니라, 그러한
모든 것들은 가족 구성원들의 연기에 의해 비로소 가능해진다는 것이
다. 「가족 시네마」에서 여배우인 동생이 언니에게 영화에 참여할 것을
부탁하면서 "그래봐야 가족이란 어느 집이나 다 연극이잖아."[11]라고 한
말을 떠올릴 필요도 없이 서술자에게 가족은 그저 연기된 상태로서만
받아들여진다.

따라서 가족은 개인의 연기술에 의해 비로소 가족이 된다. 권명아에
의하면, 유미리의 작품에 나타난 인물들은 자기 근원이 부재하거나 타
자와의 관계 맺기 없이 생의 결실을 맺지 못하는 고립된 인간들로 자신
에게 주어진 배역을 연기할 뿐이다. "『풀 하우스』와 『골드 러쉬』, 『가
족 시네마』에 수록된 소설들이 연극적 제스츄어로 가득찬 가족이라는
틀 속에서 비극에서 희극으로 장르를 바꾸어 붕괴되고 있는 인간 관계
를 탐구하고 있다면, 『타일』과 『남자』와 같은 소설은 남녀의 관계라는
형태를 통해 연극적 생의 피로를 탐구하고 있다."[12] 수행의 과정을 통
해 그것의 결과물이 의미를 가질 수 있다는 점, 그 어떤 것도 그 자체
로 고정된 실체로서 존재하는 것이 아니라 수행의 과정 속에서만 존재
할 수 있다는 점을 감안한다면, 유미리의 소설에 나타난 가족 또한 개
인들이 가족의 일원으로서의 역할을 수행하는 과정에 의해서 비로소

---

11) 위의 글, 16쪽.
12) 권명아, 「연극적 생의 피로: 유미리론」, 『맞장뜨는 여자들』, 소명출판, 2000, 249쪽.

의미를 갖는다.

그렇다면 유미리는 왜 이러한 가족 이야기를 쓰고 있는 것인가. 윤송아는 유미리의 소설이 "균열되고 붕괴된 가족의 허위성과 유희적 풍속도"를 압축적으로 보여주고 있다고 말하면서 다음과 같이 논의한다. "폭력적이고 무책임하며 소비지향적인 아버지와 성적, 물질적 욕망으로 점철된 어머니를 중심으로 각각의 욕망의 지점들을 폭로하고 환멸과 증오의 감정들을 배태하는 공동(空洞)의 '풀하우스'는 현대 사회에서 해체되고 왜곡되어 가는 가족의 소외적 형태를 상징적으로 드러내는 장치이다. 불행한 가족사를 삶의 동력으로 삼고 있는 자전적 인물들은 신체적 결핍과 스티그마를 내장한 채 성적인 타락과 무의미한 유희에 빠지면서 스스로를 소외시키고 타자화하는 방식으로 현실의 고통을 견뎌간다."13) 그런데 유미리는 단순히 가족의 소외 상태를 말하는 데 서사의 초점을 맞추고 있지 않다. 그녀는 자기 소외의 형식으로서의 가족 이야기 쓰기라는 언어적 실천 행위를 통해 현실의 고통을 감내해나가고 있는데, 이때 고통은 치유의 대상이 아니라 응시의 대상이다. 따라서 그녀에게 가족 이야기는 자기 치유를 위한 서사 전략이 아닌 자기 탐색을 위한 글쓰기가 되는 것이다. 그리고 그런 점에서 유미리는 자기 균열의 지점을 탐닉한다.

요컨대 유미리의 소설에 나타난 가족 이야기를 가족 로망스의 차원에서 이해하는 것은 그것의 서사 전략을 파악하는 데 제한적이다. 폭력적인 아버지에 대한 냉소의 시선이 보다 나은 아버지를 희구하는 욕망의 발현이고, 불륜을 저지른 어머니에 대한 부정 또한 동궤에 놓인다는

---

13) 윤송아, 「재일조선인 문학의 주체 서사 연구—가족·신체·민족의 상관성을 중심으로—」, 경희대학교 대학원 박사학위논문, 2011, 332~333쪽.

점에서 그녀의 가족 이야기를 가족 로망스로 명명할 수 있다. 그런가 하면, 서술자인 딸의 부모와 가족 구성원들에 대한 인식과 시선을 통해 반가족주의의 서술 태도를 도출하고, 이를 기초로 하여 반(反)가족 로망스의 관점에서 그녀의 가족 이야기를 읽을 수도 있다. 하지만 가족 로망스의 여부로 유미리의 소설을 읽는 것은 가족주의(또는 반가족주의)와 자기 기획의 연관성을 강조하는 것이 된다. 그런데 유미리가 개인들의 연기라는 수행의 과정 속에서 가족이 의미화되는 것을 예리하게 포착해서 제시한다는 점에 주목한다면, 그녀의 가족 이야기는 가족을 통한 자기 정체성 구축의 불가능성을 폭로하는 서사가 된다. 개인의 수행의 과정에 의해 가족이 의미를 갖는다면, 가족을 통한 자기 정체성 구축 또한 개인의 발화와 행위에 기대게 마련인 것이다. 따라서 정체성 구축의 핵심에 가족이 놓이는 것이 아니라, 개인 그 자체의 내밀한 욕망이 자리 잡고 있는 것이다.

그럼에도 불구하고 유미리의 초기 소설이 가족 이야기를 서사화하는 데 초점을 맞추고 있는 것은 해체 이후 가족과 그러한 가족의 잔여로서의 자기 인식이 분열적 정체성을 형성하고 있다고 판단했기 때문으로 보인다. 자기서사로서 가족 이야기는 유미리로 하여금 분열적 정체성을 가진 자로서의 자기 인식을 촉발할 뿐만 아니라, 가족 로망스를 통해 그러한 분열적 정체성을 봉합하기보다는 분열의 지점 그 자체를 드러내기 위한 서사 전략을 발휘해 자기를 탐닉하게 한다. 해체 이후에도 연기되고 있는 가족의 모습을 서사화하는 것은 부모 세대로부터 마치 소여로서 주어진 자신의 분열적 정체성을 인식하게 할 뿐만 아니라, 가족을 통해서는 그러한 분열을 해소할 수 없다는 것을 드러내면서 가족 밖에서 자기의 자리를 마련하게 하고 있는 것이다.

3. 집이라는 장소 상실과 길 위의 여자

유미리의 가족 이야기에서 주목되는 공간은 '집'이다. 특히 그녀의 가족 이야기에서 서술자인 여성이 지속적으로 이동의 과정 중에 놓여 있고, 그러한 이동이 집을 향하거나 집으로부터 벗어나고 있다는 점에서 집은 가족 이야기의 플롯을 구성하는 중요한 장치이기도 하다. 다시 말해 개인의 이동에 따른 사건의 발생이 플롯을 구성하는 핵심에 놓인다는 점을 감안했을 때, 유미리의 가족 이야기에서 서술자가 어디에서 어디로 이동하고 있는가(또는 이동하고 있지 않는가)는 그 자체로 서사성을 구축하는 데 결정적인 영향을 끼친다. 물론 이동 그 자체가 중요하다. "이동은 자아를 넘어 세계를 지각하고 경험하는 중요한 방식이다. 이동은 세계를 보고, 느끼고, 경험하고, 아는 방식이며, 세계가 '감정'의 대상이 되는 방식이다. 따라서 모빌리티는 유의미한 방식으로 존재론적이고 인식론적이다. 세계에 대한 앎의 많은 부분이 이동과 관련된 다양한 대상을 통해 형성된다."14) 하지만 이동의 회로와 문법에 대한 탐색 못지않게 이동의 과정 속에서, 또는 이동의 결과로 인해 공간과 장소에 대한 새로운 인식과 감각이 발생하고 있는 것은 틀림없는 사실이다.

집이 독자적인 생활공간으로서, 사생활이 보장된 공간이 된 것은 일(노동)과 생활이 분리되는 과정과 긴밀하게 연관된다. 근대적인 의미에서 집은 (집 밖의 공간에서 이루어지는) 일로 대변되는 인간 삶의 흐름을 단절하는 기능 속에서 정의된다.15) 사적 공간으로서의 집에 대한 인식은 확실히 근대 이후 새롭게 만들어진 것인데, 그때 집은 공공성을 상실하

---

14) 존 어리 지음, 강현수 · 이희상 옮김, 『모빌리티』, 아카넷, 2014, 124쪽.
15) 이진경, 『근대적 시 · 공간의 탄생』, 그린비, 2010, 248쪽.

고 사회적 관계들의 활동을 억제해16) 외부와 단절된 폐쇄적 공간으로 변환된 것이다. 그런가 하면, 집은 주로 가족 구성원들에게 안전과 안정, 휴식과 친밀함의 영역으로 다가온다. 집에 대한 이런 이미지는 "보호받는 내밀함의 모든 이미지들이 각각 가지고 있는 특이한 가치를 타당하게 해주는"17) 것이 집이라는 공간의 본질에 해당한다는 가스통 바슐라르의 논의를 떠올리게 한다. 집은 외부 세계와의 단절적 기능만을 수행하는 것이 아니라, 그 내부의 사람들에게 '내밀한 보호'라는 공간적 기능을 수행하고 있는 것이다. 그래서 집은 인간 삶에서 안도감의 중심에 놓이는데, 그곳은 그 자체로 바깥세상의 무질서가 제거된 정돈된 영역이자, 불안정하게 떠도는 망명자의 삶과 달리 인생에 어떤 항구적인 지속성을 부여한다.18)

여기에서는 유미리의 가족 이야기에 나타난 집에 주목하는 한편, 그곳을/으로 끊임없이 이동하는 인물의 행위에 초점 맞춰 공간의 의미에 대해 살펴보고자 한다. 물론 이때의 공간은 그 자체로 고정된 의미를 지니고 있는 것이 아니라, 바로 그곳을/으로 이동하는 주체의 수행적 행위의 과정 속에서 새로운 의미를 생성하고 있다는 점을 다시 한 번 상기할 필요가 있다. 특히 유미리의 가족 이야기에 나타난 해체 이후의 가족의 삶에 있어 집이 가로놓여 있다는 점은 주목된다. 그녀의 소설에서 집은 집이되 집이 아니다. 무엇보다 그것은 집을 구성해야 할 가족 관계가 부재하기 때문이다.19) 이후 논의를 통해 확인하겠지만, 그것은

---

16) 필립 아리에스 지음, 문지영 옮김, 『아동의 탄생』, 새물결 출판사, 2003, 642쪽.
17) 가스통 바슐라르 지음, 곽광수 옮김, 『공간의 시학』, 동문선, 2003, 76쪽.
18) 오토 프리드리히 볼노 지음, 이기숙 옮김, 『인간과 공간』, 에코리브르, 2011, 172쪽.
19) 윤정화, 「재일한인작가 유미리의 소설에 나타난 '장소성' 양상 연구」, 『한국문학이론과 비평』 제72집, 한국문학이론과 비평학회, 2016, 106쪽.

가족 이야기의 관습적 내러티브 형식 속에서 발생하는 집의 의미와 차이를 갖는 유미리의 자기 기획의 공간으로서의 공간성을 지니고 있다. 그리고 그러한 공간성은 유미리의 가족 이야기에 나타난 재일조선인 여성 주체의 자기 기획이 기존의 재일조선인 사회를 유지·존속시켰던 공간들과 그 성격을 달리하고 있음을 증거하는 것이기도 하다.

유미리의 소설에서 집은 그 자체로 불완전한 공간이다. 「풀하우스」에서 아버지는 해체된 가족이 다시 함께 살기를 바라는 마음에서 요코하마(橫濱) 고호쿠(港比) 뉴타운에 집을 짓는다. 그런데 공사 대금을 지불하지 않아 소유권을 확보하지 못했을 뿐만 아니라, 전기나 가스를 연결하지 못해 생활공간으로서의 제 기능을 발휘하지도 못한다. 그럼에도 딸들을 불러 집을 소개하면서 은연중에 그곳에서 생활할 것을 종용한다. 하지만 딸들은 그곳에서 살고자 하지 않는다. 다만 서술자인 장녀만이 며칠 간 그곳에 머무를 뿐이다. 그녀에게 그 집은 이제 막 지어졌음에도 불구하고 침몰하고 있는 상태에 처해 있는 것처럼 여겨진다.

> 어두운 오렌지색 석양에 비춰진 집은 금방이라도 침몰할 지경에 놓인 군함을 닮았다. 뭔가를 공격하려다가 혹은 지키려다가 그렇게 하지 못한 것에 대한 비난을 참고 받아 내는 모습과도 같다.[20]

침몰한 지경에 놓인 군함을 닮은 집은 기실 아버지를 상징한다. 해체된 가족을 재결집시키려는 욕망을 가지고 있는 아버지는 해체된 가족들로부터 비난의 대상이 되고 있는 것이다. 집이 아버지를 상징한다는 점에서 그곳은 서술자에게 공포의 대상으로 다가온다. 그곳은 유년기의 폭력적인 상황에 내몰렸던 기억을 환기시키는 곳이다. 예닐곱 살의 여

---

20) 유미리 지음, 곽해선 옮김, 앞의 글, 22쪽.

름 홀로 집안에 있었던 서술자는 침입한 괴한에 의해 성폭행을 당하지
만, 가족 중 누구에게도 말하지 못했던 사실을 떠올린다. 부부 간 폭행
과 아버지에 의한 성적 학대라는 폭력적인 가족 관계 속에서 그녀는 보
호받지 못했고, 따라서 자신의 상처를 말할 수 없었던 것이다. 이처럼
아버지가 지은 집에 가끔씩 들러 집안 살림을 보면서 기거하던 그녀는
꿈과 회상의 형식을 통해 유년기의 폭력적 상황과 마주한다. 이는 집이
라고 하는 공간이 유년기 이래 무의식적으로 지속되고 있었던 폭력적
상흔에 대한 기억을 환기시키면서 그녀에게 불안감과 공포감을 자아낸
다는 것을 의미한다.

　그런가 하면 그녀에게 집은 '이상한 곳'이다. 갑자기 생면부지의 가족
이 아버지의 집에 들어와 기거하면서 마치 자신들의 집인 것처럼 사용
한다. 이때 그녀에게 집은 불가해한 공간이 된다. "집이라는 것은 이상
하다. 사람이 갑자기 사라졌다가 나타났다가 한다."21) 집이 가족만의 공
간으로, 가족 구성원들로 하여금 안정적인 보호의 공간으로 기능한다는
점22)을 염두에 둔다면, 「풀하우스」에서의 집은 더 이상 그들의 집이 아
니다. 서술자에게도 이 집은 자기의 소유 공간으로 인식되지 않는다. 아
이다 게이치로(會田徑一郞) 일가가 아버지가 지은 집에 들어와 마치 자신
들의 집인 것처럼 사용하고 있어도 그녀는 그들에게 나가줄 것을 요구
하지 않는다. 그들 "일가가 나가주기를 바란다는 것은 이치에 닿지 않
는 것으로 생각"할 뿐만 아니라, "그저 생리적인 혐오감"만을 가지고 있

---

21) 위의 글, 96쪽.
22) 하이데거는 거주 또는 가정이 인간과 사물 간의 영적 통일성이 발견되는 핵심적인 장소
　　라고 보았고, 가스통 바슐라르는 거주 및 가정이 사람들의 장소 소속감을 발전시키는 핵
　　심이라고 하였다. 이에 대해서는 린다 맥도월 지음, 여성과 공간 연구회 옮김, 『젠더, 정
　　체성, 장소: 페미니스트 지리학의 이해』, 도서출판 한울, 2010, 133~134쪽 참조.

는[23] 그녀에게 집은 그녀의 의지와 무관하게 그 자체로 움직이는, 포착 불가능하고 이해 불가능한 곳이다.

에드워드 렐프가 오거스트 헥처의 논의를 가져와 말하고 있듯이, 개인은 장소를 필요로 하고, 그 안에서 자신을 확장시키고 자기 자신이 되고자 한다. 보통 오랜 시간에 걸쳐 일상생활을 통해 형성되는 이러한 장소 만들기는 그곳에 대한 애정을 토대로 하는 것으로, 개인의 진정성과 장소 사이의 밀접한 관련성을 보여준다.[24] 집이야말로 이러한 장소성을 대표하는 곳으로 여겨진다. 하지만 현대사회에서 집은 이러한 장소성을 상실해가고 있다. 원시적이고 토착적인 문화에서는 장소에 대한 실질적이고 종교적인 감정이 서로 긴밀하게 얽혀 있고 단일하고 명확한 집에 깊은 애착이 존재했다. 하지만 현대사회에서는 직장과 가정, 종교 생활이 분리되어 있고, 이에 따라 집은 자주 바뀌게 되었다. 이러한 집의 교환 가능성은 집의 중요성이 감소함으로써 가능해졌고, 동시에 집이 가지고 있는 의미를 축소시켰다. 집이라는 장소에 대한 애착이 약화되고, 장소 상실감은 증가하는 것이다.[25] 하지만 집의 장소 상실감은 사회 구조의 변동에만 기인하는 것은 아니다.

유미리의 가족 이야기에서, 특히 「풀하우스」에서 집은 서술자에게 불완전하고, 공포스러우며, 이상한 곳으로 인식된다. 물론 이러한 인식은 아버지가 지은 집에 대한 장소감과 밀접하게 관련되어 있다. 그리고 그러한 장소감은 그곳을 체험하고, 감각하며, 인식한 주체의 신체에 의해 발생한다. "집과 몸은 밀접하게 연관되어 있다. 집, 몸, 정신은 연속적 상호작용 속에 있다. 집의 물리적 구조, 가구, 사회적 관례, 심상 이미지

---

23) 유미리 지음, 곽혜선 옮김, 앞의 글, 99쪽.
24) 에드워드 렐프 지음, 김덕현·김현주·심승희 옮김, 『장소와 장소상실』, 논형, 2005, 173쪽.
25) 위의 책, 184~188쪽.

들은 동시에 그 안에서 펼쳐지는 활동들과 생각들을 가능하게 하고 형
태를 만들고 알리고 제한한다."26) 서술자가 아버지의 집에서 느끼는 이
물감은 따라서 그녀의 신체가 집으로부터 소외되어 있음을 방증하는
것일 뿐만 아니라, 동시에 그녀가 집이라는 장소를 상실했음을 의미한
다. 가족의 해체와 함께 집을 상실했던 그녀는 아버지가 집을 짓고 가
족을 다시 결집시키려고 하는 의도에도 불구하고 그러한 장소 상실감
속에서 해체 이전의 가족의 상태로 돌아가고자 하지 않는 것이다. 아버
지, 나아가 가족으로 상징되는 집으로부터 소외되고, 장소 상실감을 느
낀 서술자는 집밖의 공간인 길 위에 서게 된다. 비록 「풀하우스」의 서
사 말미에서 자신에게 폭행을 가하려고 한 아버지를 피해 집밖으로 달
아나는 소녀를 따라가면서 "너만큼 강해질 수는 없어."27)라고 말하고
있지만, 서술자는 자신을 얽매고 있는 굴레와도 같은 집을 벗어나고자
한다. 그녀는 끊임없이 토포포비아(topophobia)를 느끼게 하는 집을 벗어
나 자기만의 장소를 향하고자 한 것이다.

하지만 자기만의 장소를 발견하기란 요원한 일이다. 「가족 시네마」에
서처럼, 가족의 해체 이후 자기만의 공간에서 생활하고 있는 서술자는
자신의 의지와는 무관하게 여동생을 주인공으로 하는 가족 영화 촬영
현장으로 변한 자신의 집과 대면한다. 개인의 사적이고 내밀한 욕망의
공간은 가족들의 연기에 의해 부정당하게 되는데, 이로 인해 그녀는
"의식이 서로 닿을 때마다 접촉 불량을 일으켜 웅성거리는 증오와 짜
증"28)을 느낄 뿐이다. 영화 촬영의 장소로 소환되면서 개인만의 행위와

---

26) Carsten, J. and Hugh-Jones, S. eds, *About the House: Lévi Strauss and Beyond*, Cambridge
University Press, 1995, p. 2; 린다 맥도웰 지음, 여성과 공간 연구회 옮김, 앞의 책, 166쪽에
서 재인용.
27) 유미리 지음, 곽해선 옮김, 앞의 글, 117쪽.

욕망의 장소는 가족-됨을 연기하는 무대로 바뀌게 된 것이다. 이러한 집은 영화 촬영의 말미에 가족이 하나가 되었음을 담아내기 위해 캠핑장에 가 벌이는 희극의 무대로서 노천 욕탕과 별반 다르지 않다. 방치되어 제 기능을 하지 못하는 노천 욕탕과 그곳에서 화해를 도모하는 제스처를 연기하지만, 결국 가족 구성원들 간 상대방에 대한 환멸을 확인할 수밖에 없는 곳, 어떤 식으로든 가족의 재결합을 기획하는 공간은 내적 균열을 일으키게 되었던 것이다.

따라서 자기만의 장소를 상실한 서술자에게는 그녀만의 도피처가 필요하다. 「풀하우스」에서 집 밖으로의 이동이 제한적이었던 것을 감안한다면, 「가족 시네마」에서는 나름의 도피처가 있는데 그곳은 후카미 세이치(深見淸一)가 작업실 겸 거주하고 있는 다쓰미 장(辰巳莊) 아파트이다. 꽃병 디자인을 부탁하기 위해 방문한 후카미 세이치의 집에서 그녀는 며칠 동안 함께 머무르면서 생활할 뿐만 아니라, 그의 변태적 요구를 받아들인다. 그녀 스스로도 그의 아파트에 머문 이유를 설명하기 어렵다고 말하고 있지만, 그것은 단순히 악취미 정도로 치부되지 않는다. "현실감 없는 사람이 아니면 매력을 느끼지 못한다."[29]는 말을 통해 확인할 수 있듯이, 그녀는 비현실적 공간을 향하고 있었던 것이다. 그녀는 유명한 미술가인 후카미 세이치가 쇄락해가는 다쓰미 장에서 살고 있는 것에 일정 부분 의아함을 느꼈지만, 그럼에도 벽장의 고무보트에 잠드는 등 그의 기이한 행위에 의문을 품거나 자신을 향한 페티쉬적 요구에 저항하지 않는다. 이는 가족과 집이라는 현실공간으로부터 도피하고자 한 주인공이 비현실적인 공간에 매력을 느끼고 있음을 드러낸다. 물론 그렇다고 해서 그녀가

---

28) 유미리 지음, 김난주 옮김, 앞의 글, 23쪽.
29) 위의 글, 74쪽.

자기만의 공간을 확보할 수 있는 것은 아니다. 비현실적인 공간으로서 후카미 세이치의 집은 잠깐 동안의 도피처로서 매력을 갖는 곳이었지, 그녀에게 자기만의 공간으로 위치 지어질 수는 없기 때문이다.

이처럼 유미리의 가족 이야기에서 집은 플롯을 추동하는 공간으로서 핵심적인 기능을 담당한다. 그곳은 아버지의 폭력과 어머니의 부정에 의해 파탄난 가족의 상태 그 자체를 나타낼 뿐만 아니라, 특히 가족을 해체 이전으로 되돌리려는 아버지를 상징하는 공간으로서, 서술자인 딸에게 공포의 대상이자 불가해한 곳이 된다. 그런가 하면 해체된 이후 각자 살고 있는 집 또한 가족−됨을 연기하는 무대로 전환되는 순간 동궤에 놓이게 된다. 그리하여 가족의 파탄과 함께 집이라는 장소를 상실한 서술자는 자기 기획을 위한 새로운 공간을 찾게 된다. 하지만 그곳이 대체로 비현실적인 공간이었다는 점에서, 비록 그곳이 실제로 존재하는 곳이라고 하더라도 그곳을 비현실적인 곳으로 인식하고 감각하는 서술자에 의해 현실과 다른 공간으로 명명된다는 점에서, 자기 기획의 공간은 쉽게 확보되지 않는다. 이는 장소 상실의 상태가 그러한 상태를 벗어나기 위한 새로운 공간에 대한 욕망을 강화시키면 시킬수록 역설적으로 자기 소외의 길에 내몬다는 것을 의미한다. 요컨대 유미리의 가족 이야기에서 집이라는 장소 상실은 자기 소외의 길에 내몰린 개인의 상태를 여실히 보여주고 있는 것이다.

4. 역사의 공백과 허구적 상상력

유미리는 어떤 가족이든 가족사에 비밀이 있는 것은 자연스러운 일이지만, 자신의 가족은 수수께끼투성이라고 말한 뒤 유(柳)가 정말 자신의 성인지 의심할 정도라고 밝힌다. 그러면서 자신의 이름을 지어준 외조부 양임득(梁任得)이 식민지시기 마라톤 선수였는데 제국 일본의 패전 이후 도일하여 파친코 가게를 운영하였고, 1980년에 홀로 귀국해 고향으로 돌아갔다는 어머니의 얘기를 신뢰하지 못한다. 이후 시간이 흘러 1996년 NHK의 다큐멘터리 <세계, 내 마음의 여행> 출연을 계기로 밀양을 방문하여 외조부와 교분이 있었던 밀양 체육협회 사무국장을 만나고, 손기정을 만나 외조부에 대해 얘기를 나누면서 "일본인도 한국인도 아닌 나를 위로"하였다고 느낀 그녀는 외조부와 어머니의 고향인 밀양 방문이라는 여행을 통해 "나의 핏줄이 한반도에서 현해탄을 건너 일본으로 이어지는 기나긴 도정에 있다는 것"을 확실하게 인식하는 한편, "나는 단순히 조국 상실자가 아니라 전후 반세기가 지나도 여전히 숙제로 남아 있는 한일 역사와도 이어져 있다는 것을 알게 되었다"라고 토로한다.30) 밀양으로의 여행 체험이 그녀로 하여금 가족사와 민족사의 전개 과정을 축으로 하는 재일조선인으로서의 자신의 위치를 자각하게 한 것인데, 이에 이어 그녀는 다음과 같이 말하고 있다.

가족의 역사를 얘기하려고 하면 아무래도 그 공백을 상상으로 메울 수밖에 없는데 내가 작가가 된 것은 이러한 내력에서 태어난 숙명인지도 모른다. 하지만 생각해보면 사실은 민족이나 국가의 역사도 이러한 공백투성이이고, 그 공백의 대개는 허구로 메워져 있다. 가족사도, 민족이나 국가의 역사도, 사실에 가까이 다가가기 위해서는 상상력을 구사하지 않을 수 없다.31)

---

30) 유미리, 「나의 핏줄」, 『세상의 균열과 혼의 공백』, 문학동네, 2002, 15~16쪽.
31) 위의 책, 16쪽.

가족의 역사, 나아가 민족이나 국가의 역사 또한 공백투성이이고, 그러한 공백은 허구적 상상력에 의해 메워져 있다는 유미리의 흥미로운 목소리는 작가로서 자신의 글쓰기가 갖는 의미를 규정하고 있다는 점에서 관심을 끈다. 그녀는 글쓰기라는 언어적 실천 행위를 통해 허구적 상상력으로 역사적 공백을 메우고 있었던 것이다. 따라서 역사적 공백-허구적 상상력으로서의 글쓰기-공백 메우기라는 일련의 과정에서 우리가 주목해야 하는 것은 과연 그러한 '공백'이 상징하는 것은 무엇이고, 왜 그 공백을 메우지 않으면 안 되는 것인가에 있다. 나아가 과연 유미리의 글쓰기 행위가 과연 공백을 메우는 데 성공하고 있는가, 만약 그러지 못하다면, 그럼에도 불구하고 그녀로 하여금 끊임없이 그러한 공백을 응시하고 메우게 하는 동력은 무엇인가, 바로 여기에 주목할 필요가 있는 것이다.

유미리에게 이 공백은 개인의 자기 완결성 구축의 불가능성을 말하고 있는 것처럼 보인다. 그녀는 아쿠타가와상 시상식장에서 "나는 일본인도 아니고 한국인도 아니다"라고 말하여 자신의 분열적 정체성을 드러낸 바 있다. 그리고 이후 자신의 이와 같은 발언에 대해 민족적 정체성이 강한 한국인들로부터 비난받을 것을 염두에 두고 다음과 같은 말을 한다. "작가란 정체성을 상실한 그 지점에서부터 뭔가를 쓰기 시작하는 것이 아닐까요? 부모님이 조국 한국을 떠나 일본으로 건너왔을 때부터 나의 유랑은 시작되었던 겁니다."[32] 즉, 유미리는 정체성이 상실된 상태, 유랑자로서의 자기 인식에 기초해 공백을 말하고 있는 것이다. 그런데 여기에서 다시금 주목되는 것은 유미리의 글쓰기가 바로 그 정체성 상실로 인한 분열의 상태를 봉합하기 위한 언어적 실천 행위이지만, 결코

---

32) 유미리, 「또 하나의 사인회」, 위의 책, 57쪽.

상실된 정체성을 회복할 수 있다고 말하고 있지 않다는 점이다.

박정이는 유미리의 글쓰기와 관련해 생(生)의 부조리에 대한 원한이 밖으로 향하게 되고, '자살충동'이라는 생의 부정이 안으로 행했던 것이 '글쓰기' 행위를 통해 생을 긍정하는 방향전환을 낳았다며, 가족 상실자인 유미리는 자신의 아이덴티티를 찾아 창작의 세계에 투신하게 되었다고 논의하였다. 그리하여 가족에의 상실감, 타자와의 유리감(遊離感)이라는 공동감(空洞感)이 창작의 원동력이 되었다고 하였다.[33] 확실히 인간 존재로서의 공백이나 균열, 분열이나 모순에 대한 천착이 유미리의 글쓰기에 나타난다. 하지만 유미리는 그러한 것들을 봉합하거나 해소하기 위해서 글을 쓰는 것이 아니라, 날 것 그대로의 그것들을 '응시하는 나'를 드러내기 위해 글을 쓰고 있다.

이와 관련해 유미리가 자전 에세이 『물가의 요람』 말미에서 자신의 글쓰기에 대해 밝히고 있는 부분이 눈에 띈다.

> 내가 쓴 희곡의 주제는 <가족>이었으며, 그 후에 쓰기 시작한 소설도 역시 <가족> 이야기에서 벗어날 수 없었다. 나는 이 에세이를 씀으로써, 나 자신으로부터 멀리 벗어나고 싶었다. 그것이야말로 이렇게 긴 에세이를 쓴 이유라고 생각한다.
> 나는 나의 과거에 비석을 세우고 싶었던 것이다. 비록 지나치게 이르다 할지라도……[34]

유미리는 자신의 과거로부터 벗어나고 하는 욕망이 자서전을 쓰게 했다면서 자기와의 결별을 말하고 있는 것처럼 보인다. 하지만 같은 책

---

33) 朴正伊, 「在日韓國・朝鮮人文學における在日性—金達壽・李恢成・柳美里を中心に」, 神戸 女子大學大學院 文學硏究科 博士學位論文, 2003, 96쪽
34) 유미리 저, 김난주 역, 『물가의 요람』, 고려원, 1998, 249쪽.

의 「저자의 말」에서 그녀는 많은 사람들이 나타났다 사라지고, 남는 것
은 추억과 기억에 불과하다면서, 기억이야말로 이야기이며 이야기의
'변용'이라고 적었다.35) 상황이 이러하다면 이야기하기 위해서는 기억
해야 하며, 기억하기의 과정 속에서 그녀는 과거 자기 자신과의 조우를
필연적으로 동반할 수밖에 없다. 결국 그녀 또한 자기와의 결별이 불가
능하다는 것을 이미 알고 있었던 것이다.

　역사적 공백에 대한 상상적 봉합으로써의 글쓰기가 개인의 사적 기
억에 의해 구성된 이야기라는 점에서 유미리의 문학은 개인과 국가, 역
사와 민족을 가로지른다. 해서 유미리의 가족 이야기는 자기서사이면서
동시에 '재일(在日)'의 서사로 위치지어질 수 있다. 그녀의 분열적 정체
성의 기원이 부모 세대부터 지속되어온 재일조선인이라는 공백과 맞닿
아 있다는 점을 상기한다면, 가족의 공백에 대한 탐색은 자기 내면에
대한 응시이자 재일에 대한 성찰로 이어질 수 있다. 결국 그것은 '나는
누구인가'라는 존재론적 질문에 대한 답하기의 과정이다. 유미리의 문
학이 재일의 역사적·사회적 문제를 전면적으로 부각시키고 있지 않다
고 해서, 또한 그녀의 문학이 김석범·김시종·이회성 등 앞선 세대의
재일조선인 문학의 어떤 '정통성'을 계승하고 있지 않다고 해서, 재일
그 자체와 무관한 것은 아니다. 따라서 이 글에서 살펴보았던 그녀의
가족 이야기는 넓은 의미에서 재일의 이야기로 읽을 수 있는 것이다.

　다만, 여기에서 한 가지 짚고 넘어가야 할 점은 유미리의 가족 이야
기가 자기서사이면서 동시에 재일의 서사로 위치지어질 수 있다고 했
을 때, 그것을 민족 서사로 등치시키려고 하는 것은 위험하다는 것이다.
다케다 세이지가 지적하고 있듯이, 지금 세계에서 발생하고 있는 다양

---

35) 「저자의 말」, 위의 책.

한 민족문제는 민족 단위의 현상 복귀 논리로 해명 불가능하다. '공존'
과 '융합'이라는 새로운 인간 삶의 패러다임을 제시하기 위해서라도 민
족을 단위로 하는 관점은 제한적이다.36) 뿐만 아니라, 제국-식민지 체
제의 잔여이자 국민국가의 잉여인 '재일'이라는 존재가 한국과 일본의
민족적 경계 안팎에서 포섭되는 동시에 배제된다는 점에서, 그러한 민
족적 경계를 재사유할 것을 촉구하고 있다는 점을 감안한다면, 재일조
선인 작가의 문학을 민족 서사로 이해하는 것은 곤란하다. 그런 점에서
유미리의 가족 이야기를 한 개인의 자기서사이자 재일의 서사로 읽는
것과 그것을 민족 서사로 이해하는 것에는 커다란 간극이 있는 것이다.
이 글에서 유미리의 가족 이야기를 자기서사로 읽고자 했던 것은 재일
이라는 분열적 정체성의 조건들을 감안한 것이지, 그것을 민족 서사로
환원시키기 위한 것이 아니었다.

　'재일'의 역사적 조건들은 흔히 국민국가를 단위로 하는 세계 체제
속에서 이해되어왔다. 그리고 그런 만큼 재일조선인의 위상은 민족주의
와 자본주의를 축으로 하는 근대 국민국가의 경계에서 위치 지어져왔
다. 제국-식민지 체제기 이후 일본으로 이주한 조선인과 그들의 후손
을 명명하는 명칭은 재일한인, 재일조선인, 재일동포, 재일한국인, 재일
조선인 한국인, 재일코리언, 자이니치, 코리언 디아스포라 등 연구자의
관점과 입장에 따라 매우 다양한 맥락에서 쓰이고 있지만, 일반적으로
한반도에 민족적 유래(ethnicity nationality)를 지니면서 일본 법률37)에 의

---

36) 다케다 세이지 지음, 재일조선인문화연구회 옮김, 『'재일'이라는 근거』, 소명출판, 2016,
　　274쪽.
37) 1991년 11월 1일 시행된 「일본국과의 평화조약에 의거하여 일본국적을 이탈한 자 등의
　　출입국관리에 관한 특례법(日本國との平和條約に基づき日本の國籍を離脱した者等の出入
　　國管理に關する特例法)」.

해 특별영주자가 된 사람과 그 후손을 포괄하는 명칭으로 '재일조선인'
을 사용한다. 그런데 '재일조선인'에 대한 이러한 정의는 근대 세계 체
제 속 국민국가로서의 한국과 일본을 상정하지 않고는 불가능한 것으
로, 이때 재일조선인은 국민국가의 경계를 넘나드는 트랜스내셔널한 존
재로 이해된다. 특히 트랜스내셔널한 재일조선인의 이동의 역사를 통해
국민국가의 법역(法域)에 대해 비판적으로 성찰할 수 있는 관점을 마련
할 수 있지만, 그럼에도 그것은 국민국가 자체를 무력화하지는 않는다.

재일조선인이라는 존재가 일본 제국주의와 한국의 식민지 근대라는
역사, 한반도와 일본 열도라는 영토의 지리적 근접, 그리고 그 속에서의
주체들의 이동이라는 중층적 시공간과 주체성의 역사가 집적된 결과이
자, 국가의 규율권력의 내부에서 그 규율에 점유되지 않은 장소, 역사와
언어의 가장자리, 인종과 혈통의 경계에 서 있는 자들이라는 점38)을 감
안한다면, '재일'을 '민족'으로 회수하는 것은 불온하고 음험하다. "국민
이나 국적에 따른 봉쇄나 배제, 분리를 떠받쳐 온 혈통주의와 단일국적
주의라는 사고방식은 21세기 한국사회에서는 명백히 무너지고 있다. 그
것은 '국민'에 대한 획일적인 시각을 전제로 늘 일본이냐 본국이냐의
선택에 내몰려온 재일조선인의 존재 방식에도 새로운 가능성을 여는
것이라고 할 수 있을 것이다."39) '재일조선인'이라는 존재가 역설하듯,
이제 단일민족 신화의 끄트머리를 부여잡고자 하는 민족주의의 망령과
결별할 때이다. 유미리의 가족 이야기가, 그녀의 자기서사이자 재일의
이야기가 우리에게 역설하는 바는 바로 여기에 있다.

---

38) 이에 대해서는 <재일조선인 자기서사의 문화지리> 연구팀 논의를 참고하였다.
39) 미즈노 나오키·문경수 지음, 한승동 옮김, 『재일조선인: 역사, 그 너머의 역사』, 삼천리,
    2016, 247쪽.

제4장

봉쇄된 목소리와 회수되는 여성의 자기서사
―다큐멘터리 영화 〈HARUKO〉를 중심으로―

허 병 식

1. 〈HARUKO〉가 던지는 물음들

재일조선인의 자기서사에 대한 연구는 주로 재일조선인들이 생산한 문학텍스트와 영화에 나타난 서사에 대한 연구를 중심으로 진행되어 왔다. 그러나 문학과 영화의 범주를 넘어서 제국주의 일본으로의 이주와 분단된 조국이라는 특수한 삶의 조건 속에서 자신의 삶에 대해 말하는 다양한 자기서사의 기록에 주목하는 것은 큰 의미를 지닌다. 또한 재일조선인의 자서전이나 회고, 그들의 삶을 다룬 다큐멘터리 필름 등 다양한 방식으로 존재하는 자기서사에 대해서 그것을 '재일조선인'이라는 하나의 집단이 지닌 공적 서사라는 관점으로 이해하고 접근하는 것은 그들 삶의 의미를 온전하게 전하지 못하는 것이라는 점에서 주의할 필요가 있을 것이다. 그들은 자신의 이야기를 통해 민족적 서사를 들려주는 것이 아니라, 그 안에서 젠더, 지역, 계급 등의 다양한 정체성을 드러내는 이야기를 수행하고 있는 것이다. 특히 필자 자신이 자신의 체험과 생애를 기술하는 자서전이라든가 전기, 회상록, 수기, 에세이 같은 양식의 자기서사와는 달리, 스스로 이야기할 수 없는 상황에 놓여진 재일조선인의 목소리를 다른 사람이 청취하여 기록하거나, 인터뷰나 구술채록 등을 통해 남겨놓은 기록들, 그리고 그들의 삶을 필름에 담은 다큐멘터리 등에 대해서는, 그 삶을 대신해서 이야기하는 방식에 특별히 주목할 필요가 있다. 특히 자신의 목소리로 말하고 있으나 누군가의 시선과 이야기의 편집에 의해서만 존재하고 전해질 수 있는 영상에서 그들이 대변되고 표상되는 방식에 어떠한 억압적인 시선이 존재하고 있는가에 대해서는 충분히 검토할 필요가 있다. 그들의 목소리를 듣는 것이상으로 그들의 이야기가 생산되고 유통되는 방식에 주목할 필요가 있는 것이다.

이 글은 이러한 문제 의식을 바탕으로 다큐멘터리 영화 〈HARUKO〉를 살펴볼 것이다. 영화 〈HARUKO〉는 한 재일조선인 여성의 반생을 그린 다큐멘터리 〈어머니! 찢겨진 재일가족(母よ！引き裂かれた在日家族)〉(후지테레비, 〈더 논픽션〉 2003年9月18日 방영)을 극장용으로 재편집한 장편 다큐멘터리이다. 영화 DVD 타이틀을 소개하는 웹페이지에는 "이 〈HARUKO〉 극장공개판은 그러한 방송 후에 접수된 다양한 반향과 재방송을 바라는 소리에 호응하여, 〈춤추는 대수사선 THE MOVIE 2〉, 〈해우〉 등의 흥행 영화를 만들어 온 후지 텔레비전이 처음 다큐멘터리 영화 제작에 도전한 작품입니다. 영화화를 하면서 45분의 텔레비전판에는 들어가지 않았던 일화 등을 포함하여 81분으로 대폭 확대, 한 재일가족의 특수한 이야기가 아니라 어느 나라에나 존재하는 어머니와 가족의 보편적인 이야기라는 메시지를 담고 〈HARUKO〉라는 제목을 붙였습니다."라는 소개글이 담겨 있다.1)

---

1) http://www.mmjp.or.jp/pole2/haruko.htm

영화에서 인상적이었던 하나의 시퀀스로부터 질문을 시작해 보자. 영
화의 중반부, 카메라 앞에서 아들과 마주 앉은 어머니 정병춘은 갑자기
카메라를 향해 자신의 이야기를 시작한다.

> 정병춘: 나는 12살에 일본에 왔어요. 12살에 일본에 징병(징용)으로 왔
> 지요.
> 카메라: 징병?,
> 정병춘: 징병! 결국에······
> 김성학: 어머니 시대에는, 징병이란 말이야, 1945년 무렵에 가까워지
> 면서 징병이 생긴 거지, 어머니 때는 징병이 없었어.
> 정병춘: 뭐라는 거야? 징병은, 왜 징병으로 왔다고 말하냐면, 우리 아
> 버지가 ······.
> 김성학: 그 시대에는 아직 징병은 없었다고. 역사에 확실히 증거가 있
> 는데 왜 자꾸 거짓말을 해.
> 정병춘: 왜 없어. 잘 모르는 얘기를 하고.
> 김성학: 자기 의지로 왔으면서 왜 징병이라고 얘기를 해.
> 정병춘: ······
> 김성학: 왜 자기 인생을 속이는 거야.
> 정병춘: 야, 일본 사람의 공장에, 그 공장에는······.
> 김성학: 징병은 그때 없었다니까. 징병이란 건 42~3년에 생긴 거야
> 법률이. 어떤 법률이 없는 시대에 징병이 있냐구. 그 때는 다
> 자기들이 지원해서 왔는데.
> 정병춘: 뭐라는 거야 너는. 그 공장에는······.
> 김성학: 여기 모두가, 세상 사람들이 다 알고 있는데 왜 징병, 징병 거
> 리는 거야.
> 정병춘: 아, 나는 암만 그래도, 희철이 봉철이 아주머니도. 그래서
> ······.
> 김성학: 시대가 전혀 맞지 않는다니까.
> 정병춘: 우리 아들은 사상(한국어)이 없어.
> 카메라: 아들이 사상(한국어)이 없어요?

김성학: 사상이 없다고. 사상이 없다는 거예요.
카메라: (어머니가) 왜 아들이 사상이 없다고 하는 겁니까.
김성학: 김일성 만세 안 하니까.
정병춘: 뭐라고 그래도. 너도 말이야, 내가 죽으면 일본인이 돼서 말
　　　　도 안 되는 짓을 하면서.
김성학: 인간으로서 살아갈 거야. 국적은 관계없어.

이 인상적인 시퀀스는 여러 가지 질문들을 불러온다. 1929년에 일본
으로 건너 온 어머니 정병춘은 왜 자신의 도일이 징병(징용)에 의한 것
이었다고 기억하고 있을까. 아들이 두 번이나 중단시킨 어머니의 말,
'그 공장에는' 이라는 한국어로 어머니가 하고 싶었던 이야기는 무엇이
었을까. 한글도 일본어도 읽고 쓸 수 없는 문맹인 어머니 정병춘은 어
떻게 대학을 중퇴한 아들에게 사상이 없다고 말할 수 있었을까. 아들인
김성학이 인간으로서 살아갈 것이라고 담담하게 말하는 선언이 놓여진
제국과 식민지 이후의 역사가 자리잡은 문맥이란 어떠한 것이었을까.
다큐멘타리 영화 <HARUKO>가 던지고 있는 이러한 물음에 대해 생각
해 보는 것은 제국주의 일본과 재일조선인을 둘러싼 기억과 젠더의 문
제를 경유하는 것이기도 하다.

2. 징용되는 여성들, 대상화되는 주체들

정병춘은 자신이 징병(徵兵, ちょうへい)에 의해 일본에 왔다고 증언하고 있으나, 정확히 말하자면 그녀가 말하고자 한 것은 징용(徵用, ちょうよう)이었다고 보아야 할 것이다. 징용이란 사전적인 의미로는 '국가의 권력으로 국민을 강제적으로 일정한 노역에 종사시키는 것', '전시·사변 또는 이에 준하는 비상사태에 국가의 권력으로 국민을 강제적으로 일정한 업무에 종사시키는 일' 등으로 나타난다. 식민지 조선 민중들이 일본의 침략전쟁, 아시아태평양전쟁에 동원되었던 시절에는 일제에 의해 징용이나 징병으로 고향을 떠났다. 조선총독부가 대민 홍보용으로 만든 『조선징용문답』(조선문)에 의하면, '징병은 천황폐하의 명령대로 전선에 나가 싸우는 것이요, 징용은 총후에서 국가가 명하는 총동원업무에 종사하는 것'이며, '근본에 있어서는 다 같이 국가에 봉사하는 것'을 의미한다.[2] 징병이나 징용은 하나의 국가에 소속되는 국민에게 해당되는 것이었기에, 징병된다는 것은 또한 역설적으로 제국의 국민으로서 호출된다는 것을 의미했다. 식민지 조선이 일제의 지배를 받기 시작한 후에도 일정한 시점이 오기 전까지는 이러한 징병의 기회(?)는 조선인에게 부과되는 의무가 아니었다.

1919년 4월 조선총독부가 발표한 「조선인 여행 단속에 관한 건」을 시작으로 하는 일본 당국의 조선인에 대한 도일 정책은 제한과 일시 허용의 연속이었다. 조선총독부는 도일 조건을 갖춘 조선인 중에서도 취직이 확실히 보장된 조선인에 대해서만 도항증을 교부했다. 이후 1939년 7월 내무·후생 차관 명의의 통첩 「조선인 노동자 내지 이주에 관한 건」

---

2) 정혜경, 『징용 공출 강제연행 강제동원』, 선인, 2013, 7쪽.

이 하달되면서 본격적으로 조선인의 도항 기회가 열렸다.[3] 노무자의 할당 모집이라는 일본 당국과 기업의 정책에 의해 조선인에 대한 본격적인 강제노동이 시작되고 이어 1943년의 국민징용령의 개정에 따라 조선인에 대한 징용이 시작된 것이다. 이러한 역사적 맥락을 살펴보면, <HARUKO>에서 김성학이 말하는 바, 법률이 생기기 전에는 징병(징용)이라는 것이 없었고, 따라서 어머니 정병춘은 자발적으로 일본에 온 것이라는 주장은 설득력을 지닌 것이 된다. 그는 역사에 남아 있는 공식기억과 법률이라는 증거에 기반하여 어머니 정병춘이 자신의 삶을 거짓으로 증언하고 있다고 강하게 비판하고 있는 것이다.

재일조선인 2세인 여성연구자 김부자는 이 장면이 재일 2세나 영화제작자 측이 재일(여성)의 역사에 대해 얼마나 무지한가를 드러내는 것이라고 지적하면서, 재일조선인 도항사에 대한 역사인식의 결여와 증언의 허언화라는 점에서 제작자와 관객은 공범관계를 맺게 되는 것이라고 말한다.[4] 그녀의 주장은 1922년 일본도항 '자유화'가 이뤄진 이후 오사카에 제주출신 노동자가 급증한 점과 1930년 오사카 인근의 기시와다 방적 노동쟁의에서 조선인 여공들이 중심적인 역할을 맡았다는 역사적 사실이 시사하는 점, 그리고 이들이 일본의 회사와 공장에서 장기간의 가혹한 노동조건으로 인한 노동력 부족을 메우기 위한 인력이었고, 그들의 모집 과정에 조선총독부가 일정한 관여를 하고 있었다는 점을 근거로 들고 있다. 정병춘의 이력에 나타난 기록을 종합해 볼 때, 그녀가 지원해서 온 것이라 추측할 수는 있지만 그러나 재일 1세 여성인 그녀의 경험에는 스스로 '징용'이라고 여기게 하는 저간의 사정이 있다는

3) 위의 책, 19~20쪽.
4) 김부자, 「HARUKO-재일여성, 디아스포라, 젠더」, 『황해문화』, 2007, 12월, 130쪽.

점을 간과해서는 안 된다는 것이 김부자의 입장이다. 제국주의 피해의 당사자가 자신의 경험을 이야기하는 역사에 대해서 그것을 단순한 역사인식의 결여로 치부하여 증언을 허언화하는 것은 '위안부'나 조선인 강제연행 증언에 대해서 일본의 역사 수정주의자가 하는 부정과 마찬가지로 재일의 증언을 부정하는 장치라는 것이다. 고영란도 2016년 2월 『한국일보』에 실린 칼럼에서 "아마 징용으로 끌려온 이들과 같은 군수공장에서 일했던 경험으로 기억이 왜곡되었을 수도 있다. 그러나 승자의 기록인 역사에서도 만만찮게 왜곡된 경우를 허다하게 경험했듯이, 한 개인사가 기록된 역사보다 진실일 수도 있다. 또 교육의 기회가 거의 없었던 여성들의 역사라 해서 무시당해야 할 이유도 없다."[5]라고 하면서 재일 1세대인 '하루코'의 기억을 응원하고 있다. 아마도 아들인 김성학에 의해서 두 번이나 중단당한 '그 공장에는'이라는 말로 정병춘이 하려고 했던 이야기 속에는 자신이 일했던 오사카 공장의 노동 조건과 그 곳에서 일한 동료들의 도항과 관련된 기억들이 담겨져 있었을 것이다. 이러한 정황은 재일조선인 1세들이 그들이 경험하였던 일제의 식민지 지배와 강제에 대해 지니고 있는 기억이 역사의 기록과 공식 기억과 어긋나고 있는 상황을 드러내는 것이며, 어쩌면 그들 스스로 그들의 존재를 입증해야 하는 아이러니한 상황을 보여주고 있는지도 모른다.

2004년 영화 <HARUKO>가 광주 국제영화제에 초청되었을 때, <시민의 소리>에 실린 인터뷰에서 정병춘(가나모토 하루코)은 자신이 처음 일본에 가게 된 이유에 대해 이렇게 말했다.

---

5) 고영란, 「당신의 기억은 소중합니다 하루코」, 『한국일보』, 2016.2.5.

씨받이였던 어머니가 여덟 살에 돌아가시고, 아버지의 집에 들어갔으나 의붓어머니의 구박이 심해 친척집을 전전하며 살았습니다. 갓난아기 때 홍역으로 실명한 한쪽 눈에 콤플렉스를 크게 느끼던 차, 12살 되던 해에 아버지에게 졸라 일본의 오사카에서 눈 수술을 했습니다. 하지만 눈은 낫지 않았고 의붓어머니의 구박은 갈수록 심해졌습니다. 재수술을 한다는 명목으로 일본에 건너와 그대로 눌러앉은 겁니다.6)

이러한 증언은 영화에는 등장하지 않았던 것으로, 정병춘이 주장하고자 했던 징병(징용)과 관련된 기억을 무화시키는 것이라고 보아도 좋다. 그러나 그러한 증언만으로 어머니의 '그 공장에는'이라는 발언을 차단한 아들의 태도가 정당화되어도 좋은 것일까. 어머니의 증언을 외면하는 것은 아들만이 아니다. 카메라는 어머니 정병춘이 '우리 아들은 사상이 없어'라고 말하자, 정병춘에게 그렇게 말하는 이유를 묻지 않고 아들 김성학에게 "왜 사상이 없다고 말하는 겁니까?"라는 질문을 던진다. 어머니의 입장은 아들의 생각을 통해서 카메라와 관객들에게 전해지고 있는 것이다. 이 시점에서 스피박이 왜 말할 수 없는 존재로서의 서발턴의 입장을 거듭 고찰할 필요성을 강력하게 요청하였는가를 떠올려 볼 필요가 있을 것이다. 이러한 맥락에서 김부자가 재일 1세들의 경험이 가로새겨진 여러 가지 맥락들에 주의를 기울여야 한다고 주장하는 것이나, 고영란이 '당신의 기억은 소중하다'라고 하루코를 응원하고 있는 것은 의미가 있다. 국가의 공식기억 앞에서 침묵당한 서발턴으로서 재일 1세의 기억을 복원하고 그들을 포스트식민적 주체로 호명하고자 하는 기획이 이러한 목소리에 담겨져 있다고 할 수 있을 것이다.

그러나 정병춘/가나모토 하루코라는 여성을 바라보고 그녀를 주체로

6) http://www.siminsori.com/news/articleView.html?idxno=50909

호명하고자 하는 시각이 놓여진 그늘에 대해서 살펴보는 것은 또한 중요한 의미를 가질 것이다. 스피박은 라나지트 구하와 같은 인도의 서발턴 연구자들이 서발턴을 고유한 의식을 지닌 역사 주체로, 다시 말해 엘리트의 이데올로기적 담론 '외부'에 존재하는 주체로 재현하려는 과정은 어쩔 수 없이 "부지불식간에 서발턴을 대상화하는" 과정이며, 이 과정에서 역사학자는 재현되는 주체의 목소리-의식을 온전하게 재현하는 대변자가 아니라 마치 주체의 목소리-의식인 것과 같은 것을, 즉 '주체-효과(subject-effect)'를 생산하는 이데올로기적 재현 주체일 수밖에 없다고 강조한다.[7] 정병춘의 목소리에 주목하여 그녀가 자신의 목소리-의식을 투명하게 드러낼 수 있다고 주장하는 것은 또한 그녀를 대리하고 대변하는 재현의 이데올로기의 표현일 수 있다. 그러므로 지배 담론에 의해 억압되어온 재일 1세 여성의 목소리를 되살리려는 노력과 함께 재현의 체계 속에서 끝내 되살릴 수 없는 서발턴의 이질성과 차이에 주목하는 것이 필요할 것이다.

3. 분단가족과 '사상'의 이면

일본에 거주하던 재일조선인들이 해방을 맞이한 이후에도 모국으로 돌아가는 것을 망설인 이유는 여러 가지다. 1950년대의 한국은 전쟁이 상흔과 그로 인한 가난의 굴레를 벗어나지 못한 상황이었다. 일본에서 착실하게 돈을 번 사람이 가난한 한국에 귀국하였다가, 어렵게 모은 재산을 모두 날리고 귀국하는 일도 많았다고 한다. 이러한 상황에서 북한

---

7) 김택현, 「'서발턴(의) 역사'와 로컬 역사/로컬리티」, 『로컬리티 인문학』 2, 2009. 10. 159쪽.

은 김일성 단독 지배의 확립과 사회주의 건설 성과를 토대로 한일 관계의 이간, 조일 관계 추진, 대남 전략, 그리고 경제 건설의 인적 자원 확보 등 복합적인 이익을 추구하면서 대규모 귀국 정책을 펼쳐나갔고, 총련도 그때까지의 방향을 바꿔 조직의 모든 역량을 동원해 프로파간다를 펼쳤다.[8] 이른바 귀국사업이 전개된 것이다. 분단된 조국의 어지러운 상황들은 재일조선인 가족의 분단까지도 가져왔다. 재일조선인 가족들 사이에 사상적·조직적 차이가 발생하고 한편으론 무소속을 표방하는 등의 복잡한 선택지가 얽히면서 구성원 각각의 '조국'이 분열되는 현상, 즉 '분단가족'의 상황을 낳는다.

윤건차는 이 시기의 재일조선인들에게 이른바 귀국사업이란 것이 어떤 의미를 지니고 있었는지에 대해 다음과 같이 말하고 있다.

> 최초의 귀국선이 출항하고 나서 2, 3년 동안은 공화국으로의 귀국이 많은 사람들에게 기뻐할 일, 격려할 만한 일, 꿈에 가득 찬 일, 지당한 일처럼 받아들여졌음은 분명하다. 일본 사회 전체가 좌익과 진보 세력에 호의적인 분위기 속에 있었고, 일본사회당과 일본공산당, 그리고 일조협회 등 각종 단체가 조총련과 친밀한 관계에 있었다. 재일 사회도 전반적으로 '반일', '반미', '반이승만'이라는 입장에 서 있었고 김일성을 위대한 정치 지도자로 생각했다. 차별 사회 일본에서는 더 이상 가망이 없다며 단념하고 공화국에 꿈을 걸었다.[9]

이 공화국에 대한 꿈에 민감하게 반응했던 인물이 영화 <HARUKO>에도 등장한다. 정병춘의 셋째 딸인 김효자(다카코)가 북조선으로 귀국한 것이다. 둘째 딸인 김강자가 가출하여 행방불명된 후, 어머니가 의지해

---

8) 미즈노 나오키, 문경수, 한승동 역, 『재일조선인─역사 그 너머의 역사』, 삼천리, 2016, 162쪽.
9) 윤건차, 박진우 외 역, 『자이니치의 정신사』, 한겨레출판, 2016, 405~406쪽.

왔던 딸인 효자는 그러나 어머니의 강압과 결혼의 실패 등으로 인해 일본에서의 삶에 회의를 느끼던 차에 낙원이라고 선전되고 있던 조국 북조선으로의 귀국을 택하여 아이를 데리고 북송선을 타게 된다. 이 당시에 '이 땅에 낙원이 존재할 리가 없다'는 말로 그녀의 귀국을 반대하였던 정병춘은, 이후 둘째 딸의 생활을 염려하여 북한에 트럭과 버스, 그리고 많은 현금 등을 기부한 이야기를 전해준다. 기부의 대가로 북한으로부터 받은 다수의 훈장들을 꺼내 카메라 앞에 늘어놓는 정병춘은 그러나 그 훈장이 지니는 가치에 대해서는 아무런 의미도 부여하고 있지 않은 모습을 보여준다. 카메라 앞에서 그녀는 조국이 훌륭한 나라가 되었다고 들려와도 자신은 그런 말들을 믿지 않는다고 말한다. 카메라가 그녀에게 김일성을 존경하지 않느냐고 묻자, 그녀는 '존경이야 하지만'이라고 말하면서도, 이내, "설마 이런 나라가 될 줄은 몰랐다."고 이야기한다. 그녀는 훈장에 대해서는 기부의 표창으로 그것을 주니까 받았을 뿐이라고 하면서, 훈장을 가슴에 대어보면서 '부로치라도 할까'라고 말하는 모습을 보여줄 뿐이다. 앞에서 언급한 것처럼, 정병춘이 김성학에게 '사상이 없다'고 말하자 카메라는 아들에게 그 이유를 물었는데, 아들은 이에 대해 "김일성 만세 안 하니까."라고 답했다. 그러나 훈장을 보여주며 '부로치라도 할까'라고 말하는 정병춘의 모습에서 그녀가 지닌 것은 특정한 사상이 아니라 가족에 대한 맹목적인 사랑과 그 연장선에 이어진 조국에 대한 감각이라는 점을 알 수 있다.

아들의 목소리를 빌린 나레이션은 정병춘에게 조국의 통일이란 분단된 가족의 재결합을 의미할 뿐이라고 말한다. 그리고 그녀에게 국경이나 사상 같은 것은 아무래도 좋은 것이라고 말한다. 조국을 둘러싼 '사상'의 변화에 대해 고백하는 것은 아들 김성학이다. 그는 사상 따위와는 관계없는 어머니가 북조선 국적을 고집하는 것이 자신과의 갈등을 불러왔음을 암시한다. 그는 서울에서 열렸던 아시아경기대회와 올림픽에 조선총련의 일원으로서 참가했던 경험에 대해 이야기하면서, 이후 자신이 한국으로 국적을 바꿨다는 점을 고백한다. 1980년대 이후 남한과 북한에서 재일조선인을 초청하여 조국 방문사업을 벌였고 이에 응해서 합법적으로 조국을 방문한 재일조선인들이 당시의 순간들을 감격어린 어조로 회고하는 장면들은 재일조선인 자기서사의 중요한 계기를 이루고 있다. 영화 〈HARUKO〉 또한 그러한 일반적인 재일조선인 자기서사의 주요 공식 담론을 그대로 전해주면서, 분단된 가족의 비애와 조국을 둘러싼 사상의 경로에 대해 이야기하고 있다. '분단된 조국과 이국이기도 한 일본, 그 사이에 내가 있다.'라는 나레이션의 음성은 한국 방문 후 국적을 바꾸는 결심으로 이어지면서, '북한을 믿어온 날들은 대체 무엇이었단 말인가'라는 음성으로 이어진다. 조국이 통일되기 전에는 국적을 바꿀 수 없다고 조선적을 고집하는 주위의 사람들, 그리고 자신의 어머니 정병춘과의 갈등에 대해 말하는 그의 모습은, 이내

어머니 또한 몇 년 전에 한국 국적으로 바꾸었음을 전하면서 잡지에 등
장한 아시아의 마지막 독재자 김정일에 대한 조롱어린 시선을 던지는
장면으로 귀결된다. 어머니 하루코의 삶의 이야기에 초점을 맞추고 있
는 듯한 영화의 서사는 그 안에 조선적에서 한국적으로 이동하는 재일
조선인들의 사상의 경로를 담은 이야기를 심어놓고 있는 것이다.

4. 법이 없던 시대/법을 넘어선 여성

다큐멘타리 <HARUKO>의 기반이 된 것은 조선총련 영화사업단의
카메라맨이었던 아들 김성학이 50년대부터 그의 어머니의 삶을 기록한
필름이다. 김성학이 주로 기록한 것은 어머니의 행상과 불법적인 장사,
그리고 그녀의 체포 장면 등이다. 정병춘은 한국전쟁의 발발로 인해 제
주도에서 다시 일본으로 밀항한 이후 법률로 금지된 여러 가지 상행위
를 통해 가족의 생계를 유지해 갔다. "행상으로 전매금지의 쌀장사를 하
며 생계를 유지하다가 52년 동경으로 가 미군대상으로 장사를 시작했습
니다. 53년부터 어린 장남과 차녀의 도움을 받으며 파칭코 경품을 매매
했고, 이 와중에 불법상행위로 37번이나 경찰에 체포되었었습니다."[10]라
는 증언은 영화 <HARUKO>의 DVD 타이틀 표지에도 "불법상행위로
37회 체포이력(ヤミ商賣で37回の逮捕歷)"이라고 강조되어 재일 1세 여성의
지난한 반생을 상징하는 표상으로 제시된다.

재일조선인 1세인 정병춘의 이러한 삶의 이력은 역사적 맥락을 지닌
것이기도 하다. 일본은 한국전쟁의 특수를 타고 50년대 중반에 비약적

10) http://www.siminsori.com/news/articleView.html?idxno=50909

인 경제발전을 시작했다. 이 시기는 대중사회로 가는 입구로, 음식이나 오락 관련 신흥 산업들이 발흥했는데, 그 기회는 조선인들에게도 열려진 것이었다. 특히 파친코는 누구나 가볍게 즐길 수 있는 오락으로 1953년에는 일대 붐을 이뤄 파친코 점포는 물론 파친코 게임기 제조, 경품 사업에 종사하는 조선인들이 늘었다. 담배 따위를 매매한 당시의 경품 사업은 '전매법' 위반에 따른 단속으로 체포되는 사람이 끊이지 않았다. 그것은 '모 아니면 도' 식의 위험한 돈벌이이기도 했다.11) 취직을 상상하기 어려웠던 재일조선인들은 암시장에 생활용품을 조달하고 생계를 이어갈 수밖에 없는 상황이었다. 1946년에서 48년까지 암시장과 관련하여 검거된 사람은 일본인을 포함하여 400만 건이 넘는다고 한다. 이러한 상황에 대한 묘사로 윤건차는 "모진 풍파를 이겨 낸 재일조선인 1세, 특히 여성들의 위대한 생명력에 경이로움을 느꼈다."는 스미 케이코의 말을 기록하고 있다.12)

김성학이 어머니의 삶을 기록한 필름의 주요 내용은 그녀의 경품 판매와 체포에 관련된 것이기도 했다. 그는 어머니의 삶의 회상하는 나레이션에서, "글을 읽을 줄도 모르고 쓸 줄 모르는 어머니가 어떻게 사기 등을 당하지 않고서 파친코 경품 사업을 이어왔는지 모르겠다."고 회상한다. 가족의 생계를 위해 불법적인 일을 태연히 수행하는 어머니와 그 과정을 지켜보기만 하는 아들의 모습을 영화 중반에 등장하는 한 인상적인 시퀀스를 통해 고스란히 반복되고 있다.

---

11) 미즈노 나오키, 앞의 책, 147~148쪽.
12) 윤건차, 앞의 책, 129쪽.

김성학이 운영하는 신주쿠의 야키니쿠 집에서 일하고 있던 한국인이 불법체류로 경찰에 체포된 사건을 둘러싼 이야기가 그것이다. 일상 속에 갑자기 들이닥친 경찰권력 앞에서 아들 김성학은 당황하여 어찌할 줄을 모른다. 그는 어머니 정병춘이 경찰서에 찾아가겠다는 것을 말리며 어머니가 간다고 해서 해결될 수 있는 문제가 아니라고 말하는데, 이때 어머니는 아들에게 "네가 나에 대해서 (무엇을 아느냐?)"고 항변한다. 자신의 삶의 이력 속에 아로새겨진 37회의 체포이력과 경찰 권력을 상대하는 어머니의 태도를 엿볼 수 있는 장면이다. 아들과 어머니 사이에 가로놓여진 야키니쿠 가게의 차단벽을 포착한 장면은 권력 앞에서 당황하는 아들과 자신만의 경험을 믿고 있는 어머니 사이에 놓여진 거리를 선명하게 제시한다. 결국 경찰서에 찾아가서 건물 안으로 들어가는 어머니의 모습을 아들 김성학과 카메라는 입구에서 지켜보기만 할 뿐이고, 그는 법의 위엄 안으로 한 걸음도 들여놓으려 하지 않는다.

영화의 초반부에 어머니의 삶의 이력을 소개하면서, "지켜야 할 것은 법률보다는 가족. 어머니의 체포 이력은 37회에 이른다."라고 이야기했던 아들(카메라)의 나레이션과 앞서 살핀 "법률이 없던 시대에 징병이 있느냐"고 묻는 아들의 비판은 묘하게 길항한다. 가족을 지키기 위해서 법을 위반하면서까지 힘겹게 생계를 이어왔던 어머니의 삶에 대한 헌사가 이 영화의 주요 서사이다. 김성학은 법을 지키는 것보다 그것을 위반하면서까지 가족을 위한 삶을 이어갔던 어머니의 삶을 중립적인 입장에서 기록하는 카메라맨의 위치를 고수했지만, 어머니의 삶에 대한 기억과 감사를 표하는 영화의 이야기는 그가 경찰서의 문턱을 넘어서지 못한 것과 마찬가지로 공식적인 기억과 법률의 경계를 넘어서지 못한다. 그러나 그가 서 있는 카메라의 위치가 중립적인 입장에서 어머니의 삶을 바라보고 있기만 한 것은 아니다. 영화의 최종적인 이야기가 한 재일조선인 1세 여성을 어떤 자리로 소환하고 있는가에 대해서 지켜봐야 하기 때문이다.

5. 재일조선인 1세 여성의 자리

<HARUKO>는 목욕탕에서 87세의 어머니 정병춘의 등을 밀어주는 아들 김성학(실제 나레이터는 일본 배우 하라다 요시오原田芳雄)의 목소리로 시작된다. 화면은 도쿄의 어딘가로 짐작되는 다리 아래를 흐르는 강의 모습을 비추면서, 60대에 접어든 이후 자신의 몸에 흐르는 피를 강하게 의식하게 되었다고 말하는 나레이터의 목소리를 전한다. 어머니의 육체에 가로새겨진 고단하고 참혹한 세월의 흔적과 자신의 몸에 흐르는 피의 강렬함. 이 두 상징은 영화가 진행되는 내내 묘한 긴장으로 유지되는 서사의 두 축을 이룬다. 아버지의 7주기 제사를 위해 모인 가족들의 모습을 비추면서 나레이터는 이 중요한 자리가 있어야 할 한 사람이 오지 않았다고 말한다. 그리고 마땅히 있어야 할 자리에 오지 않은 한 사람, 집안의 어머니에 대한 소개로 카메라의 초점은 이동한다. 이후의 이야기는 어머니의 삶의 이력에 대한 소개에 집중하지만, 결국 영화의 서

사가 그녀의 자리를 어디에 위치시키고자 하는가에 대해서는 주목할 필요가 있다.

최종적인 영화의 결말은 손녀의 결혼식에서 기뻐하는 가족들의 모습을 비추면서 끝나지만, 아버지 13주의 가족들의 모습으로 시작한 영화는 서사의 중요한 한 결절로서 결국 남편의 13주기 제사가 벌어지는 아들의 집에 방문하는 어머니의 모습을 포착한다. 그녀는 아버지의 제사 때문이 아니라 손자들의 모습을 보기 위해 아들의 집으로 온 것임을 밝히고 아버지 영정 앞에 나가라는 아들의 권유를 끝내 거부한다. 그러나 아버지와 그로부터 자신의 몸으로 이어지는 피의 강렬함 속으로 어머니를 회귀시키려는 아들의 시도는 영화에서 주요한 의미를 지닌 체 이어진다.

영화는 어머니의 삶을 이야기하는 자리에 아버지의 모습을 슬그머니 끼워 넣는다. 김성학의 아버지인 재일조선인 1세 김치선은 부인인 정병춘에게 가족의 생계를 전적으로 맡기고서 술과 도박과 여자에 빠져든 삶을 살았던 인물이다. 그는 아내의 돈으로 다른 여자를 위한 화장품을 사고, 공습으로 가족들이 피난을 가는 상황에서도 자신의 아이를 임신한 다른 여자에게 달려간 인물이다. 남편으로부터 12번이나 버림받았다는 것을 반복해서 말하는 여성 정병춘은 "그는 30엔의 가치도 없는 사람인

데도 내 아들이 300만엔을 들여서 그의 장례식을 치뤘다"고 말한다. 김부자가 이미 지적한 것처럼, 이런 의미에서 이 작품은 어머니의 삶에 대한 이야기이면서, 동시에 '반역하는 아내의 이야기'라는 의미를 지니게 된다.13) 그러나 아들 김성학은 13주기를 앞두고 큰아들과 함께 아버지의 묘소에 성묘를 가서 참배하고, 카메라를 향해 어머니가 돌아가시면 제주도의 할아버지와 할머니를 이곳으로 모셔올 작정이라고 말한다. 영화는 자신이 죽어도 절대로 남편의 무덤으로는 가지 않을 것이라는 정병춘의 흔들림 없는 입장을 보여주지만, 아버지의 묘소에서 보여주는 아들의 생각으로 유추하건데 그녀의 사후 아들 김성학이 그녀를 자신의 가족묘로 모실 것이라는 점은 틀림없어 보인다. 영화의 서두에서 강의 흐름을 보여주면서 들려주었던 피의 뜨거움에 대한 자각은 이러한 방식으로 서사적 응답을 얻고 있는 것이다. 고향 제주도로부터 벗어나려 하였고 두 번이나 일본으로의 밀항을 선택했던 정병춘의 삶은 결국 제주도의 시가인 김씨 일가의 무덤 속에서 안식을 구할 수밖에 없는 것이다.

6. 보편성과 회수되는 여성의 자기서사

양인실은 다큐멘터리 <어머니여! 갈기갈기 찢어진 재일가족>이 이상적인 가족의 형태를 이루지 못한 재일제주인들의 특수한 역사적 사정에 대해 생각하게 하였다면, <하루코>라는 개인의 이름으로 제목을 지어 제작된 TV 다큐멘터리는 재일제주인의 삶과 역사를 삭제했다고 말한다.14) 이 글의 서두에서 언급한 "한 재일 가족의 특수한 이야기가 아

---

13) 김부자, 앞의 글, 135쪽.

니라 어느 나라에나 존재하는 어머니와 가족의 보편적인 이야기라는 메시지를 담고 <HARUKO>라는 제목을 붙였습니다."라는 소개글에도 나타나듯이, 찢겨진 가족의 이야기가 영어 대문자 <HARUKO>로 바뀌면서 하루코라는 한 개인의 보편서사로 그 초점이 이동했다는 것이다. 재일이라는 특수성을 소거하고, 어디에나 존재하는 한 가족의 보편서사로 '하루코'의 모습을 포착하고자 하는 것이 이 영화와 제작진의 숨겨진 욕망이라는 점을 알 수 있다. 그리고 어쩌면 그러한 욕망에 정확하게 부합하는 것은 공적 기억에 기대어 어머니의 기억을 부정하고, 자신의 삶을 인간이라는 보편 위에 두겠다고 선언했던 아들의 자아선언이다.

이러한 맥락을 좀더 복합적인 시각에서 살피기 위해서는, 영화 제작자의 입장만이 아니라, 그렇게 만들어진 영화가 소비되고 유통되는 방식을 고찰할 필요가 있다.

> 엄마라는 것은 이렇게도 억세질 수 있는 것일까..
> 거듭되는 역경에 견디면서 사랑하는 자식을 지키느라 내 몸을 깎아 일하는 모습, 한없이 넘치는 따뜻하면서도 서러운 애정, 나는 경탄과 향수의 마음을 가지고 이 작품을 보았다. 시대의 격류에 휩쓸리고 일가 이산의 쓰라림을 만난 한 재일 가족의 과거와 현재가 모든 각색을 물리치고 적나라하게 그려졌다. 어머니와 아들 사이에 오가는 솔직한 대화가 관객에게 강렬한 인상을 주고 재일가족 세대 간의 가치관의 미묘한 흔들림도 엿볼 수 있고 깊이 생각했다.
> 이국의 땅에 살고 있는 일가족을 포착한 다큐멘터리이지만 부자의 인연의 물러남, 인간이 갖는 저력의 장렬함이라는 보편적 주제에 대해서 일고하게 하는 작품이다.
> ─ 나카소네 야스히로 씨(전 내각총리대신)

---

14) 양인실, 「일본 TV 영상물의 재일제주인 표상」, 『일본비평』, 2013.2. 100쪽.

일가 이산. 그리고 이국에서의 무분별한 악전 고투 끝에 손녀 결혼식
에서 겨우 맞이하는 일가 재회. 그 모든 것을 잉태한 것도 어머니라면
가족의 누군가니 실종이나 병이나 죽음을 데려오는 것도 불굴의 쓰러지
지 않는 어머니. 고국이라는 자리에 안심입명하고 있는 일본의 어머니
에게는 상상도 못할 삶의 방식에, 이상한 것을 봤다고 생각하는 사람도
있을지도 모른다. 하지만 발판이 없는 이국땅에서 살면서 흙투성이가
된 어머니 되기의 고귀한 본질을, 강렬한 충격 중에 가차없이 보여주는
'여자의 일생' 아니 '어머니의 일생'의 영상은, 흔한 미추, 선악의 분별을
훨씬 넘어서 우리를 넉넉하게도 따뜻한 태내에 흘러들게 하는 것이다.
　　　　　　　　　　　　　　　－타네무라 스에히로 씨(독일문학자)15)

　　　　　　　　　　　　　　영화 <HARUKO>를 소개하는
한 인터넷 웹페이지에는 영화를
관람한 일본의 유명 인사들의 소
감이 소개되어 있다. 인용한 전
내각총리대신 나카소네의 감상에
잘 드러나는 것처럼, 그들의 감상은 어머니 하루코의 가족을 위한 불굴
의 헌신에 감동하고 역경을 극복하는 인간의 불굴의 의지라는 보편성
에 다다른 이야기의 성과에 찬사를 보내는 것이다. 그러나 다큐멘터리
<어머니! 찢겨진 재일가족>이 <HARUKO>로 전화되는 과정에서 더욱
강조되는 것이 어머니 삶이 담지한 보편성이라면, 그 보편성의 감동 안
에서 소거되는 것은 찢겨진 가족들의 삶과 그 역사적 문맥일 것이다.
가부장적 아버지의 고집으로 인해 제주도에 남겨진 큰 딸, 어머니의 신
산한 삶과 동행하며 그로부터 발생한 어머니의 폭력으로 인해 가족의
품을 떠난 둘째 딸, 그리고 귀국 사업에 호응하여 조국인 북한으로 떠

15) http://www.mmjp.or.jp/pole2/haruko.htm

난 셋째 딸의 이야기는 영화에서 스무 명의 손자와 손녀들에 둘러싸여 행복해 하고 손녀의 결혼식에서 그 행복을 확인하는 어머니의 숭고한 모습 속으로 사라지고 있다. 일본 제국주의와 동아시아의 냉전으로 인해 벌어진 재일조선인 가족들의 분단과 이동의 서사는 그들의 생물학적 귀속이 일본의 어느 가족묘로 귀결되는 것처럼 고난의 삶에 대한 감동이라는 보편성으로 회귀하고 있는 것이다. 이는 재일조선인 여성의 이야기를 어느 한 지점으로 회수하고 싶어 하는 카메라의 시점이 예비하고 있던 결과라고 보아도 좋을 것이다.

초출일람

박광현, 「김달수의 자전적 글쓰기의 정치—'귀국사업'과 '한일회담'을 사이에
　　두고—」, 『역사문제연구』 34, 역사문제연구소, 2015.

허병식, 「재일조선인 자기서사의 정체성 정치와 윤리—서경식의 '在日' 인식
　　비판—」, 『한국학연구』 38, 인하대학교 한국학연구소, 2015.

오태영, 「자서전/쓰기의 수행성, 자기 구축의 회로와 문법—재일조선인 장훈의
　　자서전을 중심으로—」(원제: 재일조선인 자기 구축의 회로와 문법), 『한
　　국학연구』 38, 인하대학교 한국학연구소, 2015.

신승모, 「재일에스닉 잡지에 나타난 재일조선인의 자기서사」, 『일본연구』 62,
　　한국외국어대학교 일본연구소, 2014.

이한정, 「여성으로서의 생애와 역사—재일조선인 여성의 자전적 에세이와 구
　　술채록—」, 『한국학연구』 40, 인하대학교 한국학연구소, 2016.

우메자와 아유미, 「사소설 문법으로 읽는 재일조선인문학—이회성과 이양지
　　작품을 중심으로—」, 『한국학연구』 38, 인하대학교 한국학연구소, 2015.

오세종, 「김시종의 시와 '자서전'—『조선과 일본을 살아가다—제주도에서 이
　　카이노로』에 대해서—」, 『한국학연구』 38, 인하대학교 한국학연구소,
　　2015.

오태영, 「가족 로망스에 나타난 여성의 자기 기획과 장소 상실—재일조선인
　　유미리의 가족 이야기를 중심으로—」(원제: 재일조선인 여성의 자기
　　기획과 장소 상실), 『한국학연구』 43, 인하대학교 한국학연구소, 2016.

허병식, 「봉쇄된 목소리와 회수되는 여성의 자기서사—다큐멘터리 영화
　　<HARUKO>를 중심으로—」, 『한국학연구』 43, 인하대학교 한국학연
　　구소, 2016.

집필진약력(원고 수록 순)

박광현 _ 동국대학교 국어국문문예창작학부 교수

동국대학교 국어국문학과를 졸업하였다. 대학원의 석사과정 중 일본으로 유학, 나고야(名古屋)대학 대학원에서 논문 「경성제국대학과 '조선학'」으로 박사학위를 받았다. 현재 동국대학교 국어국문문예창작학부 교수로 재직하고 있다. 주요 논문으로 「'경성좌담회' 다시 읽기」, 「'밀항'의 상상력과 지도 위의 심상 '조국'-1963년 김달수의 소설을 중심으로」, 「김달수의 '방한'과 그의 '국토순례' 기행문」 등이 있고, 저역서로는 『「현해탄」 트라우마』(어문학사, 2013), 『재조일본인 일본어문학사 서설』(공저, 역락, 2017), 『제국대학-근대 일본의 엘리트 육성 장치』(공역, 산처럼, 2017) 등이 있다.

허병식 _ 동국대학교 국문과 BK사업단 연구교수

동국대학교 국어국문학과와 같은 학교 대학원에서 석사 및 박사과정을 마치고 「한국 근대소설과 교양의 형성」으로 박사학위를 받았다. 동국대학교 국문과 BK사업단 연구교수로 재직하고 있다. 주요 논문으로 「휴양지의 풍경-근대도시 원산의 장소정체성」, 「식민지의 접경, 식민주의의 공백」, 「차이와 반복 -2000년대 한국 문학장의 표절과 문학권력」 등이 있고, 저역서에 『교양의 시대-한국 근대소설과 교양의 이념』(역락, 2016), 『서울, 문학의 도시를 걷다』(공저, 터치아트, 2009), 『박물관의 정치학』(공역, 논형, 2009) 등이 있다.

오태영 _ 동국대학교 다르마칼리지 조교수

동국대학교 국어국문학과와 같은 학교 대학원에서 석사 및 박사과정을 마치고 「동아시아 지역주의와 조선 로컬리티」로 박사학위를 받았다. 동국대학교 다르마칼리지 강의초빙교수를 거쳐 현재 조교수로 재직하고 있다. 주요 논문으로 「식민지 말 전시총동원 체제와 조선문학」, 「해방 공간의 재편과 접경/연대의 상상력」, 「전후 남성성 회복과 여성 욕망의 금기」, 「조작된 간첩, 파레시아의 글쓰기」 등이 있고, 저역서에 『오이디푸스의 눈: 식민지 조선문학과 동아시아의 지리적 상상』(소명출판, 2016), 『팔림세스트 위의 흔적들: 식민지 조선문학과 해방기 민족문학의 지층들』(소명출판, 2018), 『아시아-태평양전쟁과 조선』(공역, 제이앤씨, 2011) 등이 있다.

신승모 _ 동국대학교 일본학연구소 연구원

나고야 대학 대학원에서 제국-식민지 일본어 문학에 관한 연구로 박사학위를 받았고, 이후 재조일본인과 재일조선인의 문학과 문화를 연구해왔다. 주요 저서로는 『일본 제국주의 시대 문학과 문화의 혼효성』(지금여기, 2011), 『월경(越境)의 기록: 재조(在朝)일본인의 언어·문화·기억과 아이덴티티의 분화』(어문학사, 2013), 『재조일본인 2세의 문학과 정체성』(아연출판부, 2018) 등이 있고, 주요 역서로는 『재일디아스포라 문학선집』(소명출판, 2017) 등이 있다.

이한정 _ 상명대학교 글로벌지역학부 일본어권지역학전공 부교수
2006년에 일본 도쿄대학에서 「표현에 있어서 월경(越境)과 혼효(混淆): 다니자키 준이치로와 일본어」로 박사학위를 받았으며 동국대학교 일본학연구소 전임연구원을 거쳐 현직에 있다. 지금까지 식민지 시기 일본인의 조선 인식, 다니자키 준이치로 문학과 언어-문화 경계성, 한국과 일본의 양국 문학 수용, 재일한국인과 자기 정체성 등을 주제로 한 연구를 수행했다. 지은 책으로는 『일본문학의 수용과 번역』(소명출판, 2016), 『재일코리안 문학과 조국』(공저, 지금여기, 2011) 등이 있고, 옮긴 책으로는 『과거의 목소리』(그린비, 2017), 『한자론』(연세대학교 대학출판문화원, 2017), 『열쇠』(창비, 2013), 『'재일'이라는 근거』(공역, 소명출판, 2016) 등이 있다.

우메자와 아유미(梅澤亜由美) _ 일본 다이쇼대학 일본문학과 준교수
호세이대학(法政大学) 문학부 일본문학과 졸업 및 동대학원 인문과학연구과 일본문학전공 과정을 이수하고 2011년 문학박사학위를 취득했다. 현재 다이쇼대학(大正大学) 문학부 일본문학과 준교수로 재직하고 있다. 주요 논문으로 「密室からの解放—増田みず子『シングル・セル』論」, 「網野菊と石井鶴三—信州大学蔵・石井鶴三宛網野菊書簡から」 등이 있고, 저서로는 『私小説の技法—「私」語りの百年史』(2012), 『私小説ハンドブック』(공저, 2014), 『日本文学研究 北京・上海・広州—漂泊的身体とテクスト』(공저, 2015), 『21世紀日本文学ガイドブック⑥ 徳田秋声』(공저, 2017) 등이 있다.

오세종(呉世宗) _ 일본 류큐대학 인문사회학부 준교수
히도쓰바시(一橋) 대학대학원 언어사회연구과에서 「리듬과 서정의 시학(リズムと抒情の詩学)」으로 박사학위를 받았다. 현재, 류큐(琉球) 대학 인문사회학부에서 준교수로 재직 중이다. 주요 논문으로는 「강순의 '나루나리'론—민중・조선부락・언어전략으로서 두 가지의 '번역'(姜舜『なるなり』論—民衆, 朝鮮部落, 言語戦略としての二つの'翻訳')」, 「국민문학의 경계지대로서의 '조선부락'—1940・50년대의 문학작품을 중심으로(国民文学の境界地帯としての'朝鮮部落'—1940-50年代の文学作品を中心に)」, 「김희로와 도미무라 준이치의 일본어를 통한 저항(金嬉老と富村順一の日本語を通じた抵抗)」 등이 있다. 저서에는 『리듬과 서정의 시학—김시종과 단가적 서정의 부정(リズムと抒情の詩学—金時鐘と単科的抒情の否定)』과 『오키나와와 조선 사이에서(沖縄と朝鮮のはざまで)』(근간)이 있다.

동국대학교 문화학술원 서사문화연구소 서사문화총서 1

재일조선인 자기서사의 문화지리 Ⅰ

초 판 1쇄 인쇄 2018년 8월 25일
초 판 1쇄 발행 2018년 8월 31일
편   저 박광현 · 허병식
펴낸이 이대현
편   집 박윤정
디자인 홍성권
펴낸곳 도서출판 역락 | 등록 제303-2002-000014호(등록일 1999년 4월 19일)
주   소 서울시 서초구 동광로46길 6-6 문창빌딩 2층
전   화 02-3409-2058(영업부), 2060(편집부) | 팩시밀리 02-3409-2059
홈페이지 http://www.youkrackbooks.com
블로그 http://blog.naver.com/youkrack3888
ISBN 979-11-6244-221-0 (세트)
          979-11-6244-222-7 94810

■ 정가는 표지에 있습니다.
■ 잘못된 책은 교환해 드립니다.

■ 이 도서의 국립중앙도서관 출판예정도서목록(CIP)은 서지정보유통지원시스템 홈페이지(http://seoji.nl.go.kr)와
   국가자료공동목록시스템(http://www.nl.go.kr/kolisnet)에서 이용하실 수 있습니다.(CIP제어번호: CIP2018025593)